加速世界
08
命運雙星

Silver Crow
處在國中校內金字塔最底端的少年，
春雪所操縱的對戰虛擬角色。
受到「災禍之鎧」汙染。
「幫我祈禱，祈禱我的手碰得到阿拓。」
「小春，我想把小拓帶回來。」

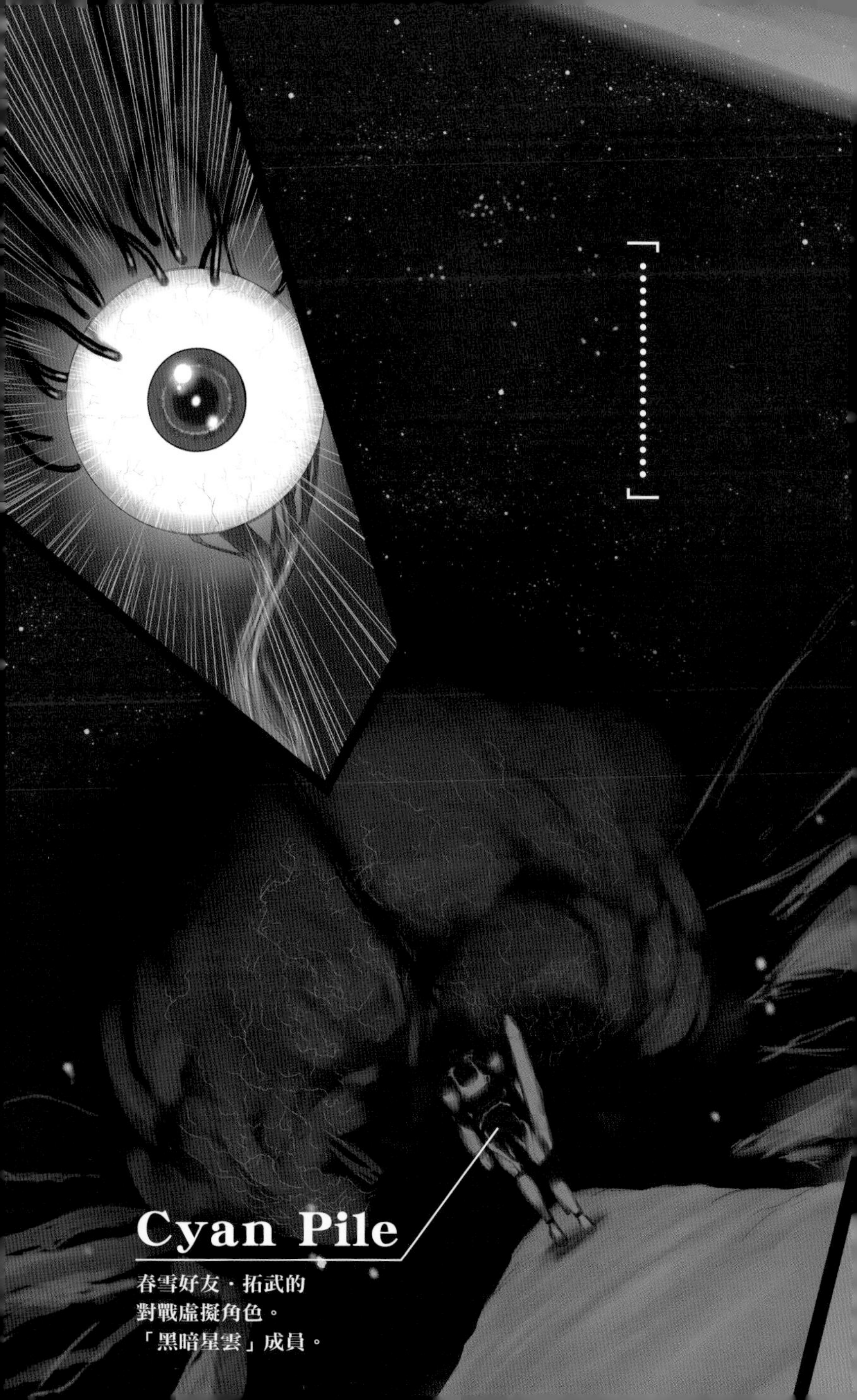
「…………」
Cyan Pile
春雪好友·拓武的
對戰虛擬角色。
「黑暗星雲」成員。

千百合
「黑暗星雲」旗下
對戰虛擬角色
「Lime Bell」的操縱者。
春雪的青梅竹馬。
「你、你做什麼啦！」

黑雪公主
操縱「黑之王」Black Lotus的
梅鄉國中學生會副會長。
「對、對對、對不、對不起！
不、不不、
不快點擦會洗不掉的。」
「嗯？這樣啊。
那就擦一擦吧。」

四埜宮謠
前代「黑暗星雲」
旗下虛擬角色
「Ardor Maiden」的操縱者。
國小四年級生。
「…………四、埜宮……學妹……？」
「有田學長，你不用放在心上。
我想公共攝影機應該拍不到這裡。」

Trilead Tetraoxide
在「禁城」內部遇見的
神祕「少年武士」型虛擬角色。
「……這就是你真正的模樣吧，Crow兄。我真的很慶幸能認識你……」
「哪、哪裡……我才真的慶幸能認識Lead……」

「七星外裝」——這些取名自北斗七星的傳說裝備究竟是？

「七星外裝」又稱「七神器（Seven Arcs）」，是「加速世界」最強的強化外裝。
由構成北斗七星斗杓的星星依序數來，分別是——

一號星（Alpha）「天樞」神器——大劍「The Impulse」
二號星（Beta）「天璇」神器——錫杖「The Tempest」
三號星（Gamma）「天璣」神器——大盾「The Strife」
四號星（Delta）「天權」神器——形狀不詳「The Luminary」
五號星（Epsilon）「玉衡」神器——直刀「The Infinity」
六號星（Zeta）「開陽」神器——全身鎧「The Destiny」
七號星（Eta）「搖光」神器——形狀不詳「The Fluctuating Light」

構成斗杓部分的一到四號星，分別供奉於「禁城」東南西北四方的新宿都廳、芝公園、東京巨蛋、東京車站地下等四大迷宮最深處。
如今新宿都廳迷宮內的大劍「The Impulse」、東京車站地下迷宮內的錫杖「The Tempest」、以及東京巨蛋迷宮內的大盾「The Strife」，分別由藍之王Blue Knight、紫之王Purple Thorn與綠之王Green Grande持有。唯獨芝公園大迷宮內的「The Luminary」持有者仍然不詳。
至於構成斗柄的五號星到七號星，則供奉於「禁城」內部。
直刀「The Infinity」由Trilead Tetraoxide持有，全身鎧「The Destiny」則早已面目全非，幾經流轉後由Silver Crow持有，只剩下「The Fluctuating Light」至今仍坐鎮在「禁城」最深處。

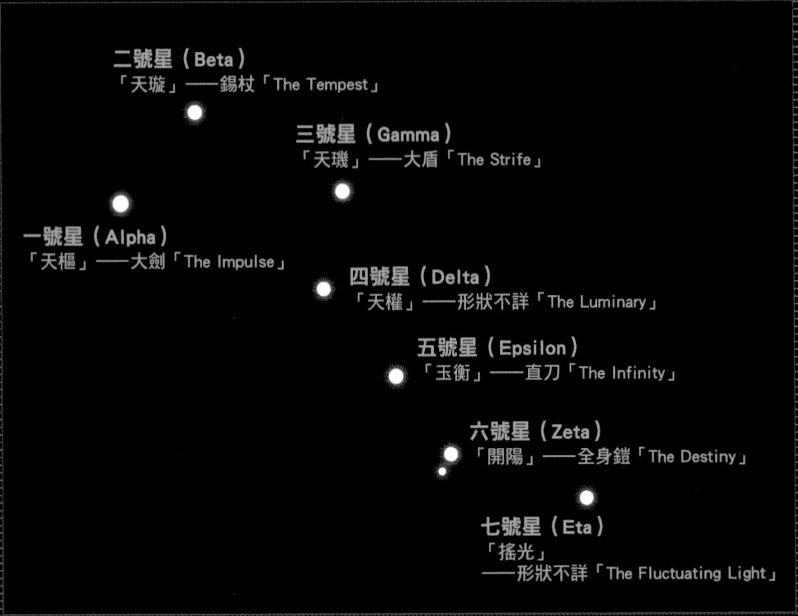

加速世界

Accel World

08 命運雙星

川原 礫

插畫 / HIMA

■黑雪公主＝梅鄉國中的學生會副會長，是個清純又聰慧的千金小姐，真實身分無人知曉。校內虛擬角色為自創程式「黑鳳蝶」，對戰虛擬角色為「黑之王」＝「Black Lotus」（等級９）。
■春雪＝有田春雪。梅鄉國中二年級生，體型略胖，遭人霸凌。對遊戲很拿手，但個性內向。校內虛擬角色為「粉紅豬」，對戰虛擬角色為「Silver Crow」（等級５）。
■千百合＝倉嶋千百合。跟春雪從小就認識，是個愛管閒事又活力充沛的少女。校內虛擬角色為「銀色的貓」，對戰虛擬角色為「Lime Bell」（等級４）。
■拓武＝黛拓武。跟春雪及千百合都是從小就認識，擅長劍道，對戰虛擬角色為「Cyan Pile」（等級５）。
■楓子＝倉崎楓子，曾參加前代「黑暗星雲」的資深超頻連線者。因故過著隱士般的生活，但在黑雪公主與春雪的勸說下回歸戰線。曾傳授春雪「心念」系統。對戰虛擬角色是「Sky Raker」（等級８）。
■謠謠＝四埜宮謠。參加上一代「黑暗星雲」的超頻連線者。名列「四大元素（Elements）」之一，是松乃木學園小學部四年級生。不但能運用高度的解咒用指令「淨化」，還很擅長遠程攻擊。對戰虛擬角色為「Ardor Maiden」（等級７）。

■神經連結裝置＝以量子無線方式與大腦連線，透過影像與聲音等方式，對所有感官都能提供訊息的攜帶型終端機。
■BRAIN BURST＝黑雪公主傳給春雪的神經連結裝置內應用程式。
■對戰虛擬角色＝玩家在BRAIN BURST內進行對戰之際所控制的虛擬角色。
■軍團＝Legion。由多名對戰虛擬角色組成的集團，以擴張佔領區域及確保利權為目的。各軍團分別由「純色七王」擔任軍團長。
■正常對戰空間＝指進行BRAIN BURST正規對戰（一對一格鬥）用的場地。儘管有著直逼現實的高規格重現度，但遊戲系統則與上個世代的格鬥遊戲相差無幾。
■無限制中立空間＝只允許４級以上對戰虛擬角色進入的高等級玩家用場地。其中建構有遠超出「正常對戰空間」之上的遊戲系統，自由度比起次世代ＶＲＭＭＯ遊戲也毫不遜色。

■運動指令體系＝用以控制虛擬角色的系統，正常情形下對於虛擬角色的控制都由這個系統處理。
■想像控制體系＝透過堅定想像意念（Image）來控制虛擬角色的系統。運作機制與正常的「運動指令體系」大不相同，只有極少數人懂得如何運用，是「心念」系統的精要。
■心念（Incarnate）系統＝干涉BRAIN BURST的想像控制體系，引發超越遊戲格局之現象的技術。又稱做「現象覆寫（Overwrite）」。

■加速研究社＝神祕的超頻連線者集團。不把「BRAIN BURST」當成單純的對戰遊戲而另有圖謀。「Black Vice」與「Rust Jigsaw」等人都是這個社團的成員。
■災禍之鎧＝稱作Chrome Disaster的強化外裝。一旦裝備上去，就可以使用吸取目標ＨＰ的「體力吸收」與透過事前運算來閃避敵方攻擊的「未來預測」等強力技能，但鎧甲擁有者的精神會遭到Chrome Disaster汙染，進而完全受到支配。
■ＩＳＳ套件＝ＩＳ模式練習用（Incarnate System Study）套件的縮寫。只要用了這種套件，任何超頻連線者都能夠運用「心念系統」。使用中會有紅色的「眼睛」附在虛擬角色的特定部位上，並散發出黑色的鬥氣──象徵「心念」的「過剩光（Over ray）」。

■「七神器」（Seven Arcs）＝「加速世界」中七件最強的強化外裝。包括大劍「The Impulse」、錫杖「The Tempest」、大盾「The Strife」、形狀不詳的「The Luminary」、直刀「The Infinity」、全身鎧「The Destiny」與形狀不詳的「The Fluctuating Light」。

Accel World

1

「『The Destiny』……著裝。」

發自春雪口中的語音指令，悄悄撼動了「焦土」場地中乾燥到了極點的空氣。

無論是遠方的風聲、長度只剩幾個像素而頻頻閃爍的HP計量表警報聲，還是直衝而來的對戰者——「Cyan Pile」穿破厚重牆壁的衝撞聲，都彷彿切成靜音似的，再也聽不見了。

春雪站在四周有著焦黑水泥的大房間正中央，圍繞在高密度的寂靜之中。接著他忽然感覺到一股強得難以抗拒的知覺訊號，在體內某個點上炸開。

劇痛。

簡直像有一把灼熱的長槍，從兩邊肩胛骨之間深深刺了進去一樣。視野陷入白盲狀態，腦中竄出無數火花。虛擬的呼吸就此停住，連思考都化為無數碎片四散。

「……！……嗚……啊啊……！」

全身彎得像張弓的春雪，差點忍不住發出沙啞的哀嚎；但他忽然意識到有個說話聲響起，聲音來源感覺好遠好遠，卻又彷彿近得不能再近。

——沒用的。

——我與我所寄宿之物已無法分離。

——引導「鎧甲」的「命運」，已因無數憤怒、悲嘆與絕望走向定局。能滿足我渴望的只有鮮血，只有無盡的殺戮，只有永世反覆的災禍。

白盲的視野中接連閃現無數斷斷續續的影像，與用連續預覽模式播放影片資料夾的情形十分相似。

每段影像的正中央，都有著全身穿著泛黑銀色重裝甲的騎士型對戰虛擬角色，但細部的造型卻不一樣。

有人兜帽型頭盔邊緣長出無數獠牙。

有人整張臉都有某種觸手狀物體往前延伸。

有人從頭盔垂下一頭留到腳邊的長髮。

有人會從形狀怎麼看都像惡龍的頭部吐出赤紅火焰。

更有一人下拉線條尖銳的護目鏡蓋住眼睛，揮舞凶煞到了極點的大劍。

春雪直覺地猜到他們就是歷代「Chrome Disaster」。儘管外型不同，但從裝甲顏色、身上散發的黑暗鬥氣到那幾近瘋狂的打法，全都一模一樣。影像中這些騎士彷彿瘋了似的揮劍劈砍、用爪子撕扯、用牙齒咬。他們在大群對戰虛擬角色陣中如入無人之境，在人群中吼叫、咆哮——同時卻也像是在痛哭。

影像消失的同時，那個聲音再度響起。

——毀了他，吃了他，這就是你想要的。

——吞噬、掠奪，無止盡地變強，直到加速世界的荒野上只剩自己一人為止。

——直到末日來臨為止。

從背脊正中央，也就是先前被第五代Disaster的「鉤索」深深刺穿之處，以固定頻率發出電光般的痛覺行遍四肢末端。但春雪仍咬緊牙關不出聲。

要是這時候輸給破壞的衝動，一切都將付諸流水。

仁子為了善盡王的職責，親手處決了既是「上輩」又是親密好友的「Cherry Rook」，她是何等的悲傷。

千百合在「赫密斯之索」把陷入失控邊緣的春雪拉了回來，將鎧甲暫時恢復成種子狀態，這份心意同樣難以報答。

黑雪公主對沉陷在校內區域網路深處的春雪伸出援手，給了他名為希望的雙翼，她祈求自己振作的願望更是不能辜負。

最重要的，還是這名寄宿在鎧甲一隅的少女，她那經歷了漫長時光的祈禱——痛苦拉升到極限，不知不覺間已經超出肉體知覺的範疇，化為一陣壓倒性的能量風暴，試圖撕裂春雪的意識。

明知只要喊出「Disaster」這個名字就可以解脫，但春雪仍然卯足剩下的所有精神力，全心全意忍耐。

就在這時，他彷彿聽到了一個很遠很遠，遠得像是從這白熾化世界盡頭傳來的聲音。

…………要相信。

……不用怕，憑你，一定辦得到的……我等了你好久好久，你一定可以……

這個嗓音，無疑便是來自先前像幻影般出現的黃橙色少女。春雪以僅存的一點思考能力小聲回應。

——對不起。

——我不是妳等待的那種傑出人才。我滿腦子都是煩惱跟迷惘、老是在犯錯、不敢相信別人、只會從人群中逃避、自己一個人卻又連路都走不直，是個沒出息的傢伙。

——可是，現在的我已經有了唯一一件可以自豪的事情。

——我終於又能喜歡人了，而且還是喜歡很多人。雖然我還沒開始喜歡自己、還不敢相信自己，但現在我已經能為了大家而努力。雖然我的容身之處很小，但非常溫暖。為了保護這個地方，我願意盡我所能……

聽到春雪這些有如風中殘燭般隨時都會消失的思念，有個聲音溫和地回答了他。

……這樣就夠了。

……因為，這才是堅強的唯一明證。

春雪體內產生霹的一聲輕響。這個聲響很小，但確實有東西應聲而裂。

那不是崩毀的聲響，而是有東西從內而外穿破種子堅硬外殼的聲響。是誕生的聲響。

一股雪融水般純淨的銀色充盈滿溢、迸射而出，沖走了灼熱的痛楚，令春雪瞪大了雙眼。

僅剩的右手手指頭上創生出光亮平滑的追加裝甲。那是種比Silver Crow的裝甲更加純淨而純粹的銀色裝備——「鎧甲」。

鎧甲造型強而有力但沒有半點煞氣。它發出了輕快的金屬聲響，接連從手背延伸到手腕、手肘。身上每多出一分厚實可靠的重量，體內就多出兩分活力，反而使得春雪覺得身體愈來愈輕盈。

春雪直覺地理解到這件白銀強化外裝，正是災禍之鎧「The Disaster」最初的模樣。

其名「The Destiny」，「七神器（Seven Arcs）」的六號星（Zeta）。這鎧甲正是與五號星（Epsilon）直刀「The Infinity」並排在禁城最深處的神器。

很久很久以前，有人成功闖入禁城得到了這件鎧甲。但後來出了事……發生了那名黃橙色少女所說的「很多很多悲傷的事」，才會讓鎧甲的型態因而扭曲，變成了「災禍(Disaster)」。倉崎楓子與四埜宮謠口中「已證實存在的四神器」，指的就是藍之王的大劍「The Impulse」、紫之王的錫杖「The Tempest」、綠之王的大盾「The Strife」，以及春雪自己擁有的「The Disaster」。

既然知道了這點，也就不難理解「災禍之鎧」為何會蘊含如此超乎常理的性能。它不但是「七神器」之一，而且考慮到目前尚未有人得到七號星(Eta)、五號星實質上也並未現世的情況下，這件鎧甲不折不扣便是當今加速世界最強的強化外裝。

春雪呼喊鎧甲原本的名稱，試圖召喚鎧甲變質前的原形。

如果能夠成功，想必即使穿上鎧甲，精神也不會受到干涉。而當初讓他得以輕鬆打垮強敵「Rust Jigsaw」的「預測未來功能」應該也還不存在，但這場戰鬥不需要用到那種力量。

因為春雪的目的並非打贏裝上「ＩＳＳ套件」的Cyan Pile。

他就只是想把心意傳達給不斷自責而踏入絕望深淵的拓武。他想告訴這位好友，有田春雪是多麼相信、多麼依靠、又多麼需要黛拓武這個人。

為了將這些心情灌注在拳頭上、將最後一擊送進拓武心裡，春雪想借用這股力量，以求穿透拓武身上的黑暗鬥氣。

純淨的銀色裝甲彷彿在回應春雪的心願，不斷往上冒。在大型的護肘出現後，銀光依然繼續往上延伸。

然而……

當裝甲即將覆蓋到肩膀之際，忽然產生了強烈的抵抗。一陣微小卻凶猛的咆哮聲，傳進了耳裡。

春雪領悟到，那就是寄宿在鎧甲上的意志，也就是名為「災禍」的猛獸之聲。猛獸並沒有消失，而且對春雪試圖只召喚牠所依附的強化外裝「The Destiny」這點大為憤怒，試圖妨礙物件生成。

劇烈的擠壓聲響起，白銀鎧甲於遮住Silver Crow半個右肩後，停止了延伸動作。

訊息在視野左方不規則地閃爍著。YOU EQUIPPED AN ENCHANCED ARMAMAENT THE……到這裡都還看得出是什麼字，但接下來則只看得出一個像D、像S，又像T的文字模模糊糊地浮現。

所有的聲響與痛楚逐漸遠去，隨即消失。

這個染上「焦土」場地特有煤灰色彩，相當於現實世界中自家大樓B棟整個一樓部分的空間，瞬間為寂靜所填滿。春雪在昏暗的房間正中央舉起覆蓋著全新裝甲的右手，並且用力握緊拳頭。

緊接著，正前方的牆壁粉碎崩塌，一個高大的輪廓從牆後現身。

籠罩在Cyan Pile——拓武身上的黑暗鬥氣密度變得更濃了。原本的淺藍裝甲配色完全被遮住，只剩寄生在右手強化外裝「打樁機」上那個「ＩＳＳ套件」眼球所發出的深紅光芒不停閃爍。

面罩細縫下的鏡頭眼，也從先前的淡藍色轉為渾濁的紫色。拓武就以這樣的一對眼睛凝視春雪了好一會兒，接著才以平靜的嗓音說：

「……這就是『災禍之鎧』本來的模樣？」

看來他儘管受到破壞與毀滅衝動的驅使，卻仍然保有一貫的高度洞察力。春雪低頭看了看罩上全新裝甲的右手，點點頭。

「對，雖然我只召喚出一隻手的部分……」

「那也夠了不起了。這套『鎧甲』過去曾經吞噬過諸多超頻連線者，你大概是第一個成功抗拒它的。」

拓武的聲音很平靜但缺乏抑揚頓挫，回音也有點空蕩蕩的。

「……小春，你好堅強。你明知只要委身於鎧甲的誘惑，就能得到如今幾倍、幾十倍之多的力量，卻還是能夠抗拒。如果遭到鎧甲寄生的人是我，肯定早已完全遭到支配，對你、小千跟軍團長伸出魔手了……」

「不對，阿拓。我相信換作是你，一定可以召喚出整件『The Destiny』，而不會像我只召喚出一隻手。」

春雪凝視著Cyan Pule的面罩，並且斬釘截鐵地回答。但拓武卻彷彿想避開他的視線與話語般深深低下頭，以微微發抖的嗓音說：

「……小春，你還不懂嗎？我……根本不值得你這麼看得起。我只會做表面工夫……心裡卻總是在嫉妒別人、憎恨別人。我不希望別人幸福，只希望他們不幸。對手成績變差，我會偷笑；跟我搶主力席次的人受傷，我會覺得他活該。兩個從小就跟我玩在一起的好朋友之間慢慢疏遠……我裝作擔心，其實卻暗自鬆了一口氣。這就是黛拓武這個人的真面目！」

隨著在這段嘔血似的呼喊，幾顆白色的粒子從已經沒有光亮的面罩縫隙中滴落。同時他全身迸射出更加強烈的黑色鬥氣，幾乎上衝到天花板。

Cyan Pule右腳踏出沉重的一步，踩得在「焦土」場地下燒得十分堅硬的地面當場粉碎。一陣壓力撲向春雪，讓他幾乎只要一個不留神，就會被沖得往後飛起。但春雪仍然勉力抗拒，再次開口：

「阿拓，我也是一樣啊。」

他拚命按捺嗓音中的顫抖，盡可能以最平靜的聲調對他訴說：

「要比在心中詛咒過的人數，我想我可不會只比你多一位數。而且，你以為我從來不曾嫉妒過你？我現在之所以還能勉強抗拒『鎧甲』的誘惑，純粹是因為我內心跟鎧甲一樣黑。」

「……」

拓武沉默了一會兒，微微收緩肆虐的漆黑風暴，肩膀小幅度搖動：

「……呵、呵呵，你這種說法從小就沒變過啊。沒錯……你從以前就是這樣，一直跟心中黑暗的部分相處得很好。不像我只會強行壓抑，做表面工夫……」

「哪裡不像！我跟你一樣！我也一直在迷惘、煩惱，每次剛以為前進了一點，馬上又會撞到下一堵高牆……但我還是好不容易走到今天這一步，這全都多虧有你陪著我啊！所以，你一定也能夠抵抗這股黑暗的力量！你應該有辦法抵抗它、克服它，繼續前進！不是嗎，阿拓！」

聽到這拚命的呼喊……

拓武在面罩下微微一笑。至少春雪是這麼覺得。

「……謝謝你。謝謝你，小春。能讓你說出這幾句話……我當上超頻連線者，一路努力到今天，也許都值得了。可是啊……正因為這樣，我希望自己的力量一直到最後，都是用來幫助你……幫助整個軍團……這『ＩＳＳ套件』有著壓倒性的支配力……我……已經分不清楚這隨時都會溢出的破壞衝動，有幾分是我自己的，又有幾分是套件誘發的了……」

他說這段話的嗓音十分平靜，但平靜中卻蘊含了狂風暴雨的預兆。

拓武朝春雪舉起附著在右手「打樁機」上不停脈動的血色眼球，以緊繃的聲音說下去：

「……這玩意的寄生體，多半是好幾個『王』級高手融合了多種能力、必殺技與心念製作出來的。打得愈多場……吞噬愈多敵人，產生的力量就愈強大。到最後，它甚至會開始分裂，創造出『下輩』……不，應該說是『複製體』。」

「……複製體……」

這個套件顯然是刻意要玷汙構成BRAIN BURST基幹的「上下輩」體系，如此陰險的性質讓春雪打了個冷顫。拓武放下手，以更用力強忍衝動似的語氣再度開口：

「最可怕的地方……就是同一組套件的『複製體』之間，會以負面心念為媒介相互聯繫。每當一個超頻連線者在套件中培養出憎恨、怨念、憤怒等負面情緒，同一個叢集（Cluster）的上下輩套件便可以發揮更強大的力量。也就是說，散播愈多複製體，自己就會變得愈強大……」

「這……這麼說來……拿到套件的超頻連線者，都會爭先恐後散播自己的複製體……？」

聽到春雪以沙啞的嗓音這麼問，拓武深深點了點頭。

「對……就連現在這個當下……我都能夠感覺到在世田谷區給了我這個套件的超頻連線者『Magenta Scissor』，以及同樣由她親手提供複製體的『Bush Utan』跟『Olive Glove』等人的負面情緒不斷流進我體內。同時我培養的黑暗也在強化他們……」

這也就是說……

由「ＩＳＳ套件」複製體構成的網路，是針對BRAIN BURST的「上下輩」與「軍團」這兩種正規體系進行惡意模仿。若說上下輩與軍團原則上是透過愛與同袍情誼等正向感情來聯繫，那麼「ＩＳＳ複製體網路」則是透過只追求力量與勝利的負面鎖鍊來連結。

啞口無言的春雪耳中，再度傳來拓武那用力得像是玻璃快要被壓破般的嗓音：

「現在……一定要馬上行動，不然『套件』就會像可怕的瘟疫一樣，轉眼之間瀰漫整個加速世界。沒時間等四天後的七王會議了。我想這『Magenta Scissor』多半與套件的擴散來源走得很近，我要從她口中問出主謀的名字，即使拚個同歸於盡，也要問出套件的情報。儘管我們並不清楚這人的動機與目的，但會策劃出這種東西的傢伙，總不可能沒有準備用來控制狀況的手段啊……」

轟。

拓武又踏上一步，從短短兩公尺外的距離低頭看著春雪，輕聲說道：

「之後就交給你了，小春。即使在跟主謀的打鬥中喪失所有點數，我也一定會把所有查到的事情告訴你。所以，到時候就要由你來拯救這個世界了。你一定可以的……而且也只有你辦得到。我相信你。」

「…………阿拓。」

春雪那幾乎不成聲的嗓音，好不容易才叫出摯友的名字。

他什麼話都說不出來了。

那是一種覺悟。

拓武如今之所以還能勉強抗拒ＩＳＳ的驚人支配力，多半就是靠了這岩石般堅毅的覺悟。他已經決定了自己要死在什麼地方，也決定了自己最後一戰的對手。

可是……

他這種覺悟，源自對自己的絕望，源自輸給ＩＳＳ套件的事實，源自他任憑憤怒驅使而虐殺ＰＫ集團「Supernova Remnant」，源自他在千百合的裝置裡放了「後門程式」並藉此攻擊黑雪公主。同時——更是源自於他親手毀了兒時玩伴的圈子。

拓武認定這些行為是絕對無法寬恕的罪，所以將這份絕望轉變為覺悟，準備以必死的決心面對最後一場戰鬥。

「…………我不能讓你走。」

春雪以小孩子強忍嗚咽般的嗓音開口了。

「我絕對說不出『好，剩下就交給我』這種話。我不能讓你一個人犧牲，然後自己繼續當超頻連線者。」

「……呵呵……你這小子還真是有夠頑固……」

拓武發出由衷開心的微笑。

「我想，我一定是希望聽到你這麼說，才會硬找你打這場直連對戰……可是，已經夠了。謝謝你，小春。有你這份心意，我想我大概還可以再維持自我一陣子……好了，也差不多該結束了。」

他舉起健壯的左拳，由小指開始依序握緊。濃縮的黑暗鬥氣讓整個場地都微微振動。

與拓武相對峙的春雪，也用力握緊了披上白銀強化外裝的右拳呼應。他抬起頭來，緩緩點頭說：

「……好，畢竟我們能說的話都說完了。」

沒錯。

到頭來還是得用拳頭交心，否則什麼都不會開始，也不會結束。他們兩人就是為了以拳交心，才會沉潛到這個對戰場地上，而「BRAIN BURST」也正是為了這個目的而存在。

春雪從失去左手與左翼的對戰虛擬角色全身匯集所有意志力，集中到右拳上。銀色的過剩光劈開往外肆虐的黑暗波動，將其推了回去。

這件好不容易才成功召喚出一隻手的「七神器」六號星「The Destiny」，純論性能應該不如「災禍之鎧」。畢竟鎧甲上並沒有長年累積下來的龐大戰鬥資料，也沒有歷代裝備者刻下的憤怒與憎恨心念。

但Destiny之中，卻有一種Disaster所沒有的東西。

那就是「希望」。那名神祕黃橙色少女型虛擬角色在這段漫長的歲月裡，一直寄宿在鎧甲的角落，小心翼翼地呵護著那有如星星一般閃閃發光的希望。春雪不知道她是誰，不知道為什麼她的意識會附著在鎧甲上，也不知道她有什麼心願，然而這股淡淡的溫暖卻給了春雪勇氣。

這股溫暖並不像Disaster那樣驅使他投身於鬥爭，而是在背後支持他，鼓勵他。

……仔細想想，我這一路走來，都有人在支持我啊。

無論是起初那場「醫院決鬥」、接著與第五代Chrome Disaster的戰鬥、與Dusk Taker的決戰、赫密斯之索縱貫賽，或是四神朱雀把守的大門……總是有黑雪公主學姊、小百、Raker師父、Ash兄、仁子、Pard小姐、小梅、當然還有阿拓保護我、鼓勵我。裡面沒有哪一場戰鬥，是憑我自己一個人就打得贏的。

可是，這樣沒什麼不好。

因為這種聯繫……這些羈絆，正是超頻連線者最真切的力量。

我想讓阿拓知道這一點。想讓阿拓知道，除了我以外，還有很多人也關心他、需要他。

——所以，請借給我力量。

沒有人回答他這句內心的呼喊，但一股確切的熱流卻從拳頭中湧現，化為更加耀眼的白光迸射而出。

拓武左拳緩緩後收，舉在腰間蓄勢。

春雪同樣右拳後縮，五指銳利地併攏伸直。

同時喊出招式名稱的聲音是那麼地平靜，彷彿在撫慰彼此的心靈。

「『黑暗擊(Dark Blow)』。」

「『雷射劍(Laser Sword)』。」

當漆黑與白銀軌跡交錯的瞬間，兩人所待的公寓大樓B棟也步上了已經崩塌的A棟後塵，化為呈放射狀灑開的無數物件集合體。

幾分鐘前承受同一招心念攻擊——「黑暗擊」之際，春雪在巨大的衝擊力之下連一秒鐘都挺不住，被打得往正後方飛出數十公尺之遠。他甚至懷疑自己為何沒當場被打得粉身碎骨。

然而，這回春雪儘管剛開始處於劣勢，卻仍然能站穩腳步，微微將拓武的拳頭推了回去。兩人的手隔空較勁距離僅約十公分，中點還散出劇烈的火花。

神器「The Destiny」的守護確實驚人。純以防禦性能而論，或許還在大半潛力都轉移到攻擊面的「Disaster」之上。但僅僅這樣打平是不行的。春雪必須用光貫穿肆虐的黑暗，將心意傳達給拓武；必須讓拓武知道，他沒有犯下任何無法寬恕的罪；必須讓他知道，軍團裡的每一個人都需要他；更必須告訴他，無論處於多麼深邃的黑夜之中，只要抬頭看看天空，隨時都可以看見照亮道路的星光。

——要送過去。

——一定要送過去！

春雪以全心全意祈禱，全心全意發出心念。

「鈴」一聲鈴響似的聲音做出了呼應。

一陣純淨的過剩光在遮住右手的白銀追加裝甲上擴散開來，同時光之劍也開始從五指併攏伸直的右手前端慢慢地、一點一點地伸長。

春雪的「雷射劍」是屬於「強化射程」的心念技能。這種力量源於一種想將手伸到原本無法觸及之地的願望……

過去，春雪一直以為這是種想逃避的願望。他想逃避醜陋又畏畏縮縮的自己、想逃避看這樣的自己不順眼而動手霸凌的傢伙、想逃避母親那嫌麻煩似的目光、想逃避聽到父親說不要自己的記憶。他想徹徹底底地逃避，將手伸向沒有自己存在的地方……

但是，這世上不可能有「沒有自己存在的地方」。

無論到哪裡，自己都會在那兒。伸出去的手，一定會連回自己身上。

伸手是種主動的行為，代表想將自己與對方連在一起。

——所以，這銀色的光一定會把阿拓跟我連在一起。把我的心意、把我的心送過去。這道光一定能覆寫掉BRAIN BURST系統數位運算的防禦力與攻擊力，引發這小小的奇蹟。

——給我送過去……！

春雪發自內心的呼喊，伴隨著強烈的回音響徹整個空間。

純淨的銀色光芒融化、貫穿超高密度的黑暗，一點一點往前進。

這道光已經不再是劍刃。從Silver Crow右臂往前延伸的，是春雪血肉之軀的右手。

——阿拓！

——我，需要你啊…………！

春雪拚命伸出手去，忽然看到黑暗盡頭出現了一個物體。

那是一隻同樣沒有披上任何裝甲的白色左手。粗壯的手指上，有著每天握竹刀空揮而長出的繭。那是拓武的手。

用力縮緊的手指微微一顫，戰戰兢兢地正要張開，又縮回去，又再度放鬆。他的指頭猶豫地往前伸，想去碰春雪的手……

就在這時……

一道昏暗的血色光芒化為無數飛針，在兩人之間猛然炸開。

「…………！」

春雪從心念迴路導引的幻覺被拉回對戰空間之中，看見一幅他意想不到的光景。

在Cyan Pile舉在胸前的「打樁機」表面，寄生其上的眼球狀「ＩＳＳ」套件將「眼睛」睜得極開，彷彿連眼球都要掉出來似的，還灑出了濃密的鮮血色光芒。

有如血管般延伸的黑色組織從眼球四周匯集到距離約十公分的地方，形成一個圓形肉瘤。肉瘤轉眼間就成長為與一旁眼球相同的大小。黑色組織表層發出霹的一聲輕響橫向裂開後，分成上下兩半微微拉開，模樣怎麼看都是眼瞼。從中出現的自然是另一個完整的眼球——兩隻「ＩＳＳ套件」的眼睛，左右並列於拓武橫舉在胸前的右手表面，從極近距離看著春雪。春雪從中感受到了一股來自他人的確切意志，那是無止盡的飢餓感、是破壞的衝動、是對繁殖的渴望，更是一種——憎恨。

「為……為什麼…………！」

喊出這句話的，是正在用左拳和春雪以心念較勁的拓武。恐怕連他自己也沒料到會發生這種現象。

「我沒有下指令……！為什麼會跑出『複製體』……！」

幾乎就在春雪聽懂他話中含意的同時——兩顆眼球周圍伸出了十根以上的觸手，並且刺進Silver Crow胸口。

冰冷。

不，是滾燙。

異樣的知覺訊號在全身神經網路流竄，彷彿有人以銳利的針頭將冰水灌進全身每一條血管那樣。這些微細纜線狀的毛細管不停往體內更深處鑽，包裹心臟、纏上肺臟、爬上脊椎，一路直達大腦——

春雪動彈不得，連聲音都發不出來。

虛擬角色的胸口被十幾根觸手深深刺穿，只剩幾個像素的HP計量表卻絲毫沒有減少，然而這種情形反倒凸顯出這個現象有多麼異常。從右手迸射而出的銀色過剩光開始不規則地晃動閃爍，原先想往前伸長的「雷射劍」也像細雪般消融殆盡。

原本這一瞬間應該就會讓兩人心念勢均力敵的局面瓦解，導致Cyan Pile的「黑暗擊」將Silver Crow打得不留半點痕跡。

但事實並非如此。因為在春雪的心念產生動搖的同時，拓武也同樣縮回左手嘶吼：

「不准你……對小春出手——！」

籠罩著黑暗鬥氣的左手，一把抓住從自己右手延伸出去刺進春雪胸口的大叢黑色纜線，接著扭轉身體用力一拉。但纜線有如生物一樣抖動掙扎，不肯就此被拔出。

全身麻痺而無法動彈的春雪，與用左手用力拉扯黑色觸手的拓武四目相對。

拓武似乎淡淡地笑了。那道笑容裡，沒有絲毫他在這場對戰中多次展現那般染上深沉絕望色彩的空虛，反而既溫暖又可靠，就跟春雪與他在同一個軍團裡並肩作戰的日子裡，只要往旁邊一看便總是見得著的笑容一模一樣。

Cyan Pile右手一動，將強化外裝（打樁機）的砲口抵在自己喉頭。

「……阿、阿拓……！」

春雪拚命從喉頭擠出這句話……

就在此時，拓武毅然喊出招式名稱。

「『雷霆快槍！』」

泛青色的光芒從緊貼在一起的砲口與厚重裝甲縫隙間迸出，緊接著一道雷光從Cyan Pile後頸穿出，高高衝向焦土空間的天空。

拓武以必殺技打穿了自己的要害，腳步踉蹌地往後一歪，即將倒地之際才勉強站穩。先前還剩四成左右的ＨＰ計量表全部染成紅色，由右側急速減少——最後終於歸零。

深深鑽進春雪體內，眼看就要進到大腦正中央的黑色纜線停住了動作。觸手無力地下垂，從他胸前慢慢抽出，彷彿溶解在空氣中似的憑空消失。

從Cyan Pile右手產生的「第二顆眼球」也同樣懊惱地閉上眼瞼，讓第一顆眼球吸收掉。

春雪茫然站著不動，拓武的輕聲細語撫過他的聽覺。

「…………太好了………」

他只留下這句話——

Cyan Pile已經完全失去黑色鬥氣，藍色的高大身軀化為玻璃碎片飛散。

春雪獨自留在被烈焰給烤成巨大環形坑洞的焦土場地正中央，白銀強化外裝逐漸從右手上解除。

春雪抬頭看著對戰空間中暮色漸深的天空，彷彿不願去看視野中央那行寫著「YOU WIN!」的火焰文字。

一股無以名狀的情緒在胸中翻騰，自雙眼滿溢而出，滲進了天空的紅紫色。直到對戰結束離開加速世界的那一刻為止，春雪的虛擬角色雙肩始終不停顫動。

回到現實世界，睜開眼睛的那一瞬間，春雪感覺到一顆水珠在自己的右臉濺開。

那是拓武在即將開始直連對戰之際所滴下的淚水。

拓武幾乎在同一時間登出超頻連線，這位摯友左手按住躺在床上的春雪右肩，右手仍然抓著直連傳輸線，同時瞪大了雙眼。眼鏡彼端出現的新水滴，一滴滴落在鏡片上。在春雪正上方的他嘴唇微微顫抖，發出沙啞的聲音：

「……………我……………」

但拓武再也說不下去，身體緩緩倒下，滾落到春雪左側。

兩人好一陣子沒有說話，只是並肩斜躺在這張寬版的單人床上。

視線所向之處——也就是拓武房間的天花板上，貼著一張上了膠膜的A2海報。

海報上是一名成年的劍道選手，上面沒有任何文字，看來多半是自己找照片去印的。構圖是由選手斜前方拍攝，可以看到選手正要從上段劈向對手面部，竹刀刀尖已經拖出一道銳利的軌跡。只不過是2D的照片，卻有種光看都會覺得全身發熱的魄力。

直連傳輸線依舊繫在兩人神經連結裝置之間，哽咽的春雪藉此以腦中思緒詢問：

『這選手是你的老師？還是師兄？』

過了一會兒，拓武平靜地回答：

『都不是，他退休已經有五十年了。』

『這麼說來……你是把他當成目標？』

『……也不太對……應該說是尊敬吧，說拿他當目標未免太厚臉皮了。畢竟，他在一九九〇年代末期，曾經奪得六次全日本劍道大賽冠軍，這個紀錄一直到了五十年後的今天還沒有人打破。』

『順便問一下……他拿過幾次第二名？』

『三次。光這個部分就已經很了不起了。』

這麼說來，照片中這名選手就是現實世界裡日本……不，應該說是世界最強的劍士。一想到這裡，春雪喃喃說道：

『不知道有這麼強的實力是什麼感覺……是不是已經完全不會迷惘，不會猶豫了……』

『……他退休改當教練之後，有一次在訪談裡說過「我什麼都還沒抓住，仍在伸手不見五指的隧道入口徘徊」這樣的話。』

『…………是喔…………這樣啊…………』

春雪不由得嘆了口氣，繼續想到什麼就說什麼。

『……不過啊，如果真的伸手不見五指，應該不會知道自己是否站在入口吧？搞不好出口就快到了，不是嗎？』

接著，他瞬間轉念說道：

『拿我自己跟這樣的人相比，可就不只是厚臉皮了……不過我……我過去也曾經好幾次覺得自己待在沒有出口的隧道裡……可是，其實是有出口的，每次都一定有……雖然馬上又會闖進下一個隧道……可是……』

春雪拚命尋找合適的說法，同時他將臉往左撇去，朝八十公分外拓武的側臉看了一眼。在那張白皙臉頰上的眼鏡橫樑彼端，雙眼仍然含著小小的水珠，一心一意注視天花板上的海報。

春雪下定決心，改以自己的嘴巴說出了最核心的一句話。

「……阿拓，你剛剛不是為了我而收住心念攻擊……收住了『黑暗擊』嗎？你為了救我而抵抗『ISS套件』，還對自己打出必殺技。我相信，那個行動才是你的本質。即使一度接受『套件』，動用過黑暗之力……我仍然相信你一定可以斬斷這種誘惑，走出隧道。」

春雪一直在擔心某件事——當他們兩人之間的談話結束，拓武可能就會起身道別，走出房間找「Magenta Scissor」跟「加速研究社」戰鬥。因此先前他一直不敢說出這幾句話。

待春雪說完，拓武仍然看著天花板，好一陣子沒有開口。

過了十秒鐘左右，拓武同樣改以自己的嘴說話，而且問出一個令春雪意想不到的問題：

「小春……昨天音樂課的獨唱，你唱了『給我一雙翅膀』對吧？」

「……是、是啊。」

春雪困惑地點點頭，拓武隨即朝他瞥了一眼，露出淡淡的微笑說下去：

「可以選的課題曲那麼多，你怎麼會選這一首？你以前不是很討厭這首歌嗎？」

「……嗯……的確有這麼回事……」

春雪覺得悶在胸口的巨大懸念微微遠去，同樣微微苦笑著說：

「……其實也不是有什麼明確的理由才討厭……該怎麼說呢，我以前一直覺得那首歌是以『不會實現』為前提。」

「……」

春雪用眼角餘光看著默默催自己說下去的拓武，繼續說道：

「當然這可能只是因為我個性乖僻啦……不過我總覺得最前面那句歌詞『如果我的願望可以實現，我想要一雙翅膀』的前面，其實還有一句『雖然我知道不會實現』……我一直這麼覺得。這種感覺，實實在在是我的心情寫照……所以我就是沒辦法喜歡那首歌。」

春雪將視線拉回天花板，輕輕舉起手，用手指摸向壁紙與水泥牆外的天空。

「可是啊……上週拿了參考錄音檔仔細一聽，開始覺得可能不是這樣……呃……嗯……」

春雪最不擅長的就是口頭說明自己的心理狀態，但他仍然用右手比劃起飛鳥的模樣，拚命說下去：

「……我開始覺得，說不定在那首歌裡，願望實現與否並不是那麼重要。希望將來有一天能『飛向沒有悲傷的自由天空』……或許他是抱持這種想法，在地面上一步步往前走……也就是說……這個，重點是……」

說到這裡，春雪的言語處理能力終於跟不上了，只是一張嘴無意義地開闔，於是拓武輕聲替他說下去：

「重要的不是『結果』而是『過程』……只有在過程中，才找得到最重要的事物……」

「對、對對，就是這樣。」

春雪用力握緊舉起的右手，興奮地說道：

「黑雪公主學姊很久以前曾經對我說過，『強悍』這個字眼並不是單指取得勝利的結果。而四埜宮學妹也說過，即使打輸、跌倒、失敗也不死心，繼續往前邁進，才是真正的堅強……當我想到，搞不好那首歌想說的正是這麼回事……就覺得以前自己一直討厭這首歌，實在有點過意不去……當然，也可能只是因為我在加速世界裡會飛了，才能放開心胸去接納它……」

春雪將手墊到腦後，在苦笑中加了這麼一句話。

「無論如何，我的歌唱得可糟糕了。真慶幸校內禁止擅自錄音。」

「不會的，小春。」

聽到這句話，春雪視線一轉，發現拓武看著天花板微笑。他輕輕閉上眼睛，彷彿在回想昨天的音樂課。

「……我想你多半沒有發現，不過小千可是偷偷地在掉眼淚囉。她聽你拚命唱著『給我一雙翅膀』，聽到哭了呢。」

「咦……」

春雪不由得愣在當場。拓武仍不改臉上的微笑，平靜地說下去：

「如果是不久之前的我看到小千那樣，一定會立刻被嫉妒跟自我厭惡的情緒逼得不知如何自處……可是……可是啊，當時連我也覺得很高興。看到你抬頭挺胸唱著那首歌，看到小千流淚，我只覺得好高興。那一瞬間……就只有那一瞬間，我們三個人的圈子……似乎又變得像以前那樣……」

拓武說到後來，嗓音不由自主地顫抖，緊緊閉起的眼瞼下再度流出透明水珠。

春雪被這句話扣動心弦，一瞬間不由得咬緊牙關。但隨即整個身體轉向左邊，用手肘撐起上身說：

「不是『像以前那樣』，而是『現在』。現在的我們就是這樣。阿拓，我跟小百現在一樣需要你！」

拓武一瞬間把臉往左撇開，彷彿想逃避這句話。

但春雪確信自己這句話已經送進好友心裡，已經透過在加速世界裡卯足全力以拳交心的過程送了進去……

過了幾秒鐘後。

拓武重新把身體往右轉回來，以濕潤的雙眼看著春雪，發出顫抖的嗓音輕聲說道：

「……小春，我也……我也能像你這樣改變嗎？我也能對抗心中的負面情緒……同時朝著『天空』前進嗎……」

「那……那還用說！阿拓，你也一直在變啊。剛剛那場對戰裡你會用『雷霆快槍』打穿自己的咽喉，就證明了這一點。」

春雪朝拓武挪過去，用右手抓住對方左肩，凝視藍框眼鏡下那對被淚水沾濕的眼睛——

「阿拓，再給我一點時間。明天星期四……晚上七點開始的逃脫作戰，我一定會帶四埜宮學妹一起從禁城生還。憑她的能力，一定有辦法淨化你的『ＩＳＳ套件』。再一天就好……阿拓，你只要再忍耐ＩＳＳ的誘惑一天就好。」

「……」

春雪拚命地試著說服，拓武並未立刻回答。

他雙目低垂，過了一會兒才擠出緊繃的嗓音：

「……昨天晚上，我在世田谷區從『Magenta Scissor』手中收下了套件。那時套件還處於『封印卡』狀態，但是……當我回到家吃完飯洗完澡，在這張床上快要睡著時……那玩意兒竟然對我說話了。不是透過言語……而是直接用情緒對我說話。它把憤怒、憎恨、嫉妒，還有其他各式各樣的負面情緒灌進我心中，而且，當時我已經卸下了神經連結裝置——我作了一整晚非常非常非常漫長的惡夢……等到我起床，心中已經充滿負面的情緒……」

隔著手掌，春雪感覺到拓武健壯的身體打了個冷顫。好友的頭垂得更低了，說話的聲音更是十分無助，彷彿回到還在讀國小那個時候。

「…………小春，我好怕……那玩意兒已經不只待在神經連結裝置的記憶領域，而是深植在我的腦子裡了……解開封印的它，今晚究竟會讓我看見什麼情景……等到明天早上，我可能已經不再是我……一想到這裡，我就怕得不得了……光是在剛剛那場對戰裡，我就已經毫不猶豫地對你下了重手……」

——沒有配戴神經連結裝置，卻會受到加速世界的干涉。

原理上來說這是不可能的，但春雪對這個現象並不陌生。他自己就曾多次在非加速狀態，甚至在沒有配戴神經連結裝置的狀態下，聽到「災禍之鎧」的聲音。

但仔細想想，BRAIN BURST程式實現得理所當然的「加速思考」功能，也同樣是超乎想像的超現象。不只是這樣，兩個月前春雪還目擊到了失去BRAIN BURST的超頻連線者連記憶都遭到操作／刪除的例子。

也就是說，這款程式有能力干涉人類的意識——也就是干涉靈魂。既然如此，發生任何現象都沒什麼好稀奇的，唯一能做的就是接受事實，奮勇對抗。

拓武頻頻顫抖，春雪更加用力抓住他的左肩，對他說：

「那阿拓，你今天來我家過夜。」

「……咦？」

連拓武也沒料到會有這個提議，露出啞口無言的表情。春雪怕被打斷，一口氣說個不停：

「只要像以前那樣，大家一起打電動一起睡大通鋪，應該就沒空作惡夢了。不過兩個人好像不能叫睡大通鋪啊，那就把小百也找來吧。只要說我們三個人想一起做功課，爸媽應該也會答應。而且這也不是說謊，記得數學跟國文老師好像都出了作業。那你處理數學，小百寫國文，我負責倒茶。你知道嗎？只要在起始加速空間打開作業檔案，就可以癱瘓那些小家子氣的防護，也就可以直接複製貼上解答了！」

拓武瞪大眼睛，盯著說個不停的春雪看了好一會兒……

沒多久，拓武嘴角終於浮現出拿你沒轍似的苦笑。春雪已經好一陣子沒看到這種笑容了。

「……記得以前我們也常被你哄著去做各式各樣的事情，每次都搞到被大人罵啊。」

「有嗎？我倒不記得了。」

春雪放開一直抓在他肩膀上的右手，很假地搔了搔後腦勺。拓武臉上再次浮現的苦笑慢慢轉為純粹的微笑，他摘下眼鏡又擦了擦眼角之後才說：

「真拿你沒辦法啊……總不能讓你寫功課寫太累妨礙到明天的禁城逃脫作戰啊，我就去你家幫忙吧。不過身為比你資深的超頻連線者，我可不准你只為了剪貼解答就用掉1點點數來加速。我會教你答題的思考法，計算你就得自己動手了。」

「欸……」

在嘟嘴抗議的同時，春雪也連連眨眼趕走差點滲出來的液體。

寄生在拓武身上的「ISS套件」多半並未消失，如今仍然虎視眈眈地伺機而動，就跟寄生在春雪身上的「災禍之鎧」一樣。

然而儘管只有那麼一次，而且只召喚出一隻手，春雪仍然成功摒退了鎧甲的支配力，召喚出原型「The Destiny」。既然如此，拓武應該也辦得到。只要他能在接下來的二十四小時內持續抵抗，等到「淨化的巫女」Ardor Maiden從禁城內部生還就好了。畢竟，他都能夠像這樣從絕望深淵爬起，準備重新邁出腳步了。

「——好，既然決定了，就直接到我家去吧！順便去樓下賣場買材料來煮。不對，既然找了小百應該會附送餐點吧……」

春雪陷入思索，拓武笑著輕輕朝他胸口戳了一記。

「我看你真正想叫的不是小千，而是小千媽媽做的菜吧。」

「這、這個嘛，兩者密不可分……說到小百就會想到點心，說到點心就會想到小百……」

「唉，我該不該把你剛剛這句台詞告訴小千呢？」

「騙、騙你的啦！那、那我發郵件給她，你也先問過伯母。」

春雪試圖掩飾自己那句上不了台面的台詞，同時從床上站起。

正當他不經意地想拔掉還插在自己神經連結裝置上的ＸＳＢ傳輸線之際……

彷彿一滴雨點落在水面上似的，一個極輕極輕的思考發聲從腦海中響起。

『……謝謝你，小春。我真的很慶幸……還能跟你當朋友。』

春雪仍然背向好友，用力咀嚼這句話，同樣以極輕的思考發聲回了一句話：

『我也一樣，阿拓。』

2

這場突發奇想的三人過夜聚會想要實行，有幾個障礙得克服。

拓武的雙親對春雪理應沒什麼好感，仍舊必須獲得他們准許。

即使兩人跟千百合從小就認識，但她今年就滿十四歲，要在有田家過夜總有些是是非非。

當然，還得看春雪母親的意見。

沒想到解決起來最輕鬆的就是第三點。春雪戰戰兢兢地對應該還在工作的母親發出純文字郵件，內容寫著『今晚我可以留兩個朋友過夜嗎？』得到的回答是『弄亂的地方要收拾整齊。媽媽今晚不回家，家裡就麻煩你看著了。』

春雪不清楚她說不回家是早就計畫好的，還是想乾脆趁這機會去夜遊，又或者是知道兒子要留朋友過夜，就好心把家裡讓給兒子用。無論如何，既然母親不回家，就表示一整晚都可以自由使用客廳。

接著搞定的則是第一道障礙，拓武雙親批准了。看樣子「寫作業」這句話還是發揮了一定的作用。

真正的難關是第二點——也就是千百合本人以及她雙親怎麼想。拓武與春雪邊想著這個問題，邊走過位於二十樓的聯絡橋，按下位於B棟二一〇八號室的倉嶋家門鈴。沒想到……

「哎呀呀是小春、連小拓也來啦！好久不見囉，哎呀小拓都長這麼大了！現在幾公分……哇，一百七十五？已經比外子還高了，這年頭的小孩發育真好！聽說你們三個人要一起解決很難寫的作業？對喔，你們三個一直到今年才第一次分到同一班。聽見小拓轉到梅鄉國中，伯母我可高興了呢～可是這樣一來，小百可就非得開始煩惱不可啦。乾脆小春跟小拓你們兩個都來當我們家女婿……」

好久沒聽到千百合媽媽那講不完的閒扯，春雪與拓武只能啞口無言地洗耳恭聽。但這時身為當事人的獨生女終於從廚房探出頭來，以烈火般的表情大喊：

「媽媽！妳不用多嘴啦！鍋子裡的東西都快噴出來了耶！」

「哎呀糟糕了！趕快關掉！不對不要關，把火轉小、轉小！」

千百合媽媽才剛手忙腳亂地衝向廚房，千百合便大步走過走廊，從架高的木頭地板上睥睨著兩名訪客說：

「……看你們的臉色，我看你們不是『等一下要打』，而是『已經打過了』對吧？」

果然好眼力，實實在在剛打過一場的兩個男生只能縮起脖子承認。

春雪來這裡之前寄給千百合的郵件上只寫『今天要不要跟阿拓三個人在我家來個集訓？』但她想必早已看穿事情沒這麼單純。參加完社團活動的千百合似乎才剛沖過澡，頭髮還只用毛巾擦乾，身上穿著沒有圖案的T恤與五分褲，雙手扠腰瞪著他們兩人好一會兒。

但她隨即小小哼了一聲，一句「算了，也好，我就陪你們去」乾脆地答應下來。春雪不由得糊塗地反問回去：

「咦……這、這樣好嗎？」

「我說你喔，明明是你們找我去的還問！」

看到千百合眼角再度上揚，春雪與拓武連忙低下頭。二十分鐘後，三人提著千百合媽媽準備的那個三人份晚餐籃來到有田家。裡頭東西很少，三房兩廳的格局顯得空蕩蕩的，傍晚獨自回家時不免覺得有些淒涼，但既然有兩個兒時玩伴陪著，根本就沒空想這種事情。春雪先把東西放到自己房間並換上比較居家的衣服，接著在去客廳之前先啟動郵件軟體。

拓武——Cyan Pile遭到ＰＫ集團「Supernova Remnant」襲擊，反而在無限制空間裡解決掉這些人。曉得這件事的，相信不只有當初告知春雪的倉崎楓子與四埜宮謠，黑雪公主多半也已知情。她們想必非常擔心，春雪當然應該把狀況好好解釋一番，但有關ＩＳＳ套件以及拓武已經與春雪一戰等諸多細節，實在不是用郵件就能說得清楚的。

於是春雪只寫了【拓武他沒事，詳細情形我會在明天逃離禁城作戰前說明】就發出郵件。

三人都立刻回信表示了解，春雪也從這些簡潔的回答中充分感受到了她們的好意。

相信黑雪公主、楓子還有謠，都早已猜出發生過什麼不得了的事——不是一句「他沒事」就能交代的狀況。但三人的回答之中，沒有絲毫提問的意思。換個角度來看，黑雪公主她們的言外之意就是把一切都交給春雪與拓武判斷。

但這同時也表示，一旦今後發生無法挽回的問題，責任也會全部落到春雪等人身上。

他們兩人，不，應該是包括千百合在內的三人，必須想辦法撐過二十四小時，尤其是今晚一整晚，千萬不能讓拓武因為ＩＳＳ套件的干涉而再度迷失自我。他們應該辦得到。畢竟他們三個從小時候就一起經歷過多得數不清的冒險……

想到這裡，春雪忽然注意到一件事，因而停下了手上的動作。

之所以會找千百合來參加今晚這場突發奇想的過夜聚會，說穿了不過是一時興起下的提案，並沒有什麼具體的意圖。他只是單單抱持著一種一廂情願的期待，覺得「只要我們三個人在一起，總會有辦法的」。

然而——只要動用千百合所擁有的那種「力量」，說不定可以直接從系統層面除去折磨拓武的寄生體？儘管狀況超出常規太多，連成功的機率都無從估算，但至少值得一試。

「學姊、師父、小梅……」

春雪輕聲呼喊不在場的三位同伴。

「我一定、一定會想辦法解決問題。因為阿拓跟小百……是我最棒的朋友。」

春雪大步走出房間、用力開門，走向飄來香味的客廳。

千百合媽媽只花了三十分鐘出頭，就為他們準備好一鍋放了許多夏季時蔬的湯咖哩。之後只要熱一熱放在有田家冰箱裡的冷凍白飯，再泡個冰茉莉花茶，就足以完成這頓有點太過豐盛的晚餐。

三人齊聲喊出「開動！」接著安靜地動著湯匙。拓武說他從今天早上就什麼都沒吃，但現在看來已經恢復了幾分食慾。當然，也可能是因為千百合媽媽的料理就是有這種吸引力，即使精神壓力再大，也阻擋不了想吃的慾望。

「啊啊，茄子炸過以後簡直是脫胎換骨啊……」

茄子先切片用橄欖油炸過後，再放到咖哩醬裡燉煮，美味得讓春雪以幸福到了極點的表情吃個不停。然而千百合立刻反駁：

「茄子用烤的跟煮的也都很好吃吧！」

「哪會？沒炸過的茄子就只是能吃的海綿而已。想出炸茄子盒這道菜的人實在太神了。」

「啊啊夠了，就是這樣我才受不了味覺幼稚的人！把茄子烤得酥酥脆脆然後剝皮配上薑絲醬油，多好吃啊！為什麼你就是不懂呢？」

拓武看著他們倆一搭一唱，先清清嗓子後才說：

「好了好了，你們兩個，炸茄子跟烤茄子都很好吃，不過最棒的應該還是醃茄子吧。用米糠醬菜做法醃成純藍色的茄子，才是真正的夏季美食啊。」

這番怎麼聽都不像國中生的發言，讓千百合與春雪面面相覷，接著兩人同時長聲「咦～」了一聲。

「……這麼說對小拓有點不好意思，不過醃茄子我可受不了……那真的跟海綿一樣……」

「嗯，我也是……阿拓，就算你是藍色系，也不用連吃個醬菜都專挑藍色……」

「你、你在胡扯什麼，這跟虛擬角色的顏色沒有關係好不好！」

看到拓武一臉覺得受傷害的表情，千百合笑著拍了拍他的肩膀。

「啊哈哈，對不起對不起！為了表達我的歉意，下次我會拜託媽媽用她不外傳的米糠醃醬幫你醃些茄子來！」

聊著這些無關緊要的話題之餘，春雪在內心的角落意識到一點，那就是他們已經很久沒有像這樣只有三人聚在一起吃飯了。

現在這個由春雪、千百合與拓武組成的圈子，維持在極為敏感的均衡狀態之下。

拓武與千百合從國小五年級的冬天開始交往，然而他們的關係在去年秋天那樁「開後門程式事件」時洗掉重來，之後兩人應該疏遠了好一陣子。可是拓武在第三學期轉學到梅鄉國中，而且連千百合都在升上二年級之後的第一學期成了超頻連線者，因此儘管以「朋友」來說不免有點生硬，但包括春雪在內的這個圈子仍然開始縮短了距離。

沒過多久，春雪他們歷經與「掠奪者」Dusk Taker之間的一場苦戰，三人的圈子再度像從前那樣緊緊相連──至少看起來是這樣。

不過，這種關係全建立在他們都身為超頻連線者，身為「黑暗星雲」軍團成員的事實上。一旦其中一人失去所有超頻點數，進而喪失在加速世界的所有記憶，到時候他們三人是否還能繼續維持這個圈子……這點連春雪也沒把握。

唯一可以確定的，就是現在已經沒時間對這種假設性危機擔心受怕了。

他們只能從正面突破所有障礙，奔向那唯一的終極目標，也就是軍團長黑雪公主所渴望的「升上10級」的地平線彼端──

春雪重新下定決心，正要將叉子伸向沒剩多少東西的咖哩盤之際……

「小春，既然你這麼喜歡，那茄子給你，這個給我～」

千百合笑嘻嘻地把切片茄子丟到盤子上，反手叉走了一大塊雞肉。

「啊，啊啊啊啊啊～！妳、那，那是我養了好久好久……不對，是我要留到最後……！」

「咦？你剛剛不是說喜歡茄子勝過雞肉一百倍？」

「我沒說！吐出來，給我吐出來！」

春雪聲淚俱下地猛烈抗議，但燉得柔嫩多汁的雞肉轉眼間已在千百合口中咀嚼。

「啊啊，好好吃……這美味實在值得動用加速指令來延長啊……」

「可、可惡～！」

春雪在椅子上猛跺腳，坐在一旁的拓武看得有點傻眼，但過了一會兒……

「呵，哈哈……啊哈哈……」

他大聲笑了出來。

千百合與春雪隨即加入大笑的行列。三人手中拿著叉子，始終笑個不停。

合力收拾好餐具與餐桌之後，他們言而有信地寫起功課來。

三人轉移陣地到客廳西邊的沙發組，肩併著肩一同啟動作業程式。這是由經營梅鄉國中的大型教育相關企業所開發的專用軟體，完全不容許任何將解答複製貼上的動作，而且即使用點對點傳輸或有線直連也看不到別人的畫面，絲毫沒有通融的餘地。儘管透過「超頻連線」指令進入起始加速空間（Blue World）之後，就可以癱瘓這種種限制，但除非遇到再過五分鐘就是導師時間的情形，否則實在不容他們做出以「加速」解決作業這種奢侈的行為。

於是他們三人決定在玻璃桌上攤開A3大小的電子紙張，以古老的手寫方式來共享資訊。

解決數學與國文的作業一共花了四十分鐘，如果是春雪自己寫，多半得花上兩倍的時間。

朝時鐘一看，現在還不到八點，於是他們決定召開同樣已經很久沒舉行的春雪精選老遊戲大會。他們把年分已經有三十年以上的主機接到牆上的薄型電視，連橫一九二〇縱一〇八〇的粗糙解析度都成了一大樂趣，而遊戲中更充滿了近年難得一見的暴力描寫，讓他們玩得大呼過癮。

玩到九點半，三人依序去洗澡——只是當然不能像以前那樣「一起洗」——並換上睡衣，再度到客廳集合。他們將遊戲機收起來，接著在地板上排好三人份的折疊式高彈力床墊、枕頭與毛毯……

「好了。」

千百合換上有小貓圖案的淡綠色睡衣，依序看了看春雪與拓武，微笑著說道：

「你們兩個，在這邊坐好。」

「咦……」

「嗯、嗯。」

兩人迅速飲盡剛洗完澡後喝的冰紅茶，便在站著不動的千百合面前那張床墊上並肩坐好。之所以會選擇跪坐姿勢，多半是從小深深印在腦中的「到頭來兩個人都是千百合的手下」這個認知使然。

千百合不改臉上笑嘻嘻的表情，雙手環抱在胸前說下去：

「那，就請你們從頭到尾說個清楚吧。小春、阿拓，你們這次又捅出了什麼婁子？事情又有多糟糕？」

——喔喔，竟然已經看穿到這個地步了。

春雪佩服之餘，也在腦中高速運轉起思緒。

之所以會找千百合一起參加這場「突發奇想的過夜聚會」，最大的理由就是因為春雪期待她的存在——說得精確一點，是期望像以前那樣三個兒時玩伴聚在一起的狀況，能夠阻斷拓武體內ISS套件所做出的干涉。春雪並未考慮過將所有狀況都告訴千百合，因為這等於要揭開拓武心中最深的傷痕——也就是他認定自己破壞了三人的圈子而產生的罪惡感。

但千百合已經多少猜到，不，應該說她的洞察已經相當深入事態核心。而且如果要以千百合的「力量」試圖消除套件，到頭來還是不能隱瞞事實。

春雪朝坐在左邊的拓武看了一眼。

頭髮剛洗完還沒乾的好友正眼回看他約一秒鐘左右，接著轉過頭去面對千百合說：

「小千，我想妳至少也應該已經聽說過——大約從一個星期前開始，讓加速世界蒙上巨大陰影的『ISS套件』問題……」

接下來拓武花了二十分鐘左右的時間，說出了一切。

包括他昨晚獨自前往世田谷的對戰人口稀少區，遇見一個叫做「Magenta Scissor」的超頻連線者，從對方手中拿到了一套處於封印狀態的「ＩＳＳ套件」。

等回到家躺上床，明明已經卸下神經連結裝置，卻疑似受到套件干涉而作了惡夢。

今早起床時他微微發燒，所以請爸爸送自己到以前去的醫院，順便在新宿區收集情報，卻由於個資被以前同軍團的戰友出賣，在現實世界遭ＰＫ集團「Supernova Remnant」攻擊。

拓武跟對方一起沉潛到無限制空間，召喚出ＩＳＳ套件，以黑暗的心念之力將Remnant成員打得全都失去所有點數。結果儘管保住了BRAIN BURST程式，意識中卻有相當大的一部分因而遭到套件侵蝕。他認為再這樣下去會危害到黑暗星雲的同伴，於是決定趁著現在自己還勉強能夠控制住力量時，抱持同歸於盡的決心去找「Magenta Scissor」戰鬥，以查出套件的來源。

但就在準備行動之際，拓武卻與從梅鄉國中一路跑到自家的春雪展開直連對戰。這場激戰中雙方都拿出了百分之百的實力，解放了心中壓抑的所有情緒，最後成功地排除了幾分套件的干涉，然而……

「…………可是，那玩意並沒有從我腦中消失。」

拓武說完了漫長的來龍去脈，雙手握住洗完澡後還沒戴上的藍色神經連結裝置，以耳語般細微的聲音做出結論：

「這『套件』潛藏在我的神經連結裝置之中……說不定其中一部分已經潛進我的腦子裡。那玩意會不斷從其他並列(連線)的套件中吸收力量，就連現在也分分秒秒愈來愈強。今晚……要是再作了那個惡夢……我想我又會叫醒心中最黑暗的部分。所以小春才把我們三個湊在一起度過今天這一晚，想試著阻止這種情形……之所以會突然找妳來，就是因為這個理由。這些……全都是因為我愚不可及、自以為是，才會導致這樣的情形……」

說到這裡，拓武閉上嘴，深深低下頭去。

千百合動也不動地聽完這漫長的故事後，忽然在拓武身前跪坐下來，從六分袖的睡衣伸出白嫩的手臂——以指尖輕輕擦去拓武左眼眼角滲出的淚水。同時，她小聲說：

「………對不起喔，小拓。」

「咦………」

拓武抬起頭來，瞪大眼睛。千百合平靜地對他說：

「其實我從很久以前，就知道小拓其實非常……也許就跟小春一樣容易受傷、一樣善良。可是……都怪我一直依賴小拓的善良……」

千百合一雙平常像貓般炯炯有神的眼睛慢慢低垂，放下手跟面前兩人一樣換成跪坐姿勢。

接著她再次抬起頭來，以堅定的聲調說：

「我啊，從小就一直深信……不管到了幾歲、不管過了幾年，我們三個仍然可以一樣和樂融融地歡笑度日。可是這其實是痴人說夢，對吧？畢竟沒有人可以讓時間停止……或是倒流。我的腦子明明知道是這麼回事……卻總是滿心希望這樣的時光可以再久一點、可以再多維持一陣子……」

千百合看看春雪，再看看拓武，突然說出了一件令他們意想不到的事。

「小春，小拓，這件事我從來沒跟家人以外的人提過……跟你們說，我爸爸可能已經活不久了。」

這句話彷彿在春雪的耳朵與大腦之間被攔住，令他好一會兒都無法認知其中代表的意義。春雪左側的拓武似乎也一樣，不僅一動也不動，甚至聽不到呼吸聲。

看到他們倆這副德行，千百合仍然不改臉上平靜的表情，繼續說道：

「你們兩個，應該已經知道我為什麼符合『當超頻連線者的第一條件』了吧？」

「…………嗯。」

春雪微微點頭，在腦中的角落思考。

要當超頻連線者，也就是要將「BRAIN BURST程式」安裝到神經連結裝置之中，必須滿足兩個條件。第一個是「從剛出生就持續配戴神經連結裝置」，第二個是「具備高度的量子連線資質」。

第二點可以透過長時間的全感覺沉潛經驗或是主動進行訓練——千百合就是這樣——來達成。但第一條件則非已長大的當事人能憑自身意志決定的。換言之，所謂超頻連線者的資質，可說有一半是先天性的。

讓新生兒配戴神經連結裝置的理由，幾乎都是父母希望能夠「降低育兒負擔」或是想進行「幼兒英才教育」。春雪與拓武分別因為前後兩者的理由，才會剛出生就開始配戴嬰兒用神經連結裝置。

但這兩個理由都不能套用到千百合身上。

千百合的父親，在她即將出生時就罹患了喉嚨方面的疾病而切除聲帶，因此難以用自己的口舌跟嬰兒說話。可是，千百合的雙親無論如何都希望能讓愛女聽著雙親的聲音長大，於是他們決定利用神經連結裝置的「思考發聲功能」。所以千百合打從嬰兒時期，就透過神經連結裝置聽著父親的聲音長大。

千百合彷彿在等春雪與拓武想像到這裡，才有氣無力地說：

「……讓我爸爸不能說話的病，是下咽喉癌。」

「…………！」

兩人再度說不出話來，千百合則輕輕搖了搖頭想讓他們放心：

「別擔心，不是說現在就會出事。畢竟這年頭放射性治療用的微型機械（RTMM）技術很進步，癌症本身也不再像以前那麼可怕了……可是啊，醫師說我爸爸身上的癌細胞曾經轉移過，就連現在的科技，也不可能消滅所有散佈到全身的癌細胞。這十年來，爸爸的食道跟肺都各復發過一次癌症……兩次都靠抗癌藥物跟ＭＭ治療勉強壓了下來……不過醫師說要是下次再復發，情形可能就沒這麼樂觀了……」

千百合說到這裡，仍然堅強地維持住笑容，但春雪注意到她的一對大眼已經微微沾濕。

「……爸爸跟媽媽當然也不想讓我操心……可是我們好歹也已經在一起生活了這麼多年，隱隱約約總會看出一些跡象。而且爸爸接受治療時，副作用真的讓他看起來好難受……媽媽也會深夜起床好多次，幫爸爸揉揉身體。所以等到治療結束爸爸身體好起來時，我打從心底對上天祈禱，祈求祂讓我們就這樣過下去，祈求爸爸、媽媽、我、小春跟小拓，大家都健健康康，像現在這樣和樂融融地過下去。那時……我還在讀國小四年級。對我來說，那個時候……那個時候每天都過得好開心，美好得簡直像籠罩著一層金光似的……」

千百合說到這裡住了口，看向天花板，不讓眼淚流下來。

春雪什麼話都說不出口，腦海中浮現千百合父親的面孔。

國小三、四年級時，每當在外面玩累了跑回來，春雪幾乎都會跑去倉嶋家叨擾。不但讓人家請吃晚餐，甚至還會借浴室洗澡。照理說春雪見到千百合爸爸的頻率也相當高，但那位伯父卻絲毫不讓春雪看出自己已艱辛地與病魔纏鬥多年。那張消瘦的臉頰上始終露出和藹的微笑，有時甚至還會陪春雪他們打電動。

「…………小百……我什麼都…………」

什麼都沒發現。

春雪正要這麼說時，千百合再度對他投以笑容，頻頻搖頭。

「我不是說過嗎？爸爸並不是立刻就會出事，而且說不定以後再也不會復發了——所以，其實我也不應該老是害怕未來。可是，我卻裝作沒看到這些慢慢改變的事物……也不去了解小拓的心情……即使『現在』已成了『過去』，我依然一直想回到從前。也難怪小拓他……去年秋天，會想知道我真正的心意。畢竟不管是直接陪在身邊，還是用連線通話，我都沒有好好去看過當下的小拓一眼。」

她一說到這裡——

先前一直不說話的拓武握緊放在膝蓋上的雙拳，用力搖頭說：

「不對……小千，不是這樣。要怪就該怪我沒辦法相信妳。都怪我根本沒注意到小千內心的苦惱，就只會拿我自私的願望來要求妳，要妳看著我，只看著我一個人。到後來……我甚至還對小千……在小千的神經連結裝置裡……」

他強行擠出的嗓音，與傍晚跟春雪對打時的悲痛呼喊十分相似。

但春雪相信拓武這次吐露心聲，並非純粹出於消極的自責與自我厭惡。他相信這一點，拚命忍著不說話。

拓武最後再度將雙手握得幾乎變形……接著他放鬆力道，以沙啞的嗓音說下去：

「可是……」

他抬起頭來，目光筆直望向春雪，接著轉頭看著千百合說：

「可是小千，我會改變。我保證。雖然我得一步步來，但我會讓自己更堅強。總有一天，我要堅強得能夠贖清過去的罪，牽起妳的手一起走向未來。」

「………嗯。」

千百合終於落下一滴淚珠，跟著點了點頭：

「我也一樣……我不會只顧著過去了。雖然現在我還是……還是會怕，不敢往前看……然而，我會珍惜現在這一瞬間。因為我現在真的好開心。跟小拓、小春、學姊、姊姊還有小謠一起，朝同一個目標前進，真的讓我好開心、好高興。所以………」

千百合深深吸一口氣，毅然挺直腰桿，先用力擦了擦眼角，接著以堅定的嗓音說道：

「所以我才不會讓那個叫『ＩＳＳ套件』的玩意兒對小拓為所欲為。我也要保護你，要跟小春一起保護你。」

3

春雪不時會忘記千百合當上超頻連線者的資歷其實只有短短兩個月，是自己的四分之一，相較於她的「上輩」拓武更只有七分之一。

但千百合聽兩名比她資深的前輩講完有關ＩＳＳ套件的詳細情形，卻只思索了短短幾秒，就用力皺起眉頭說：

「這該不會……又是『加速研究社』那些傢伙搞出來的？」

「……」

春雪與拓武不由得面面相覷。兩人將視線拉回坐在三個並排床墊上的千百合那兒，接著同時點頭。

「……嗯、嗯，我們也是這麼想的……」

「……小、小千妳好厲害。我跟小春是兩個人一起討論，還花了好多時間才想到這點。」

「你們想想……」

千百合仍然皺著眉頭，微微放低聲音：

「這手法就很像他啊。不光明正大挑戰，只會從周圍慢慢侵蝕……」

千百合所說的「他」，就是如今已離開加速世界的前加速研究社成員「Dusk Taker」。當他在春雪面前現身並報上名號時，不但已經掌握黑暗星雲所有成員的個人資料，甚至還抓住了對春雪來說極為致命的把柄。

這次的事件也一樣，套件是從世田谷、大田、江戶川等等對戰人口稀少的地區開始散播。超頻連線者多半以東京都心為大本營，相信還有許多人根本不知道目前正在發生的事情。等到四天後的週日舉辦「七王會議」時，應該會討論有關這款套件的事，然而屆時甚至可能已經發生無法對應的爆炸性感染（pandemic）。

春雪強行吞下幾乎令他頭皮發麻的擔憂，用力抓緊盤坐姿勢下的兩隻腳掌，開口說道：

「——該怎麼說呢，加速世界不是有個理論嗎？如果某種招式或物品性能非常強大，就一定會有同樣重大的風險或弱點。像我的『飛行』就幾乎完全犧牲了虛擬角色的其他能力，阿拓的『打樁機』跟師父的『疾風推進器』，也是用了以後就得等裝填計量表重新累積起來才能再度使用。」

「這……這倒是沒錯。像我的『香櫞鐘聲（Citron Call）』不但預備動作很大、又不會導向，敵人輕輕鬆鬆就能躲開。」

千百合點點頭，拓武則是把眼鏡往上一推並接過話頭：

「連超出遊戲系統限制的非正規能力『心念系統』也不例外。原則上學不會與自身虛擬角色屬性相反的心念技能，而且用過頭還可能被內心的黑暗吞噬，因而控制不住力量……啊啊，原來如此，小春你想說的就是……」

「嗯。雖然我還看不出『ISS套件』的原理，也不知道這玩意兒是怎麼做出來的，但既然BRAIN BURST程式允許這種東西存在，我想它那可怕的力量跟無限的感染力……一定有非常嚴重的弱點作為代價。說不定嚴重到只要掌握住這個弱點，就有辦法讓它建立起來的整個網路一舉崩潰。」

「……的確有這個可能啊……」

拓武瞇起的雙眼暫時恢復了一貫的理智光輝，微微加快速度說下去：

「我原本認為套件的創造者……多半就是與加速研究社首腦走得很近的人物，認為這人一定會在裡面加裝自滅程式，所以打算不惜拚個同歸於盡也要弄到詳細的情報。然而我卻完全沒有想過……套件之中也可能本來就包含了這種無可避免的弱點啊……既然如此，只要能找到這個祕密，或許就算沒有什麼發動指令也能讓套件自滅……」

拓武講到這裡，迅速抬起頭來深深吸一口氣，當他正要繼續說下去時——

千百合卻筆直伸出右手食指頂在他臉上說：

「不行喔，小拓。」

「咦……？」

「你剛剛一定又在想拿自己當白老鼠，讓學姊跟姊姊她們查出套件的弱點吧？」

「啊……嗯、嗯……畢竟只要軍團長她們在，就算我又發狂，應該也能先制住我……」

「不～行！我們軍團裡禁止這種自我犧牲來達成目的的做法！」

聽千百合宣言得如此斬釘截鐵，春雪與拓武再度面面相覷。

因為在Dusk Taker事件之際，正是她「自我犧牲」救了他們兩人。

但千百合一副早就忘了有這回事的模樣不讓拓武說話。她思索了一會兒，立刻又開口說：

「──我說小拓，要不要乾脆用我的『香櫞鐘聲』除掉附在你身上的ＩＳＳ套件？」

「……！」

一聽到這句話，春雪立刻倒抽一口氣。因為他從幾個小時之前就一直在考慮這個提案。

千百合的虛擬角色「Lime Bell」所擁有的必殺技「香櫞鐘聲」，有著能夠讓目標虛擬角色時間倒流的神奇效果，而且這招還能透過必殺技計量表的用量與預備動作的差異，切換兩種不同模式。

消耗半條計量表的模式１，能以秒為單位來回溯承受此招的虛擬角色狀態，藉此恢復目標的ＨＰ計量表與必殺技計量表。也就是說，這是種加速世界裡僅有寥寥數名「治癒術士」能夠做到的強力技能。

而需要消耗整條計量表來使用的模式2更是驚人。這種模式可以回溯目標虛擬角色的狀態性改變。所謂狀態性改變，主要就是裝備或解除強化外裝、部位缺損、可變形虛擬角色的變形等情形。裝備一件強化外裝會露出很大的破綻，而且很多裝備在對戰中都只能召喚一次，所以一旦在戰鬥中被這招強制除裝，就只能先撤退再說。

但這模式2最驚人的地方，在於「甚至可以取消獲得強化外裝的事實」。由於回溯期間並非無限——現階段只能回溯到前四次改變——因此幾乎都限定在剛取得物品時才有效，但只要發揮作用，就連以直連方式讓渡的強化外裝都會物歸原主，好不容易買來的強化外裝也會強制解約而退回店頭。當然發生這種情形時，購買時所付的點數也會退回。

春雪一邊在腦中回想這些資訊，一邊計算拓武現在的「狀態性改變」次數。

與生俱來的強化外裝「打樁機」是常駐裝備，因此不需要計算在內。另外，將打樁機轉變為「蒼刃劍(Cyan Pile)」的改變則是不受系統規範的心念技能，所以也不算在內。

也就是說，先前對戰中念出「啟動ＩＳＳ套件」的指令而裝備ＩＳＳ套件是一次；之前跟ＰＫ集團「Supernova Remnant」戰鬥時應該也同樣裝了上去，這樣就是兩次；繼續往回推，昨晚他在世田谷區跟「Magenta Scissor」交手過，戰鬥中對方將封印狀態的ＩＳＳ套件讓渡給他算是三次。香櫞鐘聲模式2的回溯上限是四次，所以還來得及。

「阿拓……」

春雪低聲喊了拓武一聲。相信拓武也已經在腦海中做過一樣的推演。這位好友回過頭來，雙眼中微微亮起了希望的光芒。

但拓武隨即雙目低垂，緩緩搖了搖頭。

「……不……我的狀態性變化的確還沒超過四次，可是我想……香櫞鐘聲多半消除不了那玩意兒……」

「為……為什麼，阿拓！這種東西就直接退回去給『Magenta Scissor』嘛！」

聽到千百合強勢的台詞，拓武微微一笑。但他再度搖搖頭，以開導的語氣平靜地說了：

「小千，那玩意兒……那玩意兒的一部分或本體，已經不只是留在神經連結裝置，而是鑽進我腦子裡了。除了心念系統以外，不可能產生這種現象——妳還記得嗎？當初妳想用香櫞鐘聲讓Raker姊雙腳恢復的時候……」

「…………」

拓武與千百合不約而同地輕輕咬了咬嘴唇。拓武點點頭說下去：

「當時Raker姊的『部位缺損』同樣還在四次的範圍內，雙腳卻沒有恢復。因為她一直在無意識之中，以心念拒絕自己的雙腳。相信這ＩＳＳ套件也會以自身的心念拒絕消滅……」

「那！那我也！」

千百合交互看了看春雪與拓武，大聲喊道：

「我也要學心念系統！管他得在無限制空間裡花上幾年，我都會練出能把ＩＳＳ套件從拓武身上消除的能力！」

「不行，小千！」

拓武當場厲聲大喊，千百合也不甘示弱地喊回去：

「為什麼不行！學姊跟姊姊也說我將來會找到自己的心念，為什麼不能現在練起……！」

儘管拓武還想反駁而張開了……

但他卻又停下不說。春雪非常清楚地察覺到他想表達什麼，於是探出上半身，輕輕碰了碰千百合纖細而修長的左手。

「小百……」

千百合瞪了他一眼，但春雪看著這對像貓一樣的大眼睛，慢慢說道：

「……小百，妳的香櫞鐘聲真的是很了不起的招式，從某個角度來看，也許是整個黑暗星雲裡最強的力量。可是啊，我想那一定是一種……『渴望過去的力量』。我不知道妳發現沒，妳發動這招時傳出的鐘聲……就跟過去我們那所國小放學時敲響的鐘聲一模一樣……」

想來千百合自己也注意到了這點，一瞬間瞪大雙眼，隨即低下頭去。春雪對不說話的兒時玩伴繼續說：

「當然，不管是我還是阿拓的心念技能，都跟過去的記憶有密切關連。可是，至少阿拓的招式裡，所體現出來的是一種想斬斷過去往前進的意志，所以我……阿拓一定也是，我們都希望妳修練心念系統的時候，目光是望向未來。雖然我不知道那會是什麼樣的力量……可是，我們希望妳可以得到全心全意朝未來伸手的力量……」

接下來好一會兒，每個人都不說話，甚至動也不動。

唯有牆上的時鐘平順地動著秒針，宣告十一點就快到了。開在除濕模式的分離式空調發出低沉運轉聲，隔音玻璃外也微微傳來夜晚環狀七號線上來來往往的ＥＶ車輪胎噪音。

過了一會兒，千百合全身放鬆下來。雙眼仍舊含淚的她，平靜地露出微笑：

「……說的也是。」

她輕聲說出這句話，先點了點頭，才繼續說下去：

「說的也是。系統設定的招式也就算了……既然要從自己心中找出能力來培養……當然還是那種能對希望伸出手的能力才好。像阿拓……還有像小春的能力那樣。」

「不……我的心念技能沒那麼了不起啦……」

「不會，『雷射劍』我也很喜歡，跟『蒼刃劍』一樣喜歡。」

千百合露出滿面笑容，以找回了活力的聲音說下去：

「對了，既然都是要練，我也來練個『什麼什麼劍』跟你們湊一組吧！最好是那種威力夠強，可以把小春跟小拓一刀砍飛的招式！」

「嗚……」

兩個男生又面面相覷了。畢竟Lime Bell的潛力至今仍然深不見底，誰也不敢保證她不會練出威力遠超出兩人既有招式的心念攻擊。

「還、還請妳手下留情……」

春雪說完，這次換成了千百合跟拓武互看，接著他們不約而同地放聲大笑。

明天當然也要上學，而且放學後還有「逃離禁城任務」等著，差不多該睡了，於是春雪、拓武跟千百合由東到西，依序躺到他們排在客廳地板的三個高彈力床墊上。他們小時候在別人家午睡時，千百合都是睡在正中央，但這次的主角是拓武。

他們也考慮過，既然睡眠中會受到來自ＩＳＳ套件的干涉，不如乾脆三個人一起熬夜——但拓武說這樣會影響到明天的「逃離禁城作戰」，劈頭就駁回了這個提案。套件相關問題固然十萬火急，但堪稱春雪分身的對戰虛擬角色「Silver Crow」還處於被封印在無限制中立空間的狀態，無論如何都得帶具備淨化能力的「Ardor Maiden」一起逃出禁城，在星期天的七王會議之前淨化掉「災禍之鎧」，否則他就會成為加速世界裡懸賞金額最高的通緝犯。

「不用擔心，有你們兩個陪著，我可以放心一覺到天亮。」

聽見拓武從枕頭上轉過頭來這麼說，春雪也點頭回應：

「沒錯，覺得會作惡夢的時候你可要趕快說，我會把你轟起來。」

「這我是很感激啦，只是你也在睡，要怎麼叫醒我？」

「呃、呃……用夢話……」

正當春雪感受著眼瞼上愈來愈沉重的睡意並展開這般對話時，千百合忽然在拓武另一頭彈響手指。

「對了！我說啊，既然卸下神經連結裝置也沒辦法阻止它干涉，我們三個要不要乾脆直連在一起睡？」

「啥……？」

春雪連連眨眼，千百合輕輕抬起頭說下去：

「只要直連在一起，就算睡著了，應該也聽得到思考發聲吧？要是小拓出了什麼異狀，說不定我們能發現。」

「啊啊……對喔，我都沒想到……」

春雪與出聲表示佩服的拓武一瞬間對看了一眼，確定彼此都想試試看。於是三人先起身，拿起放在沙發組桌上以無線方式充電的神經連結裝置，同時配戴上去。接著準備兩條ＸＳＢ傳輸線，改讓春雪睡在正中央。因為只有春雪的神經連結裝置有兩個直連用插孔。

裝置左端插孔與千百合直連，右邊則與拓武直連。兩次有線式連線警告標語都消失後，只剩小小的連線圖示留在視野角落。

春雪將毛毯拉到脖子高度，細細感受這不可思議的感覺。

無論是跟誰連線，有線直連總會帶來一些緊張感。取消神經連結裝置防護的不安全感、以及直接以物理方式連結彼此意識所帶來的本能悖德感，都讓心臟噗通噗通地猛跳。

但春雪現在卻只感受到一種寧靜的安詳。跟兩個一起度過人生中最多時間的兒時玩伴在一起，彼此之間你保護我、我保護你的感覺，簡直像有兩人份的安心感透過線路傳輸過來，逐漸填滿了心靈……

不知不覺間，春雪已經閉上眼睛。家用伺服器的ＡＩ偵測到居民已經就寢，便自動調低燈光亮度。溫柔的夢鄉中傳來兩個聲音。

——晚安。

——晚安囉。

春雪已經分不清這是人聲還是思考發聲，只能依樣畫葫蘆地輕聲回話。

……晚安……

4

…………小春。

……小春，起來啦，小春。

春雪隱約覺得有人在呼喚自己，微微睜開眼睛。周圍是一片深灰，彼端有個朦朧的人影。

「……天還這麼黑……再讓我睡一下啦……」

嘟囔完正要躺下時，卻開始有人搖晃起他的肩膀。

「起來啦，小春。」

這個聲音中含有幾分迫切，讓裹在棉花中的意識微微清醒，春雪這才心不甘情不願地再次睜開眼睛。天色還是很暗，從現在的季節推算，應該頂多才四點左右。

「……幹嘛啦，小百……」

春雪以沙啞的嗓音說完後用力眨了眨眼，強行睜開眼睛。

他身體左側朝下，側身躺在床上，看到從正面伸手搖自己的果然是千百合。她盤坐在地上的輪廓十分嬌小，留著一頭短髮，頭上戴著一頂大尖帽，全身裹著一層亮綠色的半透明裝甲，左手拿著巨大手搖鈴型強化外裝……

「———咦？」

春雪的意識這才好不容易恢復到半夢半醒程度，他裝了彈簧似的彈起上身，立刻就聽見身體發出喀唧作響的聲音。低頭一看，自己穿的也不是直條紋的短袖睡衣，而是發出銀色光輝的鏡面裝甲。

春雪趕緊看看雙手、摸摸臉頰。不用仔細感覺面罩那滑溜的觸感，也知道這是對戰虛擬角色Silver Crow，而坐在他面前的黃綠虛擬角色則是千百合的Lime Bell。

……為什麼？是小百睡昏頭，不小心按到跟我對戰？

他劈頭就想到這個可能性，於是抬起視線想尋找應該位於視野上方的體力計量表跟讀秒，但他什麼都沒找到。沒有綠色的橫條，沒有寫著一八〇〇秒的倒數數字，也沒有任何其他重疊顯示的資訊。

但這是不可能的。既然已經換成對戰虛擬角色，就表示他們正以全感覺方式沉潛到對戰場地上，無論這裡是正規對戰場地還是無限制中立空間，都必定看得到自己的體力計量表，而且玩家自己也不能關掉這些顯示。

那麼，這應該是場夢。

春雪維持雙腳伸直的坐姿，伸出右手想捏自己的臉頰，卻被堅硬的面罩擋住而摸不到。他的思緒到現在依然昏昏沉沉，心想那就拿千百合的臉頰來代替，打算朝坐在左手邊不遠處的虛擬角色伸出手去，卻又想起對戰虛擬角色的面罩全都很硬。那麼其他有哪些地方可以捏呢……對了，不知道女性型虛擬角色裝甲下面的胸部是什麼情形……

春雪想到這裡，動起左手，將食指伸向Lime Bell披風型裝甲下露出的渾圓隆起……

一陣充滿彈力的觸感沿著手指傳回後，過了半秒鐘。

「你、你做什麼啦！」

聽到這聲喊叫的同時，一陣巨大衝擊伴隨「鏗」一聲巨響正中腦門。原來是Lime Bell以左手的強化外裝「聖歌搖鈴（Choir Chime）」猛力敲了Silver Crow一記。

「嗚嘎！」

春雪只覺得好幾隻黃色的小鳥繞著腦袋飛來飛去，過了好一會兒才完全清醒，驚覺地抬起頭來。他的目光迅速往旁一掃，發現這裡並非有田家的客廳，而是個昏暗的管狀空間。右邊的通道不遠處就是死路，左手邊則有一條狹窄的隧道蜿蜒延伸下去，看不到盡頭。

這不是作夢，卻也不是正規的「對戰」。所以他與千百合兩人是受了某種異常現象影響，從睡眠中沉潛到這個不知名空間。

……兩人？

「…………！阿、阿拓人呢？」

春雪再度察看四周，但就是找不到Cyan Pile高大的身軀。轉頭往千百合身上一看，發現方才還以雙手遮胸並瞪著自己的新綠虛擬角色也換上擔憂的表情，一頂大尖帽輕輕搖動。

「不知道……我也是剛剛才醒來。一醒來就發現自己成了對戰虛擬角色，小春睡在旁邊，卻找不到小拓……」

「…………這樣啊……」

春雪在面罩下思索了一下。

兩人都變身成對戰虛擬角色，但計時器跟體力、必殺技計量表都不存在，所以顯然不是待在正規的對戰空間。他無意識中想張開背上的翅膀，然而平常就算必殺技計量表為零也能張開的雙翼，現在卻一動也不動。看樣子在這裡所有能力都無法產生作用。

這樣一來，唯一可以想見的情形就只有一種。這個奇妙的現象多半……不，肯定就是寄生在拓武身上的「ＩＳＳ套件」所引發的。春雪、千百合與拓武保持直連狀態睡在一起，才會透過ＸＳＢ傳輸線被牽扯進這個現象之中。從這個角度來看，或許可以說兩人正身處於拓武的夢中。

那麼，拓武一定待在這個世界之中。之所以看不見人影，一定是因為他離開了，而且多半是往左方那條延伸得看不見盡頭的昏暗隧道去。

「……走吧，小百，我們得去找阿拓。」

「嗯，好。」

千百合似乎也與春雪得出了幾乎完全相同的推論，立刻點了點頭。春雪以他血肉之軀絕對做不到的動作，從坐姿垂直跳躍站起身，接著對千百合伸出左手，將她拉起來。

Lime Bell起身後並未放開他的手，反而握得緊緊的。春雪一邊輕輕回握，一邊用右手摸隧道牆壁試試看。這不是泥土或水泥，而是一種有奇妙彈力的深灰色柔軟組織。上頭還帶有微溫與細小的環狀縐折，彷彿是……或說根本就是置身於某種生物體內。

兩人面面相覷，相視點頭，手牽著手開始朝隧道深處快步前進。

他們三兩下就失去了時間感與距離感。

兩人甚至連自己現在是否處於「加速」狀態都不清楚。如果不處於加速狀態，應該遲早會被設定在早上七點的家用伺服器鬧鐘叫醒，但如果處在加速狀態，那時間就會漫長得跟靜止沒有兩樣。或許用「超頻加速」指令就能脫離這個奇妙的世界，但他們終究不放心把拓武丟在這裡不管。如果現在處於加速狀態，那麼等到他們於現實世界中清醒並叫醒拓武，即使只花幾秒鐘，留下的拓武也已經在這個世界裡待上相當漫長的時間。

想來他昨天晚上也作了這個夢，接著心靈受到某種干涉，被灌輸了大量的負面情緒。

那麼說不定就連現在這一瞬間，這個過程依然繼續進行著。說不定他透過跟春雪直連對戰而好不容易快要找回的東西，將再度被奪走……

焦慮加快了腳步，讓春雪不知不覺間牽著千百合的手跑了起來。千百合的心情多半也跟他一樣，因此拚命跟上速度型的Silver Crow。兩個虛擬角色沿著蜿蜒的昏暗隧道前進，彷彿永無止盡似的跑下去。

春雪心想，要是能用背上的翅膀飛去就好了，但不曉得出於什麼理由，在這個地方似乎無法動用「飛行能力」。金屬翼片始終維持折疊收起的狀態，不管意識如何集中，翼片就是一動也不動。

就在他覺得差不多已經跑了超過五公里時……

前方終於看到微弱的光亮。

「出口到了……？」

聽到千百合這麼問，春雪對她點點頭，加快了速度。

兩人一口氣跑過剩下的幾十公尺，終於脫離了隧道——然而眼前卻突然出現一片令他們意想不到的光景。

是宇宙。

不，嚴格說來不太一樣。應該說這兒是個無限寬廣的漆黑空間，裡頭還綴飾著無數光點。

兩人茫然地停下腳步，頭上遠方有著大群光點密集凝聚，發出閃閃動人的光芒，簡直像是一個球狀的銀河系。但這裡與星空不一樣之處，就在於這些光點頻頻搖晃。當一個光點撞上其他靜止的光點時，受到撞擊的光點就會開始移動，再度撞上別的光點。整個銀河不斷進行這樣的連鎖反應，彷彿在打一場規模巨大的三次元撞球——同時也像是一種網路。

由於掌握不住距離感，他們無法精確看出這個「搖動銀河」的大小，但春雪直覺感受到，只要抵達這銀河附近，那些光點散佈的規模一定足以媲美整個宇宙。

朝背後看去，春雪與千百合來處的隧道簡直是個直接開在太空中的洞。隧道出口往外有一道寬度約兩公尺的窄橋，往漆黑的空間下方延伸。他們倆就站在這座橋的橋頭。

春雪再度將目光拉回美麗的光點群，左手仍然握著千百合的右手呆呆站著不動。忽然間，左邊傳來了低語聲：

「……好漂亮……」

春雪點點頭，同樣以沙啞的聲音回應：

「這……到底是…………」

有人從他的「右側」回答了這個問題。

「是『主視覺化引擎（Main Visualizer）』。」

「咦……？」

「是、是誰！」

春雪與千百合同時發出驚呼聲，轉身往右一看。一個原先不存在的嬌小輪廓，已悄悄佇立在兩人所待的狹窄走廊邊緣。

那人影不是拓武——Cyan Pile，當然也不是軍團裡的其他成員。那是個全身各處都有花瓣造型的女性型對戰虛擬角色，裝甲則是有如春日煦陽般溫暖的黃橙色。

一看見這個身影，春雪立刻放下戒心，輕聲對千百合說道：

「小百，不用擔心，她不是敵人。」

「咦……小春你認識？就算是這樣好了，那為什麼她會出現在這裡……？這裡不是小拓的『夢』嗎……？」

這個疑問連春雪也很難回答，但他仍然努力整理他所知的情報，想辦法用比較簡單易懂的方式說明：

「呃……她不是待在拓武體內，而是待在我的腦子裡。嚴格說來，是待在我擁有的強化外裝『The Destiny』之中……這麼說對嗎……？」

有關自己曾召喚出來的第六件神器The Destiny，春雪傍晚就已經對千百合大致說明過。而對於春雪的提問，黃橙色虛擬角色則微微歪了歪頭：

「可以說對，也可以說不對。儘管我的確在『The Destiny』之中，可是『The Destiny』的

本體卻記載於這個世界裡……」

「咦……？這怎麼說……？而且你剛剛所說的主……視覺化，什麼來著……？」

對春雪連連提出的問題，這名神祕的少女給出了更驚人的答案。

「照你們的說法，就是『BRAIN BURST中央伺服器』。」

「…………！」

這個答案讓他們打從心底大吃一驚，當場愣住。

「BRAIN BURST中央伺服器」，沒人知曉其所在地的加速世界「本體」。裡頭不但記載了包括每一個超頻連線者檔案在內的各種BRAIN BURST資料，還運算整個加速世界當中的每一項改變、操縱所有的公敵，正可謂是這個世界的核心。

而這個拒絕一切非正規干涉，只容許玩家想像的中央伺服器，就近在春雪他們的眼前……不，應該說他們已經身在其中。這個黃橙虛擬角色所說的話就是這個意思。

「可……可是，為什麼會這樣……？不管是多麼老資格的玩家，都會說ＢＢ伺服器是絕對無法入侵的……」

當他以顫抖的嗓音這麼問起時，少女微微一笑——至少他這麼覺得。

「這倒是沒說錯。不過，我們已經得到了唯一一種可以接觸世界定律的方法。而你應該已經知道這個方法了。」

「讓我們……接觸世界的定律……」

春雪先低聲複誦一次，忽然驚覺地瞪大眼睛：

「是『心念系統(Incarnate)』……？用想像力……透過『想像迴路』來覆寫(Overwrite)……」

「對。那是一種非常強大，卻又非常可悲的力量……」

少女點點頭。春雪聽著她說話，瞬間想起了一件事。

這不是他第一次遇見這名黃橙虛擬角色。上次遇見她是在今天，不，應該已經算是昨天傍晚，在拓武房間裡直連對戰的最後階段——春雪被拓武以一招「黑暗擊」轟飛，已經沒有力氣站起來，就在那時，少女出現在春雪體內。記得她當時就說過『你跟中央系統之間的線路暫時接通，所以我才能這樣對你說話』。

原來所謂的中央系統就是BB伺服器，也就是少女現在所說的「主視覺化引擎」。而所謂的迴路則是……「想像迴路」，是心念系統的基幹，也就是用來將想像力送進世界定律之中的道路。

「可是……我們現在根本沒有動用心念系統啊……？而且我根本就連心念是什麼東西都還不清楚……更別說我們兩個都還在睡……」

之前待在春雪左後方的千百合踏上一步，這麼問道。

仔細一看，就覺得Lime Bell跟這名神祕黃橙虛擬角色儘管裝甲顏色相反，整體造型線條卻有幾分相似。兩人不只有「葉子」與「花瓣」這種造型上的共通點，還在某種更深刻的本質處相似。

少女看了千百合一眼，緩緩點頭，左手指向兩人一路走來那條黑漆漆的長隧道。

「這條隧道就是『想像迴路』。兩位有個心靈相通的朋友，方才你們就是經由他心中的迴路來到這裡。」

「咦……阿、阿拓心中……？」

「那……現在是小拓在發動心念系統……？」

兩人相繼出聲詢問，但少女輕輕搖了搖頭說：

「這不是他自己的想像，是黑暗之力鑽進他心中而接起的隧道……你們看那邊。」

少女這次舉起右手，指向某條從隧道延伸出去的空中走廊。這條通往漆黑空間的蜿蜒浮橋看不到盡頭，而且彷彿在避開上空閃閃發光的巨大銀河般，不斷往整個空間的底部下探。春雪拚命凝神觀看，結果就在層層黑暗的另一頭——

他看見一個虛擬角色的小小身影，高大的身軀往前傾，深深低著頭，踩著沉重的腳步一步一步往前走。

不用刻意辨認那身藍色重裝甲與右手的強化外裝，春雪與千百合仍然立刻看出了那是誰。

「阿……阿拓！」

「小拓！」

兩人同時發出近似哀嚎的叫聲，打算衝過去。但黃橙色的左手卻攔在他們身前。

「不行，貿然接近會被『它』發現。」

「它……它……？」

儘管心下焦急，但春雪仍然本能地將目光專注在拓武所前往的方向。

幾秒鐘後，眼睛似乎習慣了黑暗，視野中慢慢浮現出一個物體的模糊輪廓。

那是個除了巨大之外其他特徵都難以形容的物體，或許可說是「一團黑色的生物組織」。無數血管呈網狀裹住不規則蠕動的肉塊頻頻脈動，血管往周圍的空間分岔延伸，細小的前端更像觸手般翻動。

這「黑色肉塊」以固定頻率晃動的模樣，與上空的「光之銀河」倒也有幾分相似，但兩者給人的印象卻正好相反。既像相對於秩序的混沌，又像相對於光明的……黑暗。

「那……那是什麼玩意兒……為什麼中央伺服器裡面會有那種東西……？」

聽到千百合顫抖的嗓音，少女又壓低聲音回答：

「那個……不是系統製造出來的東西。是某位ＢＢ玩家瀧下種子，花了長久歲月慢慢培養出來的……一種『異物』……」

「瀧下種子……慢慢培養……」

才剛喃喃說出這句話，春雪忽然全身一震，以不成聲的聲音驚呼：

「該、該不會是……『災禍之鎧』？那是鎧甲的本體……？」

「不，不是這樣。鎧甲是『七星』之一……是系統的一部分。看，Destiny就在那兒。」

黃橙色的手，指向在遙遠上空閃閃發光的銀河中心附近。抬頭一看，有幾顆比周圍光點更大更明亮的星星排成斗杓的形狀。春雪的視線被吸到從左算來的第六顆星星上，彷彿與它產生了共鳴。

看上去這顆星星與左邊的五顆星星不同，旁邊另有一顆比較暗，比較小的星星伴隨。如果少女所言不虛，這第六顆星星就是神器「The Destiny」，那麼旁邊那顆比較暗的伴星，會不會就是寄生在鎧甲上的「破壞意志」？

春雪從這大小兩顆星的模樣中，感受到一股不可思議的哀戚，往右撇開了目光。這裡應該有第七顆星，同時也是最終神器，中文名「搖光」的「The Fluctuating Light」存在。放眼望去，確實看得見一團巨大的黃金色光芒在搖動，但看在春雪眼裡，卻覺得那是整個光之銀河的中心。

這到底是怎麼回事？照理說無論神器擁有的威力多麼強大，終究只是一件強化外裝，只是一種裝備用的物品，但它卻存在於BRAIN BURST程式的中心……？

春雪瞬間產生疑問，但他隨即拋下這些念頭。現在不是思考加速世界構造的時候了。再過幾分鐘，低頭行進的Cyan Pile就會抵達黑色肉塊。

現在春雪已經知道那整團異形物體並不是「災禍之鎧」，那它到底是什麼——

「啊……！小、小春，你看！不只是小拓……！」

千百合忽然喊叫出聲，以右手指向Cyan Pile左邊不遠處。照她所指的方向凝神觀看，能發現那兒也有著跟春雪他們腳下同樣的狹窄浮橋延伸過去，而且有人走在上面。

對方是個小型的對戰虛擬角色，外型並不陌生。那粗壯的雙臂下垂得幾乎要拖在橋面上，極有份量的上半身大幅前傾，裝甲則是草綠色。

「……Bu、Bush Utan……！」

錯不了，他就是綠之團成員「Ash Roller」的跟班Bush Utan，前幾天才跟春雪在杉並區打過。當時Utan彷彿成了個心念高手似的，不斷發動威力驚人的黑暗心念攻擊。

看來Utan並未注意到春雪的喊聲，只是同樣踩著沉重的腳步朝黑色肉塊走去。

不，不只他一個，更裡面、更上面、更下面也都還有。先前被深邃黑暗遮住的無數浮橋慢慢從春雪的視野中浮現出來。

每一座浮橋上都有一名對戰虛擬角色存在，同樣踩著死氣沉沉的腳步不斷前進，沒有任何例外。呈放射狀從肉塊延伸出去的浮橋總數大概有三十——不，恐怕超過五十座。

到了這個時候，春雪才總算猜到那團漆黑的有機物體是什麼東西。

那就是神祕強化外裝「ＩＳＳ套件」的本體。拓武不是說過嗎？所有的ＩＳＳ套件都相互連結，而且只要一個套件變強，周圍套件也會跟著變強。而眼前光景正是這種「連結」。他們每天晚上睡著時，都會透過BRAIN BURST的想像迴路被帶到這個世界，透過套件本體的肉塊相互連接。

實際上，已經有幾個對戰虛擬角色抵達終點，在肉塊前面跪下。從肉塊延伸出來的黑色血管密密麻麻地爬滿他們全身，不停脈動，看似在交換某種液體，也可能是在交換資料。

「不要……不要啊……」

千百合對套件的知識理應比春雪少，但她或許直覺地發現到眼前光景意味著什麼，壓低了聲音說道：

「太過分了，這樣太過分了……不但從大家身上吸走最寶貴的事物……還灌輸他們不好的東西……」

「嗯……沒錯。就是那玩意兒……就是那個肉塊迷惑了拓武。他跟我打過一場，好不容易才正要找回自己……要是放著不管，又會……」

春雪先低聲驚呼，接著轉身面向站在他右側的黃橙虛擬角色喊道：

「要怎樣才能阻止它？走在那邊的那個人是我們的朋友！不，這裡的每一個人，都是跟我們一起玩同一款遊戲……一起玩BRAIN BURST的好伙伴！只要破壞那個黑色肉塊……就可以阻止這種情形，對吧？」

對方還沒回答，春雪就要追著拓武的腳步跑去，但少女再次舉起手制止他。

春雪之所以停下腳步，並不是因為撞上她的手，而是因為「穿過了她的手」。少女的右手彷彿只是不帶實體的影像，無聲地穿透了Silver Crow的身體。這意料之外的現象，令春雪震驚得停下了腳步。

他轉過身去，驚愕地看著這名神祕少女。他直到現在還握著Lime Bell的手，所以絕對不是因為這個世界沒有「命中判定」。

少女略帶落寞地微微一笑，開口說道：

「我不是說過嗎？我是……記憶。是在遙遠往昔就從這個世界消失的一名ＢＢ玩家所留下的回憶……是一種意識的回音……」

「回……回憶……？可是妳明明可以像這樣跟我們說話……」

聽千百合這麼問，少女微微點頭：

「在這主視覺化引擎裡，所有資料都以跟人類記憶相同的形式儲存了下來。所以有著堅定意志……有著堅定祈求與心願的物件，就可以擁有虛擬的思考迴路。這，就是我……」

「堅定的……心願……」

春雪喃喃複誦之餘，在腦海角落想起了某件事。

在跟拓武對戰途中第一次遇見這名少女時，她就已經說過自己在等待能解開「鎧甲」詛咒的人出現……等待將來有人能讓「他」的憤怒與悲傷平復。

春雪不曉得少女口中的「他」是誰，但想必就是這個心願讓少女繼續留在加速世界當中。

少女彷彿看穿了春雪的思緒，點點頭說：

「在這個地方，只有『意志』擁有實際的力量。那個黑色肉塊是由許多巨大的惡意凝聚而成，要是再靠近，連你們都會被吸進去。」

「可……可是，我們總不能因為這樣就放著阿拓不管……」

焦急驅使之下，春雪再度望向浮橋遠方。低頭走路的Cyan Pile與ISS套件本體之間只剩幾十公尺。用不到一分鐘，拓武就會被黑色血管捉住，再度被搶走寶貴的事物。

就在這時——

「你應該有這個力量。」

少女以斬釘截鐵的口氣說道。

「力、力量……？」

「對，你有『為了寶貴事物而朝遠方伸出手的力量』。」

「…………！」

春雪反射性朝自己裹在銀色裝甲中的右手看了一眼。五根細長的手指前端十分尖銳。這隻手害怕去碰觸東西，害怕與別人相連，因此長年來一直藏在口袋裡。

接著他望向左手。但這隻手卻毫不害怕，牢牢握著Lime Bell——握著千百合的右手。

在當上超頻連線者之前，哪怕是在全感覺沉潛狀態下用虛擬角色相處，他也不敢做出這種事來。然而從八個月前的那一天起，有許許多多的人們朝春雪伸出手，鼓勵他，分給他勇氣。

——我已經不是那個走路時連頭都不敢抬起來的我了。我長這隻手，不是只為了冒冷汗，也不是為了躲在別人身後，而是為了握住別人朝我伸出的手……不，是為了自己主動去跟別人牽手而存在。

千百合似乎也與春雪的想法同調，拉起春雪的左手用力握緊。

「你辦得到的，小春你一定辦得到。你能用你的手……把心意送到小拓心中。」

春雪點點頭，用力回握，並且回答：

「好，我一定會把我的心意送過去。怎麼可以讓阿拓被那種肉塊搶走！」

黃橙色的少女說這個世界中只有意志具備力量，這多半就是指——動用心念系統才是唯一的方法。換句話說，正規的技能不具備任何力量。Silver Crow在這個世界之所以飛不起來，理由就在於此。

春雪唯一的心念招式「雷射劍」，是屬於強化射程距離的基本技巧。但雖說是強化射程，頂多也只能讓攻擊距離比空手多個兩公尺左右。相較之下，不斷前進的拓武與他身前不遠處的黑色肉塊，則距離春雪多半有五十公尺遠。

但在這個世界裡，目測的距離沒有意義。抱著打不到的想法去打，就算拿大型飛彈也打不到；相對地，只要相信碰得到——多半連春雪尚未精熟的心念也能成功。

春雪左手握著千百合的右手，放低姿勢，雙腳前後拉開，右手五指銳利地併攏。

「機會只有一個點，一瞬間。」

站在右側的少女輕聲指導。

「可是你一定辦得到。你要相信自己……相信許許多多與你心意相通的人，相信他們所帶給你的力量。」

接著少女的虛擬角色身影忽然淡去，簡直像要融入春雪體內似的與他重疊在一起，就此消失無蹤。

春雪還有很多事情想問，但他相信以後彼此還有機會見面。現在，應該要專心思考如何搶回拓武。

少女說機會只有一次，春雪直覺地理解了這句話的意思。那團肉塊為了與拓武聯繫在一起，多半會露出某個脆弱的部分，而他就是要看準這個弱點攻擊。

春雪將意識集中在右手，耀眼的銀光從指尖發出，隨即一路延伸到手肘附近。

這時，遠方的肉塊似乎感應到了光芒，從全身伸出的血管劇烈蠕動，驅使著狀似觸手的血管前端窺探四周。少女說得沒錯，要是靠得更近，那些觸手多半會發現春雪並連他一起吞噬，就跟昨天他與拓武那場對戰打到最後時突然分裂的「套件」一樣。

右手發出鈴一聲尖銳的振動聲響，銀光伸展數十公分，形成銳利的劍刃形狀。春雪正準備以平常發動「雷射劍」的蓄力姿勢將手後縮到右腰際，卻突然停下動作。

他直覺想到，只憑跟過去一樣的招式、一樣的心念，肯定辦不到。在昨晚的對戰中，春雪就曾經與ＩＳＳ套件發出的鬥氣與心念較勁。要打穿那濃密得駭人的黑暗，就必須用上更加強勁的貫穿想像。

彷彿冥冥中有股意志引導春雪般，他將右手舉到與肩同高，扭動身體與手臂後縮到極限。這是他的師父兼上輩黑雪公主——Black Lotus曾讓他看過數次的那招長程攻擊「奪命擊(Vorpal Strike)」的預備動作。

這種心念攻擊，多半就是最終極的射程兼威力強化招式。坦白說他當然用不出這招，但如果只是將自身的想像加諸在動作上，他應該也辦得到，而且非試不可。

或許是不習慣的預備動作讓想像有所動搖，右手上的過剩光不規則地閃爍。

忽然間，春雪左手被千百合用力握住，同時能聽到她輕聲說：

「小春，我不會用心念，可是我的心意跟你一樣。我想把小拓帶回來，讓我們三個人不再回首過去，能夠開始朝未來跨出腳步。哪怕……哪怕將來有一天我們得分道揚鑣。」

儘管全身微微顫動，但千百合仍然堅定地這麼宣告。

Lime Bell全身忽然籠罩在一層淡淡的淺綠色光之中。奪目的光芒，透過牽起的手傳到春雪身上，不但讓他右手的過剩光穩定下來，還讓光芒變得更強。

「小百，這就是心念的力量。」

春雪以不成聲的聲音回應。

「幫我祈禱，祈禱我的手碰得到阿拓。」

「嗯。」

鈴聲似的共鳴又增加了音量，黑色肉塊焦躁地蠕動觸手，但似乎就是找不到春雪他們。

這時，不斷前進的Cyan Pile終於來到肉塊前，停下腳步。他彷彿斷了線的人偶似的雙膝跪地，深深垂下頭去。

蓋住拓武整隻右手的「打樁機」表層隆起一個小小的黑色球體。這個球體睜開眼瞼，露出一顆彷彿沾滿血般的鮮紅眼球，對四周張望了一會兒——接著整個球體都冒了出來。

黑色眼球仍然以細小的血管組織與拓武右手相連，並像蝸牛觸角似的慢慢往上延伸。而本體所在的黑色肉塊也為了迎接這顆眼球，伸出較粗的大叢血管。

就在雙方準備接合的那一剎那……

春雪高舉過肩、後縮到極限的右手一口氣筆直刺出，同時原原本本地喊出了心中自然湧出的字眼。

「『雷射……長槍』！」

強烈的金屬聲響中，右手伸出一根凝聚得又細又長的光之長槍。

長槍貫穿ＩＳＳ套件本體所凝聚的黑暗，不斷往前延伸。二十公尺、三十公尺，勢頭仍然不減。

但這時春雪忽然覺得右手傳來一陣沉重的阻力。就是那個感覺。跟第一次挨了Bush Utan的「黑暗擊」時一樣，是一種冰冷的灼熱。

——給我穿過去！

——穿過去！

春雪與千百合不成聲的呼喊同時響起，兩名虛擬角色身上發出耀眼的過剩光，交融在一起灌進光之長槍，擊碎了厚實的黑暗護膜。

拓武身上正要與本體血管群融合的ＩＳＳ套件，以生物般的動作轉過來看見了長槍。黑色眼瞼瞪得極大，立刻想回到寄生的地方——Cyan Pile的右手，但它晚了一步。

心念長槍的尖端已經深深刺穿深紅色眼球的瞳孔。

啪嗤一聲令人毛骨悚然的聲響過後，眼球灑出漆黑的液體，當場破裂。緊接著春雪感覺到巨大的肉塊——套件本體發出了猛烈的憤怒波動。

這有點像是腦髓的肉塊，伸出無數的觸手劇烈翻動，想找出礙事的人。就在此刻，跪在它正下方的Cyan Pile猛然抬起頭來。

「阿……阿拓！這邊！」

春雪卯足全力放聲大喊，拓武回過頭來，看見了春雪與千百合。透過面罩的縫隙，可以看見他似乎已經完全清醒，睜大了那對發著藍光的雙眼。

「小拓，快跑！」

拓武聽到千百合的尖叫，立刻站起巨大的虛擬身軀，往兩人所在的方向跨出腳步。但他只在狹窄的浮橋上跑了幾步，便似乎想到了什麼而轉過身子——面向身後的肉塊。

套件本體將大半觸手揉合成一束，想再度抓住Cyan Pile。要是被本體吞進去，想必又會被新的套件寄生。

「阿拓，快……！」

春雪話才喊到一半，卻又吞了回去。

因為拓武突然以左手握住右手打樁機上伸出的鐵樁尖端。

那是……那個動作是拓武所學會的心念技能，也就是強化攻擊威力的——

「『蒼刃劍(Cyan Blade)』！」

這一聲喊得氣宇軒昂，右手的強化外裝應聲分解，拔出的鐵樁籠罩在藍色過剩光中。當他

的雙手以流暢的動作牢牢握住手中物體時，鐵椿已經化為一把雙手巨劍。

拓武毫不畏懼湧來的觸手群，高舉發出藍色光輝的劍。

「喝啊啊啊啊啊——！」

這一刀勢如破竹，震得整個空間不停晃動，強大威力的餘波甚至傳到了呆立不動的兩人所站之處。

雙手劍迸出閃電般的光芒，當頭直劈——

劍刃斬斷成群觸手，深深砍進套件本體的肉塊之中。

一陣無聲的哀嚎。

整團肉塊劇烈蠕動，接在血管上的數十名超頻連線者也跟著晃盪。其中一部分醒了過來，搞不清楚狀況地四處張望。藍色光芒從砍進肉塊的雙手劍周圍呈放射狀往外延伸，製造出細小的裂痕。

緊接著，直徑將近十公尺的套件本體有一部分從內部爆炸，噴出大量的黑色液體與氣體。拓武、春雪與千百合所站的走廊也從橋頭崩塌，失去立足點的虛擬角色當場被拋向無底的宇宙空間……

就在下一秒鐘——

5

「…………哇！會、會掉下去……！」

春雪喊叫的同時，整個人猛然坐起上身。

緊接著，他的脖子兩側被輕輕拉了一下。

「咦……奇怪……」

感覺心臟跳得像一陣急鼓之餘，春雪不停地左右張望。米白色的壁紙、超薄型平面電視、大型餐桌，餐桌後面則是開放式廚房吧台。

這裡是他再熟悉不過的家中餐廚廳，地板鋪有床墊，他就睡在上頭。

家用伺服器偵測到坐起身的動作，將天花板上的燈開至低亮度。春雪在昏暗的灰色燈光中朝拉著脖子的東西一看，原來是還配戴在頸部的神經連結裝置上頭那兩條ＸＳＢ傳輸線。順著左側的傳輸線看去，短短五十公分外，映入眼簾的就是兒時玩伴倉嶋千百合的睡相。她不但踢開了毛毯，甚至還翻開了睡衣衣襬露出肚臍。

——難道那些全都是夢？

在奇妙的地方化為對戰虛擬角色、穿過長長隧道看到光點形成的銀河、再次遇見那名黃橙色少女……這些，都只是在作夢……？

正當春雪一頭霧水時，千百合猛然睜開了眼睛。

千百合跟他對看了短短一秒，立刻以沙啞的聲音喊道：

「小春……小拓呢？他平安回來了嗎？」

這句話顯示出她跟春雪有同樣的體驗。

沒錯，那不可能只是在作夢。在那個世界的所見所聞還有發生的事情，全都是現實。他們兩個人鑽過了「想像迴路」抵達BRAIN BURST中央伺服器，接著在那兒發現奇妙的黑色肉塊——「ISS套件本體」，並以春雪的心念攻擊讓正要連上肉塊的拓武清醒，接著……

「阿拓！」

春雪大喊出聲，轉身面對鋪在右側的床墊。

昏暗的燈光下，黛拓武以面向正上方的端正姿勢閉著眼，睡相與千百合形成鮮明對比。

「小拓……！」

千百合輕聲呼喊之餘，從左側跨過春雪的雙腳，跪在拓武身旁。當伸出的手正要碰上拓武肩膀之際，他的雙眼猛然睜開。

一雙略帶咖啡色的眼睛，依序捕捉到了倒抽一口氣而停手的千百合與春雪。接著一隻左手從毛毯下伸出，輕輕碰了碰配戴在脖子上的神經連結裝置，以及從直連插孔一路延伸到春雪身上的傳輸線。

隨後這位兒時玩伴以一點都不像剛睡醒的堅定嗓音說道：

「……這應該……不是夢吧？不對，應該說小春跟小千幫我毀了我的惡夢，沒錯吧？」

接著，他露出了與平常毫無兩樣的柔和微笑。

這一瞬間，春雪伸出右手，猛力抓住拓武的左肩大喊：

「阿拓，我、我說你喔……叫你跑就趕快跑好不好！哪有人在那種時候還反撲啊！」

「就是啊！要是又被那些噁心的觸手抓到，你打算怎麼辦啊！」

千百合也同樣幾乎壓到他身上，發出尖銳的聲音抗議。

先前那段「夢境」的末尾，拓武因為春雪的心念攻擊而擺脫套件的精神支配後，不但沒有逃開狂怒的本體，反而以心念招式給予對方迎頭痛擊。這個行動惹來了兩人的抗議，拓武只能換上過意不去的笑容，回答說：

「我、我當時也沒多想，就只想到一件事……都是這傢伙不好，它就是罪惡的根源。一想到這裡，我就覺得說什麼也要賞它一刀才甘心……」

「這、這是沒錯啦，如果可以，我也很想痛扁它一頓。」

春雪不由得頷首，接著才驚覺地抬起頭來，急急忙忙地問說：

「對、對了，先別說這些……結果怎麼樣？你腦子裡的那玩意兒……」

春雪肯定自己已經在「夢境」中，以新的心念攻擊「雷射長槍」破壞了從拓武右手脫離的ＩＳＳ套件。儘管不是作夢，但事情終究發生在想像的世界中，他們還不清楚對現實世界到底會產生多少影響。

聽他這麼一問，拓武放低視線，接著用力閉上眼睛。

他以右手摸了摸眉心，皺起的眉頭頻頻顫動。過了一會兒，拓武放下手，睜開眼睛先看看千百合，再看看春雪——

接著悄聲說道：

「……不見了。」

「咦……？」

「它不見了，小春。從昨天晚上就一直賴在我腦海深處，一直對我耳語的那玩意兒……不見了……」

就在他說完話的同時，家用伺服器判斷居民已經起床，拉高了照明的亮度。

白晝色燈光照出了拓武滿臉的微笑。自從他與春雪擔任「黑暗星雲」的雙前鋒……不，從更小的時候就是這樣，每當春雪玩得忘我時往身旁一看，總是看得到現在他臉上這種笑容。

——是阿拓，他回來了。他擺脫黑暗之力的誘惑，爬出心中裂開的深淵，再一次回來了。

他回到我身邊，回到我伸手就碰得著的地方。

心中有了這種確信的瞬間，拓武近在眼前的笑容被一陣亂動的白光遮住，變得有些模糊。

等春雪意識到自己雙眼溢出熱流時，他立刻不好意思地用額頭往拓武寬廣的胸膛撞去。

「你……你不要給我搞得這麼讓人擔心……！」

春雪故意用粗魯的語氣大喊，拚命想收住淚水，但眼淚就是不停湧出。他咬緊牙關，卻從喉頭發出小孩子般的嗚咽聲。

「嗚……嗚……嗚嗚……嗚……！」

春雪再也忍不住淚水，肩膀不停顫抖，這時一隻大而溫暖的手輕輕拍了拍他的背。

「小……小春你給我等一下，不要搶我的角色！」

一旁傻了眼的千百合這麼喊著，但她的聲音也同樣帶點哭腔，接著連她也整個人撞向春雪左肩。

春雪用全身感受兩位兒時玩伴的體溫，熱淚流個不停。

忽然間腦海中極深極深的地方傳來一個小小的聲音。

……幸好能救到你朋友。

這無疑就是那名神祕黃橙色少女型虛擬角色的聲音。春雪忍著嗚咽，同樣用思念回答。

——謝謝妳，全都多虧了妳。

……呵呵，我什麼都沒做，是你心中的光明照亮了黑暗。希望你可以繼續走在自己相信的路上。只要你持續匯集更多的光，相信總有一天能夠平息他深沉的絕望……

現在的春雪，還聽不太懂這句話的意思。

但他彷彿受到了引導般，在內心低語。

——嗯，我保證。我一定會把妳——把妳跟他從「災禍」的循環中解救出來……

…………謝謝你。我相信你…………

說完這句話後，聲音逐漸遠去。

春雪拿睡衣袖子用力擦掉好不容易快要收住的眼淚，接著抬頭為了掩飾難為情而大喊：

「跑……跑得那麼拚命，肚子都餓起來了。我去看看冰箱裡有沒有什麼吃的……」

說著他就拔掉傳輸線站起，朝廚房大步跑去，身後傳來千百合傻眼的聲音：

「我說你喔，跑也是在夢裡跑的好不好！」

接著還聽到拓武的笑聲。

「哈哈哈……小春，麻煩幫我也弄一份！」

春雪熱好三人份的冷凍蛤蠣巧達湯，均分到三個湯杯裡，然後端到餐桌上。

朝牆上的時鐘一看，已經將近早上六點。只要解除玻璃窗的遮光模式，晨光多半就會從東方射進屋內。雖然離平常的起床時間還有一小時，但春雪打算今天就這麼起床，於是大大伸了個懶腰。

等兩人整理好寢具來到餐廳後，大夥兒同時啜了一口冒著熱騰騰的湯。三人舒了口氣，接著你看看我，我看看你。

最先開口的，是表情轉為認真的千百合。

「小拓，呃……這棘手的『ISS套件』，我們可以當作它已經完全消失了嗎？」

「嗯，我想可以。雖然沒有辦法提供資料佐證，但直覺是這麼告訴我的。」

拓武立刻這麼斷定，聲調中沒有絲毫猶豫。春雪也點點頭，邊思考邊說：

「畢竟我們不是在對戰場地上打光它的耐久度，該怎麼說……是直接把伺服器裡的存檔給破壞了。如果那樣還能存活下來，可就驚人了……」

「『伺服器』——小春，這也就是說，夢中的那個地方就是BRAIN BURST的……？」

他輕輕點頭回答拓武的問題。

「對，就是『BRAIN BURST中央伺服器』……那人是這麼說的……」

拓武是直到離開伺服器之前才清醒，所以現在就由春雪與千百合交互對他說明在那個世界的體驗。

包括那又長又昏暗的隧道、鑽出隧道後看到的無垠宇宙、晃動的光之銀河與漆黑的肉塊，以及從春雪體內出現，還為他們講解了許多事情的神祕黃橙色少女型虛擬角色。

「……原來如此………」

拓武儘管尚未戴回眼鏡，卻已經換上一貫的「博士模式」表情，沉默了好一會兒，想來這幾秒鐘一定是在讓大腦高速運轉。待他抬起頭來，立刻清楚地說道：

「小春，你還記不記得，昨晚睡前你提到過ＩＳＳ套件的弱點？」

「弱、弱點……呃，記得是說既然有那麼可怕的力量，一定也有相當大的弱點？」

「沒錯，小春剛剛就是針對了這個弱點。ＩＳＳ套件會趁裝備者晚上睡覺的時候，自動打開想像迴路，將裝備者的意識直接連到中央伺服器上，在那裡與其他裝備者進行……算是一種『惡意的平行處理』，藉此強化套件本體與終端機……」

聽拓武這麼說，春雪與千百合同時全身一顫。

「這……這也太超乎想像了……這種事情，應該已經超出玩家所能做的範圍了吧……？」

聽千百合這麼說，拓武輕輕咬了咬嘴唇。

「嗯，老實說我也完全想不到要怎樣才能製作出這種強化外裝。可是……有一件事我可以肯定，那就是BRAIN BURST程式一定本來就有這樣的功能，可以『透過夢境開啟想像迴路，與中央伺服器連線』。」

「咦……這話怎麼說……？」

「小春，你應該還記得當初安裝BRAIN BURST的那天晚上發生了什麼事吧？」

「啊……」

春雪輕聲驚呼，與千百合對看一眼，連連點頭。

他不可能忘記。去年秋天，春雪從黑雪公主手中得到程式之後，儘管不記得細節，但他確實做了個極為漫長的惡夢。程式就是從他的夢境中濾出需要的資訊，塑造出作為春雪分身的對戰虛擬角色「Silver Crow」。這份虛擬角色的資料，應該也已經同時記錄在中央伺服器之中——或者應該說這整個過程都發生在中央伺服器內，反而還比較自然。那天晚上春雪確實在睡夢中與伺服器連線了，而今晚發生在拓武身上的事情，基本上也完全一樣——

拓武啜了一口熱湯，邊思索邊說：

「每天晚上都進行平行處理，正是ＩＳＳ套件能有這種強大威力的關鍵所在……但這同時也是個巨大的破綻，畢竟這等於是把超頻連線者都叫到本體旁邊去啊。當然如果每個人都像我一樣受到套件支配，本來倒也不成問題……」

看到拓武抬起頭來，另有深意地笑了笑，春雪也回以得意的笑容：

「那些設計這款套件的傢伙，應該作夢也沒想到會有超頻連線者跟裝備套件的人直連起來一起睡吧。」

「更不會想到這人還會用能從套件本體影響範圍外攻擊的『強化射程心念招式』啊。」

看到兩個男生相視低笑，千百合一副受不了的模樣搖搖頭，但她隨即以半帶笑容半顯不滿的表情說：

「所以這次就是我們的友情得勝了！對吧！啊，真想馬上去找幕後黑手，對他說一聲你們活該啊！」

千百合大口喝光熱湯後，用力將湯杯放回桌上，甩了甩一頭睡翹的短髮才再度開口：

「……小拓，你在那個『夢』的最後，不是用『蒼刃劍』朝套件本體狠狠砍了一刀嗎？那一刀成功破壞本體了沒有……？」

「…………沒有。」

拓武表情鄭重，緩緩搖頭。

「很遺憾，以我的手感而言不像完全破壞……不過應該已經對累積的『惡意』跟傳達惡意的迴路造成了相當程度的損傷。跟我屬於同一叢集的複製體想必會實力大減。」

拓武所說的「叢集」，就是指從同一個源頭取得ISS套件——以拓武的情形來說就是出自「Magenta Scissor」——的超頻連線者，以及再從他們手中得到複製套件的人們，所構成的集團。昨晚的對戰，若是最後拓武未能阻止從自己身上分裂的套件寄生，相信春雪現在也已經成了這個叢集當中的一員。

春雪回想起惡夢中走在拓武身旁的草綠虛擬角色，問說：

「……也就是說，如果要把『Bush Utan』跟『Olive Glove』從套件中解救出來，現在就是大好機會了？」

「嗯。如果能趁現在動手，也許不用到中央伺服器，在正規對戰裡就可以打壞了。當然一般的攻擊多半不行，但只要運用心念攻擊，我想應該是有可能的。」

「我明白了。我會把這件事告訴那小子的『大哥』。我也很希望能幫忙做點什麼，但今天我們實在抽不出身啊……」

聽春雪這麼說，千百合與拓武朝牆上的時鐘看了一眼。

上頭顯示的時間是二〇四七年六月二十日，星期四，上午六點三十分。

今天晚上七點……換言之再過十二個小時多，春雪就得去挑戰一項超高難度的任務，也就是「逃離禁城作戰」。

現在他的分身Silver Crow與具備淨化能力的「Ardor Maiden」，一起留在位於無限制中立空間中心的「禁城」深處。他們倆必須設法再度從「四神朱雀」的猛攻下生還，否則春雪的超頻連線者生涯就沒有未來可言。要是無法淨化潛藏在虛擬角色體內的「災禍之鎧」，Silver Crow就會在下次的七王會議上被指定為最高懸賞金額的通緝犯。

雖然在這本來非得熟睡不可的任務前夜，春雪進行了一場意想不到的大冒險，但他反而覺得比平常更有精神。跟被ＩＳＳ侵蝕的拓武那一戰，以及之後在中央伺服器上的體驗，都確實地帶來了某種收穫。

三人將目光從時鐘拉回，互相深深點頭。左邊的千百合笑著用力在春雪背上拍了一記。

「小春，那種笨鳥根本追不到你，趕快把牠甩掉飛回來啊！」

「就是啊，小春，比起跟ＩＳ模式下的我對打，應該輕鬆得多吧？」

「喔，黛大師，你可真敢說。」

兩個大男生又得意地相視而笑，算是為這次突發奇想的過夜聚會劃下句點。

豪傑千百合說要直接穿睡衣走回下面兩樓的自己家，於是先一步走向玄關，拓武則換上了運動服才從後跟去。春雪目送他們兩人離開，忽然注意到拓武的一個小動作。

他舉起右手，用左手輕輕按在右手手腕的外側。當初ＩＳＳ套件就是寄生在Cyan Pile的這個部位上。

春雪走近一步，從拓武身後小聲對他說：

「阿拓……我得跟你道歉，我毀了你的『力量』……」

好友轉過身來，他臉上雖然掛著微笑，但春雪感覺到那張臉之下終究有著一絲悲哀。然而拓武用力搖搖頭，斬釘截鐵地說了：

「要說我一點都不眷戀那種強大的力量，的確是在說謊。可是我由衷感謝你，畢竟我還是想當我自己，不管得經歷多少煩惱跟迷惘都一樣。」

「……阿拓……」

「再說，我已經得到了遠比那種力量更強大的東西。所以小春你根本不用跟我道歉。」

這句話讓春雪連連眨眼，他歪著頭問說：

「咦……你是說學會了什麼很厲害的必殺技之類的……？」

結果拓武還沒回答，穿完了鞋子的千百合就轉過身來大喊：

「啊啊夠了，你怎麼那麼遲鈍！小拓他想說的是……」

但千百合說到這裡卻又頓了頓，笑嘻嘻地說：

「……你還是自己想吧。這是作業，明天以前要想出來！」

春雪將餐廚廳恢復原狀之後，大口扒完五穀片跟牛奶當早餐，接著換上制服走出家門。

他在搭電梯下樓途中，打了一封簡短的純文字郵件準備寄給母親。信中提到自己有乖乖早起上學，並感謝母親昨晚答應讓拓武他們來家裡過夜。仔細想想，照計畫今天晚上他也會邀整個軍團的成員來有田家集合，但應該會在母親回家前就解散，於是這部分就從郵件中省略。下到一樓後，春雪便寄出了郵件。

幾秒鐘後收到的回信只有簡單一句【了解】，卻沒有漏給五百圓份的匯款碼。春雪不由得露出微笑，心懷感激地儲值到自己的帳戶之中。

即使從親生兒子的角度看去，春雪的母親有田沙耶仍然是個相當神祕的女性。她今年三十七歲，所以算來是在二十三歲時生下春雪。詳細情形春雪並未問過她本人，但相信當時她應該是個還在東京都內大學就讀碩士班的學生，還沒畢業就與一名比她大三歲，在網路相關企業上班的男性結婚，生下一子。但這些事情發生的詳細順序春雪並不清楚，而且他們也沒辦婚禮。聽說就是因為這樣，春雪家才會跟沙耶在山形縣的娘家疏遠。

她一邊將嬰兒扶養長大——儘管有相當大一部分是靠著神經連結裝置——一邊修完碩士課程，取得MBA學位之後，就在一家總公司位於美國的投資銀行日本法人機構就業。才剛分發到貿易部門，就經手好幾件大案子而嶄露頭角，短短幾年就升上襄理——

其實這些事情，春雪是從千百合的媽媽——百惠伯母口中聽來的，據說她跟春雪的母親從大學時代就是朋友。但有件事連百惠伯母都不肯告訴他，那就是春雪的雙親為何離婚。

離婚成立是在七年前，當時母親三十歲，父親三十三歲，春雪則是七歲。他對當時的事幾乎完全沒有印象。

只不過，有一幅情景他牢牢印在記憶角落，始終沒有消失。

年幼的春雪在深夜覺得聽到有人說話而醒了過來，仔細一聽，就能發現門後有人在談話。而他之所以沒有回去睡覺，是因為這兩個人說話聲音帶刺。

春雪下了床，悄悄打開房門。當時春雪並不是睡在這間四坪大的房間，而是睡在客廳另一頭只有二又四分之一坪大的小房間。昏暗的走廊不遠處，可以看到玻璃門後有著微弱的燈光。春雪躡手躡腳地走到門邊，蹲下靜聽。

從門後聽得出雙親壓低了的說話聲，但兩人顯然都以帶刺口氣在吵架，爭論得面紅耳赤。他聽見「說好誰照顧」、「約定」、「利用」這幾個字眼，但不明白意思。然而春雪儘管還年幼，卻直覺了解到雙親是為了自己在爭吵……

回想到這裡，記憶就像撞上一堵牆壁似的就此中斷，讓春雪茫然地抬起頭來。

不知不覺間他已經穿過公寓大樓中寬廣的前庭，即將走到環狀七號線大道。他輕輕搖頭，甩開這些思緒。他不太喜歡想起從前。

不管怎麼說，有田沙耶是個特別的女性。她彷彿被什麼給打動了一般，只知道不斷地往前邁進。她不讓任何人看到自己內心深處的情感，甚至不去看自己腳邊……

或許母親這種作風也曾讓春雪覺得寂寞，但他現在倒也不怎麼在意了。畢竟母親不會嘮叨兒子的成績，每天也不忘給五百圓午餐錢，還肯讓他帶朋友來家裡過夜。若這樣還要抱怨，那真的會遭天譴。

天氣預報說今天是多雲，中午會有小雨，但到傍晚就會停。視野中沒有看到警告他忘了帶東西的標語，而且走出家門的時間也比平常早得多，估計預備鐘聲響起的三十分鐘前就可以到學校，所以應該有時間在上學前先完成一項任務。

春雪來到環狀七號線的步道，將側背式的書包甩到身後，開始快步往南走。

平常來到中央線高架橋下的路口就要右轉，但今天他繼續直走。爬上高圓寺南坡，上了與青梅大道交會的電扶梯式天橋。在頂點往左轉，來到單向就有四線道的寬廣幹線道路正上方後，春雪停下腳步。他看著天橋下來來去去的EV車流，口中喃喃唸誦：

「超頻連線。」

啪一聲雷鳴似的聲響過後，整個世界凍結成藍色。春雪立刻點選位於虛擬桌面左下角那籠罩在火焰中的B文字圖示。啟動「導覽選單」，打開杉並第二戰區的對戰名單，從人數說不上多的虛擬角色名稱列表，點選了位於正中央的一個名字，更在跳出小視窗後毫不猶豫地點選裡面的DUEL按鈕。

透明的藍色起始加速空間發出擠壓聲逐漸改變。道路化為充滿砂石的枯谷，建築物化為紅褐色的巨石，天空換上塵土般的淡黃色。是「荒野」場地。

春雪看到導向游標指向環狀七號線南側，於是讓已經化為對戰虛擬角色的身體從天橋一躍而下。他輕巧地落到地上，等著從遠方接近的汽油引擎巨響來源現身。

前天早上，春雪也在同一時刻、同一地點，找了同一個對手挑戰，所以相信對方應該也會猜出他的意圖不在於對戰，而是想談話。春雪做出這個判斷，對逐漸現身的輪廓舉起一隻手打招呼：

「啊，你好，早……」

但春雪招呼打到一半就轉為驚呼：

「……安啊喔啊咦啊！」

春雪怪叫之餘往右縱身一跳，驚險地躲過了以最高速衝來的大鐵塊——上個世紀的大型美式機車。

這輛機車的前後輪碟煞冒出大量火花，於春雪眼前做出漂亮的甩尾動作，並在混著砂石的地面留下發出焦臭味的胎痕後停住。春雪一躍而起，急忙朝車上的騎士喊說：

「早、早啊，對不起，今天我也有事情想用『封閉模式』跟你談……」

但這位騎士——綠色軍團「長城」旗下的五級超頻連線者「Ash Roller」，卻搖搖右手食指嘖了幾聲，打斷春雪的話。

「這我Understand得很。知道歸知道，不過今天要從大爺我的回合開始！」

「是、是喔……」

春雪完全被震懾住，不由得點了點頭。Ash Roller雙手食指筆直指向他說：

「好，你這隻烏鴉給我聽好了，今天你要認真跟大爺我對打！然後要是大爺我輸了，就聽你說話。But要是我贏了，你就要答應我一件事！這樣的條件Mega Even吧！」

「什麼？答、答應你一件事？」

「而且，要是連續兩次對戰都Nothing，那些登記好要看我們對戰的Boys & Girls一定會Mega失望的好不好！」

骷髏造型面罩剛放出這幾句台詞便是一陣歡聲雷動，還有人大喊：「就是啊就是啊！」、「今天要讓我們看一場精彩的打鬥啊！」春雪趕忙往四周一看，環狀七號線沿線的建築物屋頂上已經有著三三兩兩的觀眾身影。

雖然不算太多，但看來幾乎所有登錄在對戰名單上的人都已經出現在對戰場地上。主場在新宿以西地區的超頻連線者之中，很多人都知道Silver Crow與Ash Roller是宿命的勁敵，而且兩人的虛擬角色性能太過極端，打鬥過程很容易演變成大開大闔的你來我往，所以眾人似乎都把他們的對戰當成必看的精彩好戲。還有，雙方都5級也是個重點。

春雪朝已經過了六十秒的讀秒看了一眼，迅速整理思緒。

前天他們足足談了將近三十分鐘，但今天的情形不一樣，要說的話只有一句——「若想除去Bush Utan的ＩＳＳ套件，現在就是最好的機會」，相信花不到三分鐘就能夠說完。既然如此，要讓這寶貴的1點超頻點數花得值得，跟Ash Roller來一場許久不見的對戰倒也不錯。再說，要是今晚的「逃離禁城作戰」，或是星期天的「七王會議」情形不對，難保這不會是兩人最後一次交手……

「——我明白了。」

春雪深深點頭，開口說道：

「我就答應你的條件。要是我贏了，你就要好好聽我說喔喔啊喂～～～！」

但他一句話沒能說完語尾便轉為驚呼，同時往左跳開。因為Ash Roller的大型機車突然朝著他猛衝過來。

「這、這樣很危險耶！我還在說話……」

「給我閉嘴Shut up！對戰已經開始啦Boy——！不好意思啦，今天本大爺我可要來一場Giga coooooool的Victory！」

Ash Rolker鬼叫的同時，再度來個甩尾動作。春雪意識到他的迴旋半徑遠比剛認識的時候更犀利，但還是不認輸地喊回去：

「是、是我要來一場Tera gorgeour的Perfect win！話說回來，我贏了你也只聽我說話，你贏了我卻要答應你一件事，這條件實在不太公平……」

「Suck！在意這種小地方是沒辦法化成風的！」

美式機車粗壯的排氣管噴出排氣火苗，展開第三回衝刺。

Ash Roller將對戰虛擬角色的大部分潛能都灌注在屬於強化外裝的大型機車上，是個十分另類的超頻連線者。

騎士本人無論遠近距離幾乎都完全沒有戰鬥力，相對地機車則兼具高度的機動力與裝甲。

「載具型強化外裝」本身就已經屬於相當罕見的類型，這輛機車更有著頂尖的性能。

要說有什麼弱點，就在於行動不如虛擬角色靈敏，以及車身太大而缺乏隱匿性。若要針對後者攻擊，最有效的方法就是「從遠方集中火力攻擊」，但春雪完全沒有紅色系的遠程攻擊能力。

因此若要與Ash Roller展開地面戰，就必須進行「奮不顧身的肉搏戰」。具體來說，就是要等即將被撞到時才往左右閃開機車的衝撞，對Ash本人或機車的引擎部分施加反擊。

當然最好的方法就是利用Silver Crow的機動力往正上方跳起，踢向騎士的頭部，但這點對方也清楚得很。只要春雪做出垂直起跳的姿勢，下一瞬間他多半就會舉起機車前輪，以高速旋轉的前輪使出「對空招式」。跳躍攻擊遇上對空攻擊，就像猜拳用剪刀對上石頭，後者有著絕對優勢，一旦中招肯定會受重創，貿然起跳等於是自殺。

「咿——————哈啊啊——————！」

春雪集中全副心神，仔細看著在尖銳的高喊聲中衝來的巨大機車前輪。對方也早已想定春雪會閃開，多半會在快撞到時將軌道往左或右微調。能猜到另一邊當然就沒事，但若跳往同一個方向，肯定會當場發生車禍。

——會是哪一邊……右邊？還是左邊……？不要看輪胎，要看車身傾斜的方向……

春雪發動他那從當上超頻連線者以前就磨練多年那股「限定遊戲中使用的超強專注力」，

將全副精神集中在整個車身的動態上。

——就在這時。

位於機車側面，從春雪方向看去算是右側的方向燈忽然閃出橘光。

「咦……」

春雪驚呼之餘，反射性地朝左一跳。

但同時機車也往左傾斜，厚重的灰色輪胎直逼眼前……

接著就是一陣彷彿遭到巨大榔頭猛擊似的劇烈衝撞。整個場地都轉個不停，不，是春雪自己在轉。Silver Crow展現連這年頭連搞笑動畫作品都不會這麼演的高速挺腰後空翻，往後飛出幾十公尺，接著一頭栽在環狀七號線大道東側成排的巨石之中。

他頭昏眼花了一會兒，才雙手撐在岩石上，拔出了栽進岩石堆裡的頭部。一跳到路面上，春雪就憤慨地大喊：

「你、你、你剛剛轉彎的方向跟打的方向燈相反！這違反交通規則！罰款兩億圓！」

骷髏面罩的騎士仍然繼續追著春雪衝來，還高聲大笑說：

「嘻～哈哈哈——！大爺Ash我本身的存在就違反交通規則啦——！」

這是事實。這年頭只要在公路上燃燒石化燃料，哪怕只排出一立方公分的二氧化碳，都會立刻遭到逮捕。更別說他排氣管發出的巨響也遠遠超出安全基準，車後又沒有掛車牌。然而在加速世界的空間裡，當然不會有騎著白色機車的警察來取締。

這裡沒有警笛，只有外圍觀眾發出的盛大歡呼。Ash Roller就在歡呼聲中再度展開衝刺，準備二度撞飛春雪。

「臭小子……」

春雪咒罵之餘，目光朝視野左上方一瞥。剛才那一撞讓Silver Crow的體力計量表減少了將近兩成，相對地必殺技計量表則累積到了三成左右，但要發動「飛行能力」來決勝負卻又嫌不太夠。

春雪決定於地面再交手一回合之後才開始飛，於是放低姿勢等大型機車衝來。剛剛那招用方向燈做的假動作他是第一次看到，才不由得上了當，但他不會再被同一招騙了。春雪在心中吶喊「這次看我怎麼驚險地閃過衝撞，賞你一記必殺的反擊」。

但看樣子Ash Roller也不認為同一種假動作可以成功兩次，這次他不閃方向燈——

「喝啊！」

而是大喊一聲，在車上垂直跳起，雙腳落在坐墊與把手上站直，就這麼把機車當沖浪板似的駕馭在腳下直衝而來。這可說是Ash Roller的「祕技」，名稱叫做「V型雙汽缸拳」。

儘管命名與架式都讓人覺得是在開玩笑，實際上所蘊含的威力卻不容輕忽。即使躲過機車前輪，騎士本人還會飛來一腳，讓人很難找出時機反擊。這招春雪已經應付過幾次，但至今仍然找不出有效的應對方法。

「呀啊啊啊呼——！」

春雪拚命瞪著輕快左右蛇行逼近的機車，以及在車上大吼的騎士。他可以縱身一跳躲過這一招，但這樣就無從反擊了。Ash的師父兼上輩Sky Raker曾經神乎其技地秀過一手「向後衝刺同時握住機車煞車」的手法，破解了這招V型雙汽缸拳，然而春雪要模仿這種技巧，道行還差得遠了。

他正想著別處還有沒有什麼弱點——

「……！」

忽然間靈光一閃。

Ash Roller在那種姿勢下還有辦法讓機車抬起前輪嗎？不，應該辦不到。要是做出這樣的動作，他自己就會從機車上跌下來。也就是說，要破這招就應該……

「從上面來！」

當巨大輪胎幾乎佔滿整個視野的瞬間，春雪蹲下身子，接著猛力蹬地跳起。

「喔哇！」

Silver Crow整個人撞在發出怪聲的騎士本人身上，碰到什麼都管他三七二十一抓住再說。

兩人從機車上分開，重重摔到路上。失去了主人的美式機車就這麼繼續沿著環狀七號線朝北遠去。

「你這小子，Hold me tight……不對，放開我啦！」

Ash Roller邊嚷邊掙扎，春雪則拚命想按住他。他不能錯過這個機會。

「帥啊！少了機車的Ash兄根本就只是沒有咖哩的紅醬菜！」

「你說什麼！我吃咖哩一向配蕎頭！」

兩人互相架著對方，在道路上連連打滾，讓觀眾情緒再度沸騰。然而若只靠虛擬角色本體進行肉搏戰，Ash Roller的力量根本不足以打穿Silver Crow的金屬裝甲。春雪也不理會胡亂揮在自己臉上或胸口的拳頭，強行繞到對手身後，雙手從背後繞到他胸前牢牢交握。

「嘎！等、你你你你抱個什麼勁兒啊！」

「我也不想抱啊！」

「你這Suck的傢伙不要講什麼抱不抱的！」

「明明是你先講的好不……好！」

春雪回罵的同時，一口氣張開背上的銀翼。他將剛剛這陣格鬥戰中又增加了一成左右的必殺技計量表灌注進去，猛力振動十片金屬翼片。

一陣低沉的衝擊聲響中，Silver Crow與Ash Roller有如火箭般垂直升空。

「嘎——————！你、你Fly High個什麼勁兒啊——————！」

春雪不再理會他發出的怪叫，不斷全力爬升。他一瞬間超過觀眾群所站的巨石，高度迅速攀升到一百——兩百——三百公尺。

「Noooooo！我怕高No thank you——」

尖銳的嚷嚷聲忽然中斷，Ash Roller在春雪懷裡不斷掙扎的身體轉為僵硬，接著以沙啞的嗓音問說：

「那、那個，Crow兄？你該不會想把大爺我從這裡丟下去？就像劃過夜空的流星那樣？」

「是的，就像偏離軌道的太空垃圾一樣。」

春雪點點頭，準備毫不留情地放開雙手。

為了在實戰中有效發揮Silver Crow的飛行能力，春雪已經編出幾種戰術。從最早期開始一直用到現在的，便是超高度俯衝高速踢擊或拳擊——也就是「俯衝攻擊（Dive Attack）」。最近他還開始練習將翼片瞬間推力應用到地面格鬥戰的「空中連續攻擊（Aerial Combo）」。

然而，其實還有一招比這兩種方式更加實際且有效。那就是直接抱住對手，將對手帶到高空再扔下來。這種戰術很難用在大型虛擬角色身上，而且格鬥性能較高的對手也沒這麼容易被他抱住，但只要成功，幾乎一定能造成重大損傷。春雪之所以不太常用這一招，是因為一旦被對方看出企圖，往往會遭到痛擊，而且也有不少虛擬角色雖然不會飛，但對摔下的損傷卻具有頗高抗性。然而像這次偶然扭打在一起的情形，就沒有理由不用了。Ash Roller不但本體裝甲十分薄弱，又沒有氣墊或三次元移動能力，要是從這個高度摔下去，幾乎肯定會吃上跌落損傷的最大值。

春雪滿心只想取勝，甚至忘了當初找對方挑戰的目的，但這名勁敵儘管陷入絕境，卻也不是個會乖乖受死的對手。就在春雪即將放手之際，Ash Roller牢牢抓住春雪的手，同時大喊：

「既然這樣，大爺我就跟你這小子一起下地獄啦！『飛天重機（Flying Knucklehead）』！」

——必殺技？

春雪不由得全身僵硬，他萬萬沒想到Ash Roller本身會有必殺技。

但過了好幾秒，還是什麼都沒發生，於是春雪判斷這只是Ash Roller爭取時間的手段，想抱怨他怎麼這麼不認命，但出口的話卻立刻變成驚呼。

「等等，Ash兄，你不認命也該有個限度啊啊啊啊啊？」

讓春雪震驚的並非懷裡的Ash Roller，而是兩個從正下方急速接近的光點。那是個噴出橘色火焰逼近的細長筒狀物體，尾巴附近有四面小小的翼片，前端則帶著紅色透鏡。這種玩意兒怎麼看都是……

「是是是飛彈！」

春雪慘叫的同時在空中猛力加速，然而這兩枚飛彈似乎具備了導向功能，牢牢地跟在後頭不放，無論春雪怎麼轉變方向就是甩不開。

這時，他才想起Ash Roller以前的確說過「在機車上加裝了飛彈」。換言之，這兩枚飛彈應該是由已經倒在環狀七號線上那輛美式機車發射出來的。所以即使強化外裝已經跟本人分開，卻還是可以用語音指令控制了？然而……

「這樣下去連你都會一起炸死好不好！」

「哼，至少也比只有我被丟下去要好得多啦Boy！」

這話說的倒是沒錯。春雪拚命想丟下包袱，但Ash Roller正是要拚個同歸於盡，雙手雙腳拚命纏住他不放。也因為這番抗拒，春雪的速度連平常的一半都不到，兩枚飛彈轉眼間就逼近到幾乎碰上春雪腳尖……

「Key Sho————p！」

就在Ash Roller喊出這句莫名其妙的鬼話時，飛彈猛烈地爆炸。

爆炸類攻擊的可怕之處，在於威力與範圍都不容忽視，而且一旦被炸到，就會有好一陣子處於「暈眩狀態」。身在三百公尺高的春雪頭昏眼花，倒栽蔥往下掉，眼看就要一頭栽進地面之際才終於清醒，張開雙翼緊急煞車。

他與仍然纏在身上的Ash Roller同時重重墜地，摔在原本是環狀七號線與青梅大道交會處的正中央。春雪解開Ash Roller還纏著不放的手，把他推開幾十公分，嘴上則先問說：

「……我說Ash兄，剛剛你喊『Key Shop』是什麼意思？」

機車騎士似乎晚了一些才恢復意識。他微微搖動骷髏頭盔，有氣無力地回答：

「那個，怎麼說……放煙火時不是都會喊什麼『玉屋』還是『鍵屋』嗎？所以我就先翻成英文喊喊看……還是喊『Ball Shop』你比較能Understand？」（註：玉屋與鍵屋是日本江戶時代的兩大煙火工匠，而「玉」與「鍵」在日文中分別有「球」跟「鑰匙」的意思）

「……我由衷地覺得這一點都不重要，而且這兩種說法根本都莫名其妙。」

春雪說話的同時，也看了看雙方的體力計量表。遭到飛彈正中之前是春雪扣得比較多，但金屬裝甲多少降低了爆炸造成的損傷，現在雙方都只剩下百分之十左右。

只要任何一方被拳頭正中兩三拳，就可以分出勝負，但春雪與Ash Roller仍然躺在道路上，你看看我，我看看你，也不知道是誰先提了一句：

「……要平手嗎？」

「……就平手吧。」

兩人相視點頭，同時嘿咻一聲站起。

春雪的視線在默默注視他們兩人的觀眾身上掃過一圈，放聲大喊：

「不好意思！這場對戰我們決定打到這裡，以平手收場！」

他本以為觀眾會發出不滿的聲音，沒想到……

「Good game！」

「打得精彩！」

「下次也要讓我們看個過癮啊～」

觀眾你一言我一語地歡呼，留下盛大的掌聲後逐一登出。春雪看著他們離開，忽然自覺到自己滿心都是感慨。

這才是「對戰」。有刺激、有興奮，但沒有怨恨。對戰者是彼此競爭的對手，並非相互憎恨的敵人。

一想到超頻點數系統是多麼冷酷，就覺得也許這個世界的創造者是想營造出更加肅殺的生存競爭體系。然而玩家們卻憑自己的意志拒絕了創造者的企圖。「超頻連線者」這個並非由系統所定的名稱裡，一定包含了這樣的心意，表示每個人都是「同伴」。

而「ＩＳＳ套件」與加速研究社卻想破壞這樣的世界。

無論是幾天前與春雪打過的Bush Utan，還是昨天才交手過的拓武，他們都一點也不開心。不，連研究社的成員Dusk Taker與Rust Jigsaw，也都與對戰的樂趣無緣。

這樣錯了。絕對錯了。

春雪握緊拳頭，站著不動，一隻戴著皮手套的手在他左肩上輕輕一拍。

「Good fight啊，臭烏鴉。真虧你可以看穿大爺我『Ｖ型雙汽缸拳』的弱點。」

「……只是同一招下次應該就不管用了。」

聽春雪這麼回答，Ash Roller嘿的一聲笑了出來。

「Of course啦。你看著吧，下次我會練到站在車上都可以抬起前輪。」

骷髏面罩撂下這句話後往上一瞥。他是在查看讀秒。現在還剩六百秒，雖然不是很充裕，但還有時間可以談。

Ash Roller從路口散佈的許多巨石中挑了大小合適的一塊坐下，下巴朝上挺了挺，示意要春雪先開口。春雪在他對面的岩石坐下，點點頭開口說道：

「呃……我要說的是Bush Utan的事。」

Ash終究是敵對軍團的成員，所以針對拓武的部分不能透露太多，但春雪仍然努力把能說的情報都告訴他。

包括ＩＳＳ套件有叢集的性質，會與「遺傳路徑相近」的套件相互連結；包括裝備者每天晚上睡著時都會在這種連結的引導下，與套件本體連線；春雪與同軍團的伙伴昨天對套件本體進行了資料流攻擊，造成了不小的損傷……

「……所以說，搞不好現在只需靠正規對戰，就能夠破壞寄生在Utan身上的ＩＳＳ套件。只是……這有兩個難題要解決。」

春雪看著默默聽他說話的Ash Roller，說道：

「首先，多半得使用心念攻擊，才能對ＩＳＳ套件造成損傷。第二，即使破壞得了套件，問題還是不會得到本質上的解決。Utan在上次的『赫密斯之索縱貫賽』裡，親身體驗過開著十號車的『Rust Jigsaw』所發出的大規模心念攻擊，對於長期隱瞞心念系統——也就是他所說的『IS模式』——的老玩家充滿了不信任感。我想就是因為有這種念頭，才會讓他如此焦慮，覺得只要能變強，不管靠的是多麼來路不明的力量都沒關係。要是解不開這個心結，我想就算毀了他身上的套件，他一定也會再去找新的套件……」

「……嗯，你說得對，我也這麼覺得。」

Ash Roller點點頭，用右手把骷髏面罩往上一撥。

面罩下那副線條有如理科少年般纖細的面具，望向「荒野場地」中帶著點土黃色的天空。來自面罩的語音特效淡去之後，流洩而出的嗓音意外地纖細：

「我應該跟你提過Utan那小子的『上輩』掉光點數的事情吧？說來也不意外，那小子似乎大受打擊，之後他心裡一直有著滿滿的驚恐……以及不滿跟焦慮。我都擺出一副大哥的樣子，當然應該負責照顧他……可是我對這點數掉光的系統，該怎麼說……也還不知道怎麼看待。所以我一直不知道該對Utan那小子說什麼才好……」

「不知道……怎麼看待？」

聽春雪這麼反問，Ash點點頭，將淡綠色的鏡頭眼轉過來對著他說：

「『超頻點數用完，BRAIN BURST程式就會強制反安裝，再也不能當超頻連線者』，這就是加速世界最根本的規則，這是Raker師父教我的第一件事。Crow，你應該也是一樣吧？」

「是……是啊，學……Black Lotus在我當上超頻連線者的當天，就說得清清楚楚。」

「我想也是。不過仔細想想，其實我到現在為止，從來不曾真正被逼到掉光點數的邊緣。硬要說的話，當初我升上2級時預留的點數不夠，緊接著就輸給1級的你，當時的確有點緊張得冒冷汗啦。」

被瞪了一眼後，春雪反射性地縮起脖子。

仔細想想，自從春雪當上超頻連線者之後，第一次對戰以及第一次落敗的經驗，都是來自Ash Roller。之後上輩黑雪公主指點了很多訣竅，更替他擬定好萬全的作戰計畫重新挑戰，沒想到Ash隔天就升上2級，取得了「牆面行駛能力」，讓整個計畫付諸流水。

儘管春雪一時不免灰心，但仍然拚命動腦筋，抓準了老式機車「只有後輪有動力」的弱點反敗為勝，那一戰正是春雪建立戰術概念的原點。

Ash說的預留點數，則是因為BRAIN BURST的「升級」方式相當特殊而產生的概念。

一般的RPG裡，只要經驗值達到一定數值就會自動升級。但在BRAIN BURST之中，則必須用掉儲存起來的經驗值，也就是超頻點數，才可以進行升級。具體來說，從1級升上2級所需的點數是三百點，也就是說當玩家從叫做「導覽選單」的系統選單中選擇升級時，這一瞬間點數就會一口氣扣掉三百。也因此，通常要升級前都會多預留足夠的點數，即使升級後連續輸個幾場，也不會立刻陷入掉光點數的危機。仔細想想就知道這麼做是理所當然，只是——

聽到Ash Roller這麼說，春雪露出慚愧的表情吐露心聲：

「其、其實以前我剛存到三百點出頭時就忍不住升了級，差點搞到掉光點數。」

「…………真的Really啊？當時杉並區還不是黑暗星雲的領土吧？虧你有辦法撐下來。」

看見對方傻眼的德行，春雪又縮了縮脖子：

「是、是啊。多虧我的搭檔……Cyan Pile幫忙，我才好不容易……」

說到這裡，春雪卻想不起當時到底是怎麼拿回點數的。於是他把話頭拉回正題上。

「那、剛剛你說『不知道怎麼看待點數掉光這回事』是怎麼說？」

「嗯……也就是說啊，我覺得點數掉光就強制反安裝的這個規則很殘忍、很過分……可是心裡又覺得，身為超頻連線者享受『加速』帶來的好處，有這點風險也是理所當然。老實說，兩種說法我都不能完全接受。想想看，說這規則殘忍是很簡單……可是我跟你能像現在這樣升上5級，也就代表有人被我們搶走了這麼多點數，相信裡面也一定有不少人掉光了點數。甚至可以說我贏來以後沒怎麼多想就用掉的點數，就是Utan那小子的上輩被別人搶光的點數……」

「……」

這個平常總是縱聲大笑的世紀末機車騎士，突然說出了不太符合自身形象的台詞，令春雪不由得啞口無言。Ash似乎看穿了他的心思，哼了一聲，有點不好意思地把頭撇到一邊去。

「可是相對地，我也覺得既然當了超頻連線者，對於掉光點數這回事應該打從一開始就要做好心理準備了，不管是搶光還是被搶光都一樣。從這個角度來看，我就很尊敬你的上輩……黑之王Black Lotus。這句話由進了綠色軍團的我來講很怪，不過她真的很了不起。以覺悟這點而言，想必是加速世界裡的第一名。我也很想像她那樣Mega Cool……可是啊……舉例來說，Crow，要是我跟你對戰，知道你再輸一場就會掉光點數，要問我說我這時候能不能Cool到底，毫不留情給你最後一擊……老實說還真不曉得。至少我沒自信敢說不會猶豫……」

「Ash兄……」

春雪這次真的大吃一驚，猛盯著對方看，結果這位機車騎士以帶刺的嗓音回說：

「喂，你這小子，我看你好像想說『我倒是不會想太多，直接搶光點數就好』是吧？」

「怎、怎麼會呢！我也會猶豫！超猶豫的！」

「喂你說什麼？我看你好像想說『猶豫是會猶豫，可是還是會搶光點數』是吧？」

「可、可是Ash兄你還不是說得好像只是會猶豫！」

春雪雙手與頭部連連高速水平運動，躲過Ash Roller的追問，接著才趕快補上一句註解：

「而且該怎麼說，會猶豫也是應該的吧？我想就算是我的上輩……Black Lotus也一定會猶豫。不管她多麼恨這個對手……到頭來大家都一樣是超頻連線者。今年春天，Ash兄幫了我很大的忙那次，我怎麼樣都容不下搶走我『飛行能力』的傢伙……我打從心底覺得這個『敵人』可恨。可是我在『生死鬥』規則下要打倒他時，還是忍不住有點躊躇。就算是這樣的傢伙，本來也有可能在不同的情形下相識，展開不太一樣的對戰……我現在覺得，只要我們繼續當超頻連線者，就絕對丟不下這種猶豫……」

這次換Ash Roller不說話了。

過了一會兒，他將視線落到雙腳之間的紅褐色地面上，有氣無力地說：

「也許吧。可是啊……就是因為有這樣的猶豫，我才什麼話都沒對Utan那小子說。既然要擺出一副大哥的嘴臉，就應該斬釘截鐵挑一句話跟他講清楚。我應該告訴他『我絕對不會放過搶光你上輩點數的傢伙，一定會替他報仇』……或是跟他說『每個人都一樣擔著點數掉光的風險在打，不要一直哭哭啼啼的』才對……但我就是說不出口，所以Utan那小子心中的怒氣跟恐懼才會愈來愈膨脹……甚至去追求不屬於自己的『力量』。他之所以碰『ＩＳＳ套件』，其中一部分原因就是我造成的……」

Ash Roller鏗的一聲，在地面跺了一腳。春雪一時間找不到什麼話可以跟他說。

還來不及開口，視野上方就有個東西開始閃爍紅光。剩下的時間已經不到一百秒。

「……對了，Ash兄，你剛剛不是說有事情要我答應？」

「啊……對、對啊，沒錯，我都忘了。」

機車騎士抬起頭來，唰一聲放下頭盔上的骷髏面罩，以突然變得狂野得多的嗓音說：

「這件事跟Utan也有關啦。不過，說來也沒什麼了不起就是。不好意思，Crow，可以請你Mega簡單教我一下嗎？」

「教、教你？教什麼？」

春雪歪了歪頭，Ash Roller很乾脆地說出了上一句話裡所缺的受詞。

「『心念系統』。」

6

如果有人問春雪一週要上課的五天裡最喜歡哪一天，他會毫不考慮地回答星期五。相信大多數學生——說不定連成人也不例外——都會回答一樣的答案。畢竟明天跟後天都放假所帶來的興奮感是無可取代的。

然而要說哪一天最討厭，可就不太容易回答了。星期一春雪當然跟其他人一樣想到就煩，但這天不但能見到兩天沒見那位他衷心敬愛的學生會副會長，而且本學期星期一的每日午餐菜單可是吸引力強大無比的炸絞肉排咖哩。

如果考慮到這些理由而大發慈悲特赦星期一，接著頂上來的肯定就是星期四了。

因為星期四第一堂就是體育課，這對他來說是不可原諒的課程。

「嘿！有田、嘿！」

一聽到有人叫自己的名字，全身冒汗、雙腳踉蹌的春雪反射性地就要把用雙手抱住的籃球扔過去。

但伸手跟他要球的隊友身影立刻就被敵隊球員遮住。視野左下方倒數五秒及二十四秒違例的數字仍在不斷地減少。春雪在心急之下，雙手高高舉起球，想朝著最前線胡亂扔出長傳碰碰運氣。

但就在這閃電般的傳球即將出手之際，卻有人從他身後輕巧地搶走了球。

「謝啦！」

這個高大的學生留下可恨的聲音，華麗地帶球切入。他姓石尾，是籃球校隊的主力球員。在球場周圍眾女性所發出的歡呼聲中，只見他轉眼間就閃過了兩個負責盯他的球員，輕輕鬆鬆上籃得分。籃網唰的一聲晃動，覆蓋顯示在視野右下方的比數22－36之中，右側的數字跟著跳到38。

「別在意。」

先前跟春雪要球的隊友說了這句話，同時拍拍他的肩膀。但春雪就是忍不住會在這句話中尋找「跟有田分在同一隊的不幸」的成分，而不是「跟石尾分在不同隊的不幸」。

體育館的場地可以分成兩座籃球場，男女生各用一座。而二十名男生又分成四隊，所以一場比賽只能打二十分鐘。比賽時間剩下七分三十秒，春雪怎麼想都不覺得能反敗為勝，只能一邊在心中祈禱至少別再搞出明顯的低級失誤，一邊跑回自己的防守位置，此時背後卻聽到與剛剛不同的嗓音輕聲說：

「小春，重要的是整體的想法。就跟『領土戰爭』一樣。」

說完這句話後就離開的那人，是偶然跟他分在同一隊的黛拓武。他們隊儘管落後，但對上有籃球校隊正選選手的球隊還能只輸十六分，已經算打得很漂亮，而這全都多虧了對籃球應該完全外行的拓武在前鋒位置上努力抗戰。

……整體的想法？跟領土戰爭一樣？

拓武一接到隊友發的界外球，就帶球切入敵陣搶攻，春雪踩著笨重的腳步從後跟去之餘，內心卻十分納悶。

BRAIN BURST的「領土戰爭」，指的是在每週六傍晚進行，以團體方式進行的軍團間領土爭奪戰。正規對戰裡頂多只能進行二對二的搭檔戰，但領土戰爭的規模就大得多，至少是三對三，有時甚至可以展開十對十以上的戰鬥。

到了這種規模，只憑個人戰鬥力是無法取勝的。必須充分認知到整個廣大戰場上的狀況，阻止對方的主要攻勢，同時針對破綻攻擊……也就是說必須要有整體性的「大局觀」。

拓武是不是想說籃球也是同樣道理呢？

然而，這些事情春雪這一隊也已經在做了。敵隊主要的火力顯然來自於籃球校隊的石尾，所以隨時都有兩個人負責盯他，企圖癱瘓他的行動。春雪跟另一人靠後聯防，由拓武一個人打前鋒。然而即使派了兩個人盯防，還是很難阻止石尾得分，而我方得分的主力又只有拓武一個人，也很難有效取分。就算放棄防守來搶攻，也只會讓沒人盯的石尾更加予取予求。

……這種情形下，再怎麼思考戰術也是白搭啊，阿拓。這等於是對方有「王」，我方卻有個「1級」玩家啊。

春雪不由得在心中這麼反駁好友。1級玩家指的當然是他自己，畢竟他跑得慢、長得矮、球技又差，在籃球比賽裡根本就只是個活動路障。

就在這時，咚一聲沉重的聲音響起，拓武倒在球場上。原來他作勢要切入籃下，實際上卻準備投三分球，騙得對方球員慌了手腳撲在他身上。尖銳的哨音響起，視野中央以閃爍的藍色的文字寫著【FOUL】。藍色是對方球隊的顏色。

「阿、阿拓！」

春雪趕忙想跑過去看看，但拓武舉起一隻手表示不要緊，迅速站了起來。三次罰球他都冷靜地投進，讓比數變成25—38。

拓武迅速跑回後場防守，春雪正想對他說話，卻突然倒抽一口氣。

先前好友所說的「想法」，或許並不是指弱點、戰術這些層級的概念——而是有著更重大的含意？

這節課的一開始便透過校內系統隨機分完隊，當知道待會兒要對上石尾時，春雪內心就覺得「這下子沒救了」。而且想來不只是他，四個隊友裡面多半有三個也是這麼想的。換言之，他們還沒開始比賽，就已經先困在「輸家的想法」之中了。

但拓武多半不一樣。由於態度與長相都顯得文靜而理智，所以不太容易看出來，但他其實是個天生的鬥士。所以，儘管就讀國小時在劍道教室遭到嚴重霸凌，他也沒有逃避；也正因為這樣，聽到「ＩＳＳ」套件能抵銷虛擬角色弱點的傳聞時，他也無法不去查個清楚。

即使這場比賽不過是體育課裡短短二十分鐘的練習賽，雙方戰力又有明顯的差距，但拓武卻無論如何不肯抱持「輸家的想法」。沒錯，這點確確實實跟BRAIN BURST的領土戰爭一樣。在那種戰爭之中，雙方都必須用盡一切的戰略與戰術，先認定「這下輸定了」而放棄的一方就會輸。

「……阿拓，不好意思。」

他多半聽不到這句話，但春雪仍舊看著好友寬大的背影，猛力咬緊牙關。

剩下六分二十秒，這些時間裡至少也要拋開輸家的想法。不要覺得輸定了，能做多少事就要去做。那麼自己能做什麼？華麗的抄截、犀利的切入，對春雪來說都是不可能的。但即使只是個大型路障，應該也有些事情可以做。路障……

「……！」

春雪驚覺地瞪大眼睛，緊接著以猛烈的速度操作虛擬桌面。

由文科省設計的球類體育相關應用程式備有多種功能，但由於球類運動與擴增實境(AR)顯示功能本來就嚴重互斥——當然是因為這些顯示反而會讓球員看不清楚球的動向——多半都只設定成以重疊方式在視野角落顯示得分與比賽時間。程式的實質幫助小得乾脆卸下神經連結裝置都無所謂，但由於法律規定必須監測運動中學生的心跳、體溫與血壓，所以不能卸下。

但現在春雪卻從程式中點開球場狀況分頁，選擇俯瞰視角顯示在視野中央略偏下的位置。斜向的長方形之中，有紅藍各五個圈圈不規則地動來動去，這些當然是場上所有球員的現在位置。接著春雪以過濾功能把圈圈過濾到只剩兩個，剩下的紅圈是自己，藍圈則是敵隊的王牌石尾。

比賽由敵人從底線發球開始，春雪立刻踩著笨重的腳步移動，跑到肉眼捕捉到的籃球與在他背後移動的石尾這兩點之間連成的直線上張開雙手。

他拚命揮動雙手，將自己本來就很寬的身體更加擴大，企圖截斷對方傳球給石尾的路線。那笨手笨腳的動作讓觀眾們轟然大笑，然而持球的敵方球員卻輕輕啐了一聲，把球橫傳給別的球員。但同時春雪也往左跑了幾公尺，再次大幅度上下揮動手臂。

這就是春雪想到的「自己能做的事」。

敵隊的戰法很單純，就是把球傳給在籃下接應的石尾去硬吃。既然知道球最終必定會傳到定位，就可以先用ＡＲ顯示來掌握石尾所站的正確位置，然後跑到他與球之間當「路障」。

憑春雪的運動能力，根本不可能緊緊貼在石尾旁邊進行盯人防守，但只要預測傳球路線、將移動距離最佳化，也許就可以勉強扮演好這個角色直到比賽結束。

這時對方球員看似要再度把球橫傳，春雪也就準備朝這個方向跑去。但他正要跨步之際卻來了個緊急煞車。在背後離了三公尺遠的石尾也已經同時往反方向奔了出去。這是假動作。春雪左腳穩穩踩住，勉強吸收身體的慣性，將身體往右送出。他拚命伸出右手——這隻手啪的一聲，猛力撞上了對方球員傳來的球。眼看球就要彈開，春雪立刻下意識以BRAIN BURST中「以柔克剛」的要領卸下球的來勢，拉到胸前緊緊抱住。

「真的假的！」

春雪也跟瞪大眼睛的對方球員同樣驚訝，然而要是在這個時候繼續發呆，球又會被石尾從身後搶走。

「嘿！」

這時左側再度傳來要球的聲音，春雪反射性地拿起球，這次沒有高高舉起而是直接扔去。接到球的隊友——他姓仲河，是游泳校隊隊員——帶過幾公尺的距離衝進敵陣，把球傳給自己隊上的王牌拓武。

這次傳球穩穩送達，拓武以不愧為藍色系角色的猛烈衝刺切入籃下，發揮身高優勢漂亮地跳投得分。聽覺捕捉到哨聲與輕快的電子音效，比數顯示變成27—38。

「有田，漂亮！」

喊出這句話的是迅速回防的仲河。這個長相很有男子氣概的運動社團成員，露出了得意的笑容，同時舉起右手。春雪反射性地以為會被打，但還是勉強舉起左手跟對方擊掌。拓武也從仲河身後跑回來，春雪只來得及跟他瞬間相視而笑，但仍然覺得該傳達的東西都傳達到了。

剩下不到六分鐘，春雪一跑再跑，跑個不停。

他臉上、身上的汗都流得像瀑布一樣，喉嚨吁吁作響、手腳頻頻痙攣，但他仍未停步。不知不覺間整個視野，不，應該說整個腦子裡只剩下前方的球，以及後方的石尾。

他根據兩個物體來構思自己移動的路線，身體忠實地循著路線移動。從想法到實踐。

跑著跑著，連意識都愈來愈模糊。忽然間，春雪回想起幾天前也曾有過同樣的體驗。

對了，就是自己一個人在後院打掃飼育用小木屋的時候。當時陳年落葉堆得讓他怎麼看都不覺得用人力清得完，於是拚命思考該怎麼打掃才好。他先去揣摩清掃完的結果，之後就只是相信自己能達成這樣的結果而動手清理。那也是一件累人的大工程，但看似怎麼掃也掃不完的落葉最後卻全部消失了。

當然籃球比賽跟打掃小木屋完全是兩回事，可是最根本的「行動本質」或許仍然有共通的地方。不，當時自己不是覺得只差一步就要發現某種更重要的概念了嗎？

腦海中迴盪著以前有人在另一個世界裡說過的話。

……當意識發出的摹想太過堅定……就會超越限制……得以實現。

這句話是在說明那個世界中一種不為人知的「力量」。那是一種能超越正規系統的框架，引發超自然現象的終極能力，是現實世界中不可能存在的奇蹟。但從某種角度來看，其中的運作邏輯其實極為單純——

想著這些念頭的同時，春雪仍然拚命地左右奔跑個不停。

當然，就憑這種臨時想到的阻擋方式，終究不可能百分之百擋下所有傳給石尾的球。有時他沒能完全擋住傳球路線，就會被敵方王牌穩拿分數。儘管先前靠著拓武跟仲河的快攻將比數差距拉到僅有五分，但後來就演變成拉鋸戰，比賽剩餘時間不斷減少。

不知不覺間，春雪已經不去想讀秒，甚至連比數都排除到意識之外。觀眾席上發出的笑聲中不時會夾雜交頭接耳的聲浪，但現在這兩種聲音他都聽不進去。

「呼……呼……」

春雪聽著從自己的喉嚨發出的哮喘與猛烈拍響兩耳深處的心跳聲，一心一意地預測一秒後的景象，努力讓身體跟上。他已經沒有體力去參與進攻，但只要能讓敵方的王牌跟我方的包袱相互抵銷，剩下的四個人打起來應該不會吃虧。在剩下不到兩分鐘時，連之前一直盯防石尾的兩名隊友也參與進攻，抓準敵方搞不清楚狀況而露出的空檔強行取分。只差三分了。

「這邊！」

看來石尾這口氣終於嚥不下去了，他先回到後場舉起了手，接下隊友從底線開的界外球。

兩名紅隊球員又跑回來盯他，企圖擋住他的去路，但石尾電光石火般的一個轉身就過了他們。看樣子之前他都一直沒拿出身為籃球校隊主力球員的「真本事」。

「…………！」

石尾的身影佔滿了被汗水沾得模糊的視野，讓春雪震驚得呆呆站著不動。遇到這種正面一對一的情形，神經連結裝置的ＡＲ顯示根本派不上半點用場。

——物理加速（Phisycal Burst）！

春雪拚命忍耐想喊出這個指令的衝動。

只要用出「物理加速」指令，就能讓知覺加速十倍，而且意識可以繼續控制身體，如此一來無論石尾用出多麼高超的運球技術，想必都可以輕而易舉地抄球成功。然而他們軍團禁止一切「卑鄙的加速」。況且重點不只在於團規，石尾對春雪這樣的角色拿出真本事想比個高下，這麼做就太侮辱他了。

「哇……哇————！」

沒有「加速」的春雪能做的，就只是大聲嚷嚷，盡可能張開雙手。

直逼到眼前的石尾左手一閃，球從視野中消失。等意識到石尾用了背後運球時，他已經從春雪左側猛衝而過。

看到敵方王牌球員朝著籃下切入，春雪明知追不上，卻還是從後追去。

只跑了幾步，眼前忽然出現一排陌生的深紅色字體在閃爍。春雪大概知道那是在警告心跳還是血壓之類的數值超出正常範圍，但他不予理會，只顧著追逐從周圍開始白盲化的視野正中央那道模糊身影。

這時，朦朧中一個身高跟石尾差不多的輪廓攔在石尾前方。原來不知不覺間拓武已經回到籃下。石尾使出渾身解數想閃過來補防的拓武——從胯下運球轉為背後換手運球。

「嗚…………哈！」

春雪將肺裡剩下的空氣吐得一點都不剩，整個人朝石尾拉到背後正要下壓的球猛撲過去。

他拚命伸出左手，指尖眼看就要碰到顆粒狀的橡皮……但春雪並不曉得自己有沒有碰到，因為這時他的整個視野已經轉為全黑，連思考都緊急停機。春雪身體前半部撞上一種又寬又硬的物體，就在他發現那多半是體育館地板的同時，遠方傳來了尖叫聲。

「小春！」

這個聲音無疑來自應該正在隔壁球場比賽的千百合。

——受不了，專心打妳自己的球賽好不好？

春雪聽著幾個腳步聲跑來，心裡正想著這個念頭，記憶便就此中斷。

一根細長的物體插進嘴裡，於是春雪想也不想地先吸吸看再說。

一吸之下，某種冰冷又甘甜的液體進到嘴裡，於是他閉著眼睛一心一意地嚥下。春雪大口大口地將液體送進胃裡，直到喝得呼吸困難，才大大喘了口氣。

輕輕睜開眼睛，強烈的純白光線立刻刺來，讓他連忙再度閉上眼睛，連連眨了幾次之後才重新睜開。

光源來自天花板上的照明，以及在視野四周圍成方形的白色簾子。看來這裡不是體育館，身體下方也不是堅硬的地板，而是觸感柔順的床單——也就是說自己躺在床上。

還來不及思考這裡是什麼地方，雙腳方向的簾子就在輕快的聲響中拉開。

「哦，有田同學，你醒啦？」

從那兒出現的，是個把半長髮綁在脖子後面，於有圖案的T恤上披著白袍的女性——她是梅鄉國中的校醫，姓堀田。也就是說，這裡多半就是位於第二校舍一樓東側的保健室了。

「啊……呃……我……」

春雪含糊不清地講了幾個字，堀田老師就在那有點男性化的臉上露出傻眼的笑容回答：

「認真比賽是很重要沒錯，不過好歹也該注意一下自己的身體狀況啊。要是你的血壓再低一點，就得叫救護車了。」

「我、我知道了……對不起。」

——這樣啊？原來我是在籃球比賽裡累到貧血還是脫水而昏倒，才被抬來保健室？

春雪總算弄清楚狀況，朝顯示在視野右下方的時間瞥了一眼，第二堂課早就開始了。看樣子自己已經昏迷，不，應該說睡了三十分鐘以上。

校醫迅速操作虛擬桌面，確定春雪的生命徵象數值都已經恢復到了正常範圍，於是輕輕點頭說：

「第二堂課你就好好休息吧，要記得多攝取水分。我還有教職員會議要開，得離開一下，不過有事不用客氣，儘管按鈴叫我。那我走了，之後就拜託妳囉！」

簾子唰的一聲再度拉上，啪啪作響的拖鞋聲慢慢遠去。最後在一陣開關門的聲音後，保健室就此恢復寂靜。

想來堀田老師是明知會議已經開始，依然在這裡顧著病人，直到春雪醒來才離開。春雪茫然地心想這可給她添麻煩了，轉念一想卻也覺得或許這本來就是她的工作。想著想著，細長的吸管又從臉部左方伸來。

春雪下意識含住吸管吸了幾口，冰冷的運動飲料在一陣舒暢的感覺中流進喉嚨。

「……？」

這時春雪才總算納悶起來，心想這吸管不知道接到哪裡，於是視線往左一轉。會是自動供水裝置嗎？該不會有機器護士？

但吸管卻是從一個平凡無奇的保溫瓶上伸出來的。

握著保溫瓶的手既白嫩又纖細，並不屬於春雪。

「……？」

春雪任憑還在減速的思考指揮，視線順著這雙手往上移動。纖細的手臂自一件黑色開領襯衫的袖子伸出，襯衫胸前綁著胭脂色的絲帶。纖細的脖子上，配戴著鋼琴黑的神經連結裝置，更上面則有著一頭烏黑滑順的直髮……

「…………………噗呼啊！」

春雪原先注意到有人坐在自己床邊，但直到剛剛都完全沒意識到是何許人，這下子不由得把運動飲料猛力從嘴巴跟鼻孔噴了出去。

一看見部分水滴還濺到對方的衣服上，體溫與心跳又再度竄升。他胡亂揮動雙手，以沙啞的聲音大喊：

「對、對對、對不、對不起！不、不不、不快點擦會洗不掉的。」

接著，這名坐在簡易折疊椅上的人物冷靜地將保溫瓶放到床邊後回答：

「嗯？這樣啊？那就擦一擦吧。」

說著她舉起雙手，取下用別針固定的絲帶，從上到下一一解開了開領襯衫的鈕釦。胸前那白得令人難以置信的肌膚露了出來，連那有著平滑弧線的上端都映入眼簾。

「呼嘎啊！」

春雪嚇得再度後仰怪叫，卻沒辦法閉上眼睛，所幸——也不知道算不算幸運，她的雙手總算停止了輕率的舉動。

「跟你開玩笑的。弄濕就弄濕，別在意。這衣服是用形狀記憶聚合纖維做的，可以整件丟進去洗。」

這人面不改色地說完，便將鈕釦一一扣回去。她當然就是梅鄉國中裡唯一穿著黑色制服、擔任學生會副會長、身兼春雪「上輩」與軍團長的黑雪公主。

黑衣美女整理好儀容，在椅子上挺直腰桿，露出嚴厲中帶著些許動搖的感情再度開口：

「……春雪，我也不覺得在體育課拚命打球是壞事。不過正如剛剛堀田老師所言，既然你戴著神經連結裝置，至少也該留意一下生命徵象的警告標語。這次只是輕微脫水，但要是一個弄不好，難保不會發生重大傷害啊。」

「是……是，對不起……我一不小心就打得太投入……」

所以這一切只是自己以為努力，結果卻換得班上同學的嘲笑，到頭來還在比賽中昏倒，而且這些愚蠢的行為甚至還讓黑雪公主知道了。春雪想到這裡，不禁垂頭喪氣，那隻白皙的右手卻伸過來輕輕蓋上春雪的左手。

「不用道歉，我不是在怪你。只是……別太讓我操心。」

聽到她放低音量說出的這句話，春雪抬起頭來一看，看到黑雪公主以多了幾分柔和的表情輕聲說：

「聽千百合說你昏倒的時候，我急得幾乎也要昏過去了，滿心只想趕快跑來保健室，差點沒喊出禁忌的物理加速指令。」

她所說的禁忌指令，指的是只有9級超頻連線者才能使用的「物理完全加速（Physical Full Burst）」指令。算是春雪在跟石尾對上時差點忍不住想要動用的「物理加速」指令高階版，但是效果強得完全無法相比。因為這種指令不但可以加快意識，甚至連身體在現實中的動作都能加速到將近百倍。

當然，代價也非同小可。使用者將會失去累積點數的百分之九十，一口氣被逼到掉光點數的邊緣。黑雪公主說這話多半是開玩笑，但春雪仍然反射性地連連搖頭：

「還、還好妳沒用出來。我這也不是什麼昏倒，只是累到頭昏眼花而已……所以，是小百通知學姊的？」

「嗯。幾乎就在你被搬到這裡的同時。在這些地方上，她還真有公平競爭的精神啊。」

「……公、公平競爭？」

看到春雪納悶地歪著頭，黑雪公主微微苦笑，以視線指向自己左手邊。

「剛才千百合跟拓武也在這裡陪著你，直到第二堂課開始了好一會兒還沒離開。只是再這樣待下去會被當成蹺課，我就叫他們回教室去了。他們看起來非常擔心，我看你最好寫個郵件說一聲。」

「好、好的。」

春雪點點頭，從虛擬桌面執行校內網路專用的郵件軟體。信中報告自己的意識已經恢復，身體沒有問題，謝謝他們在一旁陪著自己，並在寫完後迅速寄出。這時，他忽然發現一件事，看著黑雪公主的臉問：

「請問一下，學姊不去上課沒關係嗎……？蹺課不是會在學籍檔案留下記錄……」

「喂，你也不想想我是什麼人。我當然已經寫好代理保健委員看護的證明書並塞進校內系統了，而且堀田老師也很乾脆地簽了名。」

看她得意地說出這樣的台詞，春雪也只能反省自己不該多此一問。黑雪公主稍稍改變笑容中的含意，上半身微往前探，以惡作劇的表情在他耳邊說道：

「我也不是沒想過幫千百合也弄一張代理證，回報她公平競爭的精神，不過這次我還是決定任性一下。畢竟昨天我不惜動用了絕招，才有機會跟你在學生會辦公室獨處，卻根本聊不了幾句。當然那時真的有事，說來也無可奈何。」

「啊……是……是啊……」

在近距離閃爍著光芒的黑色眼睛實在太美，讓春雪不由得說話都破了聲，只能連連點頭。

回想起來昨天午休時，黑雪公主可是突然衝進二年C班的教室，大喊「我要求本班選出的飼育委員長立刻到學生會報到！」春雪之前是因為會錯意才接下了這個職務，聽了這話後做好了挨罵的心理準備，跟著她到學生會辦公室，才知道原來黑雪公主下令要他報到，只是希望跟他在密室獨處而捏造出來的藉口。

當然對春雪來說，能與黑雪公主單獨談話，已經不只是高興，甚至可說是有如一場美夢般的體驗。

但她在春雪心中的地位已經太重大、太寶貴了。她不僅是春雪身為超頻連線者的「上輩」兼「軍團長」，更是從泥沼中救出春雪、給予他希望的「恩人」，是春雪誓言獻上絕對而永恆之忠誠的「劍之主」。這些話都還遠遠不足以形容……對了，或許有唯一一個詞算得上貼切，那就是「奇蹟」。

哪怕中間有許多曲折，但專心致志朝遠方星星邁進的黑雪公主，能看上像春雪這樣的人，還對他說話、朝他伸出援手，這不叫奇蹟，又該叫什麼呢？如今在春雪眼裡，她就像一顆在世界中心發出耀眼光芒的巨大寶石。她實在太美，美得讓人覺得一旦伸手去碰，就會像泡影一樣消失無蹤。

儘管最近他總算漸漸能夠跟黑雪公主正常交談，但光是意識到他們在密室獨處，心臟就噗通噗通跳個不停，呼吸也變得粗淺。不，現在的狀況比起昨天在學生會時又更加致命。

況且，周圍已經拉上了厚重的白色簾子圍得密不透風，春雪又躺在床上，而黑雪公主手撐在床邊，探出上半身看著春雪。

春雪覺得再這樣沉默下去，自己的思考必定會一路穿進不得了的領域，於是他強行拉起操縱桿，重開話頭：

「……這個，昨天很對不起。仔細想想，我連事情都沒有好好交代清楚啊……」

「嗯……我自認已經從你的郵件裡掌握住大致情形……我本來也打算仔細問個清楚，結果你卻搞出這種事來，害我根本沒心思去想這回事。」

「對、對不起……」

春雪雙手手指頭相互磨蹭，連續道歉兩次。

昨天春雪之所以用衝的從學校跑回家，當然是因為擔心拓武的狀況。而這絕非杞人憂天，拓武的精神差點就受到「ISS套件」支配，好不容易才透過與春雪的對戰找回自己，並在深夜於「BB中央伺服器」的一戰中完全破壞了套件。

這些事，春雪已經在今天早上與Ash Roller對戰後，以郵件向黑雪公主、倉崎楓子與四埜宮謠三人做了個概略的說明，但短短的文章裡終究無法說清楚詳細情形。畢竟春雪自己也並非完全了解在中央伺服器裡究竟發生了些什麼事，而且在即將進行「逃離禁城作戰」之際，又多了一個重要案件等著他處理。

那就是Ash Roller那實在太出他意料之外的「請求」。

春雪有許多話該跟黑雪公主說，但搞不清楚到底該從哪一件說起，不由得再度閉上了嘴。黑雪公主似乎能夠體會他心中的混亂，以平靜的嗓音說話，想讓他冷靜下來。

「不過話又說回來，你上體育課時竟然會拚到昏倒啊……雖然這說法有點失禮，不過還真出乎我意料之外。」

「是……是啊，我也嚇了一大跳……」

「是不是發生了什麼事，讓你改變了想法？」

聽她這麼一問，春雪歪了歪頭。他覺得要說有也是有，說沒有也是沒有。

「呃……也不是說真的發生了什麼事啦……只是我在球賽中出錯時，阿拓跟我說『重要的是整體的想法』。所以我就想，至少別抱著『負面的想法』去比賽……結果不知不覺間就賭起氣來了……對了，那場比賽結果怎麼樣了……」

「根據拓武的說法，是以一分落敗。」

「這樣……啊。」

根據自己模糊的記憶，春雪這一隊在剩下數十秒的時候還落後三分，而且敵方王牌石尾正展開快攻。能夠逼近到只差一分，多半也就表示他們防住了對方的快攻，而且投進一球還以顏色。比賽多半就在這時結束。

想必是阿拓來了個令人眼睛一亮的精彩快攻，真有他的。春雪才這麼想，隨即聽到黑雪公主微笑著說出令他震驚的話來：

「其實啊，抬你來保健室來的除了拓武以外還有一個人，是你班上的籃球校隊隊員。」

「咦……石尾他抬我過來？」

「嗯，他還有話要轉達，說『這次我一敗塗地，不過下次我絕對不會被同一招吃定』。」

「啥……一、一敗塗地？比賽明明是他們贏……」

「照他的說法，他自己有設定一套勝敗標準，說是沒贏二十分以上就等於輸了。」

「…………是、是喔？」

聽到石尾這不知道該算是謙虛還是傲慢的傳言，春雪不由得苦笑。只是話說回來，石尾的確沒說錯。這次春雪之所以能一直干擾石尾，全是因為對方硬是不肯改變戰術。如果下次體育課又要籃球比賽而且對上石尾，利用AR來阻擋傳球路線的單純手法多半不會再管用了。這就跟BRAIN BURST的對戰與領土戰爭一樣，在那個世界裡，成功過的戰法幾乎從來不曾二度奏效，因為要對抗的不是AI，而是有能力摹想未來的人類……

模模糊糊想到這裡，春雪意識到先前他在比賽中感覺到的某種重要的概念，再度在腦海中甦醒。

「啊…………」

「嗯？怎麼啦？」

「不，這個……其實沒什麼了不起的……而且說不定根本就錯得離譜……」

黑雪公主默默地以視線催促，讓春雪儘管本來想就住嘴，卻還是說了下去：

「……『當意識發出的摹想太過堅定，就會超越系統的限制而得以實現』。」

他這一說完，黑雪公主瞬間瞪大雙眼，接著溫和地微微一笑：

「跟你說這句話的人一定是楓子吧？」

「是……是啊，妳為什麼知道……？」

「我以前也說過，我所知道會用『正向心念』的人裡面，就屬她最純真。楓子那麼相信心念系統光明面的優越，這句話很有她的風格……」

春雪怎麼想都不覺得自己能夠完全理解黑雪公主話中的意思，但他決定先不去追問，把自己想說的話說下去：

「剛剛那句話，當然是在說明加速世界當中的心念系統。可是阿拓在比賽中對我說『重要的是想法』時，我就隱隱約約有了一種念頭。也許在現實世界也是一樣……當我們真正在努力的時候，也許也在做著一樣的事情……當然在這個世界裡根本不可能有心念這樣超能力似的能力可以用啦，可是……舉例來說，像是在籃球比賽裡跟那麼厲害的石尾較勁，還有一個人搞定打掃小木屋的任務，對我來說都是比超能力更偉大的奇蹟。呃，也就是說，我想說的就是……這個……」

春雪的言語能力終於跟不上思緒。眼前這對漆黑的眼睛再度大大睜開，水嫩的嘴唇發出細小的呼氣聲：

「……春雪，你真的一直在超越我的期望……真沒想到你這麼快就能達到這個境界，而且還是靠著自己的力量……」

「咦……？境、境界……？」

春雪茫然反問，黑雪公主湊過去看著他的眼睛深深點頭：

「對。你剛剛所說的那些話，正是通往心念系統第二階段的入口。要跳脫強化『射程』、『威力』、『防禦』、『移動』這四種基本技能的框架，學會所謂的『應用技能』，就不能只靠理解的方式，必須透過親身感覺來體認何謂想像力，了解我們與生俱來的『想像力』究竟多麼寬廣、多麼深奧……」

「想像……力……」

「嗯。你過去一定認為心念系統要旨所在的『透過想像覆寫現象』，不過是一種只存在於虛擬世界之中的遊戲系統機制吧？那你就錯了，想像力在現實世界中也同樣蘊含無限的力量。當然我們在現實中做不出超越物理定律的事，但可以透過想像力的幫助，來克服看似絕對超越不了的障礙，這點你已經在籃球賽裡證明過了。」

黑雪公主這番話讓春雪內心深處大受震撼，但同時也產生了莫大的困惑。他下意識探出上半身，從極近距離凝視姿勢跟他一樣的黑雪公主，以沙啞的聲音問說：

「……想像力可以讓人超越極限，這個基本概念在加速世界跟現實世界都一樣，這點我隱隱約約地懂了……可是這跟『心念系統的第二階段』有什麼關連……？」

對於春雪這個問題，黑雪公主並未立刻回答。她放低視線，輕咬嘴唇，彷彿說到現在才猶豫起來。

春雪覺得他隱約猜得出理由。

黑雪公主對自己學會的心念之力抱有某種恐懼。她始終擔心自己學會的能力不是楓子──Sky Raker所運用的那種正向力量，而是會喚來破壞與悲哀的負面力量。

但春雪堅信沒有這回事。因為儘管他只看過長射程攻擊「奪命擊」，但黑雪公主的心念攻擊實在美得令他說不出話來。哪怕蘊含的威力再怎麼驚人，那麼美妙的招式也絕不可能來自負面的想像。

春雪在床上又湊過去幾公分，左手輕輕碰上黑雪公主的右手說道：

「學姊，在心念系統方面，最先教我的是Raker姊，再來是仁子，她們都教了我很重要的事情。可是……我的『上輩』是妳，我想了解學姊的一切，我希望妳把一切都教給我。我求求妳……請把妳的心念傳授給我。」

她沒有立刻回答。

現在是六月，上午十點半太陽就已接近天頂，從窗戶射進的陽光照不到保健室角落。由純白簾子切出來的方形空間裡，只剩調弱的室內燈光微微照亮，此處只聽得見兩人的呼吸聲。

過了一會兒，黑雪公主右手手指輕輕一動，與春雪十指交握，接著輕聲說道：

「……那麼，可就得用到直連傳輸線了。」

當黑雪公主抬起頭來，臉上幾乎只剩下一貫的神祕微笑。春雪輕輕舒了一口氣，接著有點慌張地說：

「啊……對、對不起，我的線放在教室的書包裡……」

「我也是，不過這裡總不會連一條傳輸線都找不到吧。」

黑雪公主說著以輕快的指法操作虛擬桌面，想來多半是在搜尋用品清單。沒過多久她點了點頭，手指與春雪左手分開，起身走到簾外。

抽屜開閉的聲音傳來，黑雪公主隨之走回。此時她手上已握了一條白色的ＸＳＢ傳輸線，然而……

「這……這會不會太短了點……？」

看到這條怎麼看都只有短短五十公分的傳輸線，春雪這句話不由得脫口而出，但黑雪公主只聳了聳肩膀：

「湊近一點就好了，所幸公共攝影機拍不到這裡。」

「咦……可、可是，要怎麼湊……」

春雪說到一半，不由得把下半句話吞了回去。因為黑雪公主若無其事地爬上床來了。

「咦、請問，這……」

春雪這時才意識到自己身上還穿著白色的運動服，忍不住讓到一邊去。運動服是以快乾素材織成，所以汗已經乾了，但總不可能完全沒有味道。

但黑雪公主顯得全不在意，伸出左手輕輕按著春雪的胸口，讓他躺在床上，跟著自己也側身躺在左邊，從極近距離露出帶了點惡作劇意味的笑容。

照慣例春雪的思考離合器又沒咬上，唯有心跳陡然衝上危險區，這時更有一陣含著笑意的氣息輕輕撫上他的耳朵：

「呵呵……事到如今你又何必緊張成這樣？『赫密斯之索縱貫賽』的前一天晚上，我們不是才在同一張床上睡了一晚嗎？」

「是、是、話話話是這麼說沒錯啦。」

加速世界舉辦的那場賽車，才不過短短兩週前的事，但之後實在發生了太多事，令春雪覺得那彷彿已是很久以前的過去。然而那一夜的記憶仍然鮮明地刻在他腦海中。

當時他們也跟現在一樣，躺在床上以直連方式對戰——春雪對黑雪公主使出剛體會不久的「空中連續攻擊」，卻被黑雪公主以更高段的「以柔克剛」手法輕鬆卸開，最後還挨了8級必

殺技「死亡擁抱（Death By Embracing）」而一招斃命。

……我怎麼有種預感，覺得這次的情形也會差不多……

春雪腦中正轉著這些念頭，黑雪公主已經拿著只有五十公分長的ＸＳＢ傳輸線湊了過來。他反射性地想躲開，對方卻二話不說就插了上去。

「……啊……」

黑雪公主也不理會發出怪聲的春雪，接著便將另一端的接頭接往她細嫩頸子上那具鋼琴黑的連線裝置。視野中閃爍出紅色的有線式連線警告標語。

「……昨天我使性子讓你用掉了1點，今天就由我請客吧。」

她這句話的意思，就是指這次並不是雙方同時加速來進入「起始加速空間」，而是只有黑雪公主加速，直接找春雪開打。

「好……好的，麻煩學姊了。」

春雪這麼回答，就看到眼前淡桃色的嘴唇輕聲唸出了「超頻連線」指令。

緊接著，一陣乾澀雷鳴似的加速聲響撼動了整個聽覺。

7

今天第二場對戰的舞台，是所有地形都由打了鉚釘的鋼板構成的「鋼鐵場地」。

此處最大的特徵就是堅硬、導電性高，以及腳步聲會特別響亮。連腳底板都是金屬的金屬色對戰虛擬角色走起來更是格外明顯。

春雪踩出「鏘！」一聲尖銳的金屬聲響落到地上，低著頭等待第二個腳步聲。但他等了好幾秒卻什麼也聽不見，於是抬起頭來四處張望。

原本梅鄉國中的保健室，已經成了沒有床也沒有桌子的方形斗室。地板、牆壁與天花板都是有著黯淡紅褐色的鋼板。加速前幾乎跟自己貼在一起的對手，則依照BRAIN BURST「至少會拉開十公尺距離後才實體化」的規則，靜靜佇立在房間東邊的牆邊。

裝甲有著黑曜石般亮麗的漆黑光澤，仿睡蓮花瓣造型的護裙上有著極細的腰身，面罩是尖銳的V字形，四肢則都是長而鋒利的駭人劍刃——

無論看過幾次，「Black Lotus」的站姿始終那麼美麗又勇猛。春雪朝她看了一眼，這才總算理解為什麼聽不見腳步聲。黑之王尖銳的雙腳儘管只離地一公分，但確實沒碰到地面。她是加速世界中為數不多的「浮游移動型虛擬角色」。

黑雪公主繼續看了春雪的虛擬角色「Silver Crow」幾秒鐘，隨即輕輕滑過來停在他眼前，黑色鏡面護目鏡下，可以看見一對藍紫色的眼睛發出鮮明光芒。

「春雪，光看你的模樣，我就知道你又經歷了一場艱辛的戰鬥……」

春雪立刻了解到，這句平靜的話是在講昨天傍晚自己與拓武的激戰。他尚未對黑雪公主詳細說明從昨晚到今天早上這段時間所發生的情形，但黑雪公主多半已經看穿他們兩人昨天曾用超頻連線者的方式以拳交心。

那場戰鬥的確打得十分艱苦。為了把被ＩＳＳ套件這股黑暗之力吞沒的好友拉回來，春雪儘管失去左手與左翼，全身裝甲裂得殘破不堪，仍然一次又一次地站起。最後在一名神祕的黃橙色少女鼓勵下，他召喚出「災禍之鎧」的原形——神器「The Destiny」之中的一隻手，使盡所有的心念奮戰。

儘管最後差點遭到ＩＳＳ複製體寄生，反而是拓武為了救他而以必殺技自盡，但春雪卻覺得這場戰鬥的收穫十分確切。如果一定要用言語形容，大概可以說是一點點讓他「願意相信自己的心意」。就是因為有著這樣的心意，接下來他才能夠在「BRAIN BURST中央伺服器」那場不可思議的戰鬥之中，施展出射程超越「雷射劍」的全新心念攻擊。

但春雪長年來已經養成受到讚美反而會發窘的習性，他畏畏縮縮地蹭著雙手，低頭謙稱：

「哪、哪裡，哪兒的話……我沒什麼了不起，每次都是靠別人幫助……」

「呵呵，能這麼想就已經證明你成長了。」

黑雪公主短短一笑，以右手劍刃的刀背輕輕拍了拍春雪的背，這麼說道：

「好了，春雪，讓我見識見識你學會的所有心念技能吧。」

春雪很想繼續拖拖拉拉下去，但他們現在置身的地方不是無限制中立空間，而是正規對戰場地，只能待一千八百秒。一般而言修練一項基本心念技能得花上好幾週以上，三十分鐘實在太短，一秒都不容浪費。

春雪做了個深呼吸，將這口氣蓄在丹田，點點頭說：

「好的，我要開始了。」

他走開幾步，停在空空蕩蕩的房間裡距離南側牆壁三公尺遠的地方。

牆上原本貼著純白的壁紙，現在則換成了厚實的紅褐色鋼板。連每一根縱橫成排的鉚釘都顯現出壓倒性的硬度。

但這種硬度終究只是記錄在伺服器上的參數，照理說應該可以透過貫穿的意志加以覆寫。

春雪慢慢放低姿勢，先將左手置在腰間，五指伸直併攏。

他將「貫穿之光」的想像聚集在指尖上，隨即產生出銀色光芒——「過剩光」，照亮了昏暗的房間。想像愈來愈集中，如鈴的共鳴聲跟著響起，光芒也從左手手指向上延伸，一路覆蓋到手肘附近。他發動心念的速度應該也比以前快得多，但春雪並未意識到這點，只是將左手輕輕後拉。

「『雷射劍』！」

喊出招式名稱的同時，他以犀利的動作扭腰，左手往前刺出。

嗤一聲清脆的聲響傳來，化為劍刃形狀的銀光從左手伸長兩公尺以上，深深刺穿了厚實的鋼鐵牆壁。

但春雪的動作並未就此停住，他右腳後退一大步，將右手舉到肩上而非腰間，就此固定不動。收回的左手，則是水平舉在身前。

這次換右手產生強烈的銀色光芒。

「……喔喔喔！」

口中自然發出吼聲，從右手伸出數十公分長的銳利光刃貼上左手手背，接著解放出去。

「『雷射長槍』！」

這一招春雪只在今天早上的夢裡施展過一次，而且當時還多虧了千百合幫忙，但他有把握自己能施展出來。心念光芒施放的型態從劍刃改為長槍，精確地命中三秒鐘前雷射劍在牆上打出的洞，再度猛然貫穿牆壁。

光之槍一瞬間停住，分解成無數條絲帶後消失。緊接著鋼鐵牆壁彷彿吸收不下全部威力而當場碎成粉末。牆上開出的大洞對面，可以看到相當於現實世界梅鄉國中前庭的空間裡，有根鐵柱攔腰截斷，倒塌時還震得地面鳴響。

從春雪所站的位置到鐵柱，相信至少也有十公尺，可見這一招的射程距離高達先前雷射劍的三倍以上。

「……………呼。」

春雪輕舒一口氣，放下雙手，背後聽到鈴鈴幾聲清脆的聲響。轉身一看，原來是黑雪公主以雙手劍刃互擊表示鼓掌。

「漂亮。春雪，你的想像很棒。」

「謝……謝謝學姊誇獎……」

春雪還是一樣不習慣受人稱讚，縮起脖子低頭道謝，但聽到黑雪公主緊接著發出的台詞，又緊張得全身一顫，抬起頭來。

「以基本技巧中的『強化射程』來說，你的心念已經趨於完整。『雷射劍』是從雙手高速伸縮劍刃的格鬥戰用招式，『雷射長槍』則是匯集力量化為長槍從右手拋擲出去的中距離戰用招式，兩者目的意識都很明確，都是很好的招式。但也正因為這樣，儘管今後你還可以繼續磨練瞄準精度與發動速度，卻無望獲得飛躍性的進展……」

「咦……」

——這麼說來……我的心念只練得到這裡……？

春雪茫然地想到這裡，不由得就要垂頭喪氣起來，又被接著響起的說話聲拉了回去：

「你也太快灰心了吧。剛剛我不是說過心念系統有『第二階段』嗎？」

黑雪公主以氣墊移動方式無聲無息地靠過來，放低音量以開導三歲小孩似的聲調低語：

「你……你的心裡蘊含著無限的可能性，一切都要從相信這一點開始。你剛剛那兩招，都屬於四種基本心念技巧之一的『強化射程』。基本技巧儘管視覺上五花八門，但只要屬於同一類，實質上的性能都大同小異。到這裡你應該都懂吧？」

「我……我懂。」

春雪點頭的同時，想起了以前仁子——「紅之王」Scarlet Rain——就曾露過一手她獨家的強化射程技巧。

仁子的招式是高速擲出手上的大團火焰，燒盡遠處的目標。她發動的速度快得不需要喊出招式名稱，而且她那超出五十公尺的射程也遠遠凌駕在春雪的招式之上，但本質上同樣屬於「遠距離單體攻擊」。

黑雪公主等春雪理解到這裡，點點頭舉起右手劍說：

「相較之下，心念的第二階段則是『應用技巧』，可以從四種基本想像取出兩種以上加以結合，或是體現出全新的想像，引發更大的『覆寫現象』。之前Rust Jigsaw破壞整場賽車的

『鏽蝕秩序（Rust Order）』，以及楓子當時用來保護我們的『庇護風陣（Wind Veil）』，都是第二階段的技能。」

「……還有學姊的『奪命擊』也是吧？那招應該是強化射程與強化威力的結合吧？」

聽春雪這麼問，黑雪公主似乎有點不好意思，點了點掛著半透鏡面罩的頭說：

「嗯，這麼說……應該也沒有錯啦。雖然嚴格說來只是結果變成這樣……先不說這個了。春雪，你踏上第二階段的時候已經到了。」

儘管覺得她話中的前半段有點神祕，但春雪也沒有時間多想，立刻挺直腰桿大喊：

「好、好的！我會努力！」

但這時他腦海中又浮出一個新的疑問。

「……可是，剛剛學姊在保健室說過，要學會第二階段的心念，就必須在現實世界中也同樣理解想像的力量與意義……好像是這麼說的吧？具體來說是怎麼回事……？」

「嗯……這個啊……」

黑雪公主說到一半卻停了下來，注視起自己舉到胸前的右手——看著那銳利的劍尖。她藍紫色的雙眼莫名地露出些微緊張，輕聲說了下去：

「……這意思用說的很難解釋清楚，我就實際示範一遍吧。春雪，其實我最近正在挑戰新的『應用技能』。」

「咦……」

春雪倒抽一口氣，眼睛直盯著黑雪公主虛擬角色的面罩。所謂新的應用招式，是不是有著超越『奪命擊』的超強攻擊力？而她要在這麼小的房間裡示範這一招？

「啊，那那那我們先出去……」

春雪一句話沒說完，黑雪公主卻微微搖頭制止。

「不，用不著。這裡就夠大了。」

說著黑之王Black Lotus右手劍尖精準地指向春雪身上，停住不動。

——不會吧難不成要拿我試新招？

——不對，有可能。畢竟這位學姊既是把我從東京鐵塔遺址推下來的Sky Raker的盟友，更是她的主子，那麼即使指導心念時比她更斯巴達也不奇怪。別怕，我應該要覺得幸運。既然堅信她就是加速世界最強的人，又能第一個親身體驗她未公開的招式，這世上哪還有更好的修練方式？我應該挺起胸膛好好接招。

春雪在零點一秒內迅速閃過以上的思考內容，接著用力咬緊牙關，摒住呼吸。

右手伸出不動的黑雪公主也在護目鏡下瞇起眼睛，散發出專注的氣息。

銳利的劍尖發出偏黃的光芒——過剩光，光芒微微脈動，從劍尖往後延伸二十公分左右。

春雪瞪大眼睛注視之餘，卻也產生了微微的疑惑。

因為這道光芒非常溫暖。籠罩在劍上的光芒是那麼柔和、那麼虛幻、又是那麼溫暖，怎麼看都不覺得會產生巨大破壞力。

但在同一時間，春雪也看出現象本身雖極其溫和，黑雪公主卻是卯足了全力在維持想像。苗條的虛擬角色頻頻顫抖，連雙腳都不時晃動。

這時春雪聽到她以小小的聲音說：

「春雪……手伸出來。」

還來不及思考話中含意，也來不及覺得納悶，春雪已經彷彿受到吸引般伸出自己的右手。他將指尖伸向黑雪公主遞出的劍尖，在上面輕輕一碰。

如果黑雪公主的心念屬於攻擊類型，「覆寫現象」應該在這時就會發生，無論金屬角色的裝甲硬度多高，他的手指應該都已經被切下來了。

但事實並非如此，反而還有種令他意想不到的現象具體化(Incarnate)了。

漆黑而銳利的劍刃當場輕飄飄地瓦解。

劍尖分成四片，更往後一點的地方又分出一片，一共分成五片。這個纖細而苗條的部位，在牆上大洞射進的光線下閃閃發光。

那是……

是手指。是一隻手。

除了淡淡的過剩光之外，整個變化過程沒有發出任何聲響或光輝。

春雪先反射性地懷疑為什麼要特意降低攻擊力，接著才注意到一件事——這種「應用心念技巧」乃是一種遠超出任何大範圍攻擊的奇蹟。

所有超頻連線者都無法學會與自身屬性相反的心念。

紅之王仁子曾說過這是心念系統的大原則。

從黑之王Black Lotus四肢都是刀劍這點，就能看出她的屬性顯然是「切斷」。她會斬斷、拒絕所有自己碰到的東西，是一朵不容許任何人接近的高傲黑蓮花。就連春雪這個絕無僅有的『下輩』，對黑雪公主也還有很多不了解的地方。無論從多近的距離對望，即使是獨處談心，依然看不透她那籠罩在深沉黑夜之中的內心深處。

但春雪一直覺得這樣就好，覺得連這也是黑雪公主美的一部分。

然而——黑雪公主現在卻在他眼前否定了自己的屬性。她透過心念的想像，撤銷了以前她說過的那句話：「連用來牽人的手都沒有」。

這種心念之中，一定蘊含了某種宣言——身為黑暗星雲的軍團長，她將以和過去不同的方式來面對團員。她願意伸出雙手、敞開心門，不只在加速世界，連在現實世界也要締結真正的情誼。

「……………學姊……………」

春雪輕聲一喚，自覺胸口產生一陣銳利的刺痛。原來自己根本不了解她。自己根本什麼都不知道，就擅自用「高傲的美」這種膚淺的話來形容她。

視野變得模糊扭曲。春雪銀色面罩下滲出了淚水，用右手輕握她那五根纖細的手指。漆黑與白銀接觸在一起，感覺到剎那間的溫暖傳進意識之中，緊接著……

一陣小得幾乎聽不見，像是無數小小鈴鐺似的硬質聲響傳出，黑雪公主的「右手」隨即化為無數細小的結晶碎裂四散。

「啊………！」

幾乎就在春雪驚呼出聲的同時，黑雪公主全身一軟。春雪下意識伸出右手，扶住她苗條的腰身。

Black Lotus將手肘以下都碎裂消失的右手抱在胸前，彷彿是在忍受疼痛——不，想來那真的很痛——並反覆做著極淺的呼吸。但過了一會兒，她便抬起頭以平靜的聲音說：

「十七秒……記錄大幅刷新了。這一定……是多虧了你。」

這句話顯示出黑雪公主曾無數次嘗試這種應用心念技能，無數次讓自己右手碎裂。

「……學姊。」

春雪按捺不住無止境上湧的感慨，以顫抖的嗓音回答了這麼一聲。接著任由衝動驅使，用力抱緊懷裡的虛擬角色，拚命說下去：

「學姊……謝謝妳。我好像懂了。要學會第二階段的心念……不能只面對虛擬角色，更得面對有血有肉的自己才行。不只是在加速世界，在現實世界也要一直思考自己害怕什麼、想要什麼、想像什麼才行，就是這麼回事吧？」

「一點兒也不錯。」

在他耳邊回答的低語小得幾乎等於無聲，卻清清楚楚地迴盪在只有他們兩人在場的對戰空間之中。

「純粹的『負向心念』使用者不需要這個過程，因為憤怒、憎恨與絕望，全都打從一開始就與有血有肉的自己分不開。然而要產生『正向心念』——要產生希望的力量，無論如何都得經過『扭轉精神創傷』的過程。在加速世界裡淬練成對戰虛擬角色的精神創傷，必須在現實世界裡去正視且接受，把它昇華成希望的意念……這並不容易。要掉進『心中的深淵』很容易，但要往上爬，路程就非常艱險了……我的超頻連線者生涯已經過了漫長的歲月，卻連把劍刃化為手指這種小事都做不好。但是……」

黑雪公主說到這裡先頓了頓，抬起頭來，從面罩幾乎貼在一起的距離看著春雪的眼睛。

「但是，已經獨力發現了『意念』是怎麼回事的你，應該辦得到。」

平常遇到這樣的場面，春雪也許會忍不住反射性地回答「我不行的啦」、「我這種小角色哪有辦法」，但現在卻不一樣。他拋開自己的懦弱，深深點了點頭。這一點頭就讓雙方的面罩撞在一起，但他就這麼與黑雪公主面罩碰在一起，輕聲說道：

「好的，我……我會努力。也許趕不上今晚的『逃離禁城作戰』……但我還是會努力，努力找出我的『希望意念』。」

「嗯……我也會努力。下次至少要維持三十秒，才能跟你好好牽手。」

她輕聲說出的這句話，照慣例有著讓春雪大為動搖的威力。

「咦，呃，這……」

春雪在銀色面罩下高速連連眨眼，好不容易才回了一句：

「說、說說、說得也是，而且有了手，要操作『導覽選單』應該也比較輕鬆。」

他這句話剛講完，眼前那雙藍紫色眼睛立刻發出險惡的光芒，某個多了幾分冰冷的聲音更說道：

「……也對。我本來想把這場對戰設成平手，不過沒有手操作起來太麻煩，我看還是乾脆打贏吧？」

所幸當春雪提出平手申請時，黑雪公主仍舊以左手劍尖點選接受。

結束直連對戰回到現實世界之後，春雪先看著天花板呆了好一會兒，才重新弄清楚狀況。自己躺在保健室的床上，黑雪公主就躺在身旁，身體跟自己貼得緊緊的，連上個世紀的愛情喜劇漫畫迷看了都會嚇一跳……

「春雪。」

一陣輕輕的氣息撫過左耳，讓他先全身顫動縮起，接著才戰戰兢兢地看過去。

接著春雪驚訝得瞪大眼睛，連緊張與動搖都忘在一旁。

黑雪公主仍然側身躺在一旁，看著自己雪白的右手。珍珠般亮麗的小小指甲，在室內燈照耀下閃閃發光；一雙黑色的眼睛眨了眨，將焦點轉移到春雪的眼睛上。

「春雪，還記不記得我第一次對你講解BRAIN BURST程式那天……我在『起始加速空間』伸出手問你『虛擬世界裡的區區兩公尺，對你來說就真的那麼遙不可及？』這件事？」

他不可能忘記。

春雪當時將目光從她伸出的手上撇開，在心中回答「就是這麼遙遠」。

看到他點點頭，黑雪公主露出滲了幾分悲切的微笑說下去：

「其實啊……那兩公尺對我來說也很遙遠。因為我真的已經很久……很久沒有主動對別人伸出手過了。我一直害怕去握別人的手。就連應該已經跟我心意相通的軍團成員……或許就連楓子、謠、Current跟Graph他們的手，我實際上也在抗拒。可是啊……在虛擬壁球遊戲區遇見你的那一天……不，是從更早以前，早在我從校內網路的角落，看到某隻老是避免引人注意而低頭拚命奔跑的小小粉紅豬那天起……」

說到這裡，黑雪公主閉上了嘴，春雪卻覺得她沒說出口的話語仍然透過連在自己身上那條直連傳輸線送了過來。

她再度露出微笑，輕聲說道：

「春雪，怎麼樣？你覺得那天的那兩公尺縮短了沒有……？」

春雪什麼話都說不出口。因為胸中湧起的情緒太過澎湃，填滿他整個心胸。

他不說話，而是卯足全身上下每一絲勇氣，舉起自己的雙手，輕輕捧住那隻舉在空中的雪白右手。

好溫暖。先前在「鋼鐵場地」之中，他短短一瞬間碰到Black Lotus「右手」時所感受到的暖意，再度傳遍整個手掌，更沿著神經系統傳到意識中央，閃耀著金色的光芒。

黑雪公主的左手也跟著舉起，從外側覆上春雪的右手。整個充滿了溫暖光芒的世界裡，就只有四隻交握的手，以及一張平靜微笑的美麗容顏存在。

長長的睫毛輕輕放下，臉龐的角度慢慢轉動。

春雪彷彿被吸了過去似的，跟著微微往前挪動上半身，而黑雪公主也仍然閉著眼睛把身體湊了過來。她雪白的臉——或者應該說她那櫻花色的嘴唇，距離自己已經只剩短短十五公分。又靠近了一些。眼看距離已經突破十公分大關——

門板滑動的「嚕嚕」聲，中止了整個狀況。

黑雪公主以媲美瞬間移動的速度挪開身體、拔掉直連線，從床上回到床邊椅子上。兩秒鐘後，白色簾子被人從接縫處拉開，校醫堀田老師探出頭問：

「有田同學，怎麼樣？還會不舒服嗎？」

「…………………」

春雪眼睛跟嘴巴都張得開開的，整個人靜止不動，這讓校醫皺起了眉頭。

「你的臉好紅，又發燒了嗎？」

「………不，我沒事。」

春雪也只能這麼回答了。另一方面，以文靜坐姿待在椅子上的黑雪公主，表情則是平靜到了極點，看不到一滴汗珠。她的情緒控管能力實在太可怕了。而且不知不覺間她的雙手又握住了保溫瓶。

她擺出一副「代理保健委員」的架式遞出插著吸管的保溫瓶，春雪也只能乖乖吸了一口。

8

春雪在第二堂課結束後的十分鐘休息時間裡，將運動服換回制服，回到了二年C班。

他剛拉開門踏進教室，立刻就有無數掌聲迎接，讓他當場呆立不動。但仔細想想，如果是有點貧血的弱女子也就算了，男生上個體育課就因為打球打得太投入而昏倒，根本已經變成奮不顧身型的諧星了。春雪縮起脖子，一路低頭哈腰衝到自己的位置坐下。第三堂課的上課鐘此時正好響起，他才總算鬆了口氣。

一抬起頭，正好看見千百合從右前方座位上擔心地回頭望來，兩人視線對個正著。春雪朝她點點頭表示不要緊，順便跟坐在右後方的拓武也交換了眼色。

拓武的表情顯得極為過意不去。這多半表示，他以為春雪會拚得昏倒都是自己那句「重要的是想法」的忠告所致。

——這不怪你，而且我反而因此注意到了一件很重要的事，得感謝你呢。

春雪將這個念頭灌注在眼神之中，朝他露出得意的笑容，拓武的嘴角才總算有了笑意。

第三、第四堂課、午休時間，以及下午的幾堂課裡，春雪的腦子裡有一半在上課，另一半則一直潛心思索。

想著自己到底該找出什麼樣的「第二階段心念」來發展……

他明白，眼前應該把注意力放在其他要緊的任務上。這任務當然就是指今晚七點要進行的「逃離禁城作戰II」。屆時春雪必須和Ardor Maiden——四埜宮謠一起進入無限制中立空間，與神秘的蔚藍年輕武士Trilead Tetraoxide再次相見，並在他的協助下從禁城以及四神的地盤中生還。四神朱雀自然不用說，就算只是被禁城內部徘徊的任何一隻武士型公敵打倒，也會立刻陷入可怕的「無限EK（Enemy Kill）」狀態。從這一點來想，再怎麼專注都不嫌多。

但春雪就是無法不去想自己的心念。

因為，現在春雪又多面臨了一件不能拖的事。

一個成了他永遠的勁敵——大致上算是吧——的超頻連線者，也就是騎著那輛世紀末機車的Ash Roller，要春雪教他心念系統。

上學途中那場對戰的最後，Ash單刀直入地說出「教我一下心念系統好嗎？」這句話時，令春雪整整呆了五秒鐘之久。

當他好不容易回過神來，首先問出口的，就是他自己覺得理所當然到了極點的疑問：

『為……為什麼，要找我教？』

結果這位世紀末機車騎士說：

『你想想看嘛，怎麼說，你不是Raker師父的徒弟嗎？也就是說你是大爺我的學弟，還是該說師Brother？』

春雪又花了一秒才搞懂他這個奇妙的字眼是指「師弟」，也懶得吐槽說照他的說法根本就搞不清楚是師兄還是師弟，決定先繼續問完實際一點的問題：

『那、那你找Raker姊正式教你不就好了？我相信她不會在意軍團不同這種問題，對自己的「下輩」一定會教得很仔細……一步一步慢慢來……』

『……就是這樣，這種「一步一步慢慢來」才是Problem啊。』

骷髏面罩下發出的聲音中，帶著幾分像是在害怕的音色。春雪瞬間領悟Ash說的問題是什麼。他並非「像是在害怕」，而是真的在害怕。他怕的就是兩個月前Sky Raker——倉崎楓子在教導春雪心念系統時，把他從東京鐵塔遺址頂推下去的那種斯巴達式教育。

春雪先以眼角餘光看著Ash Roller一會兒，接著才說：

『那個，我知道這樣講跩了點……不過心念系統沒那麼好學的。你不想付出勞力就要輕鬆學會，不就跟那可疑的神經連結裝置用學習套件……』

『Don'y say了！我知道，這點我也Understand！』

Ash伸出戴著騎士手套的手掌擋在春雪眼前這麼叫喊。

『可是我告訴你，師父幫你上的那些課，已經是待客用的溫和版了！』

『咦……那、那樣還算溫和版？』

『That's right！而且啊，其實大爺我，該怎麼說……這樣講有點難聽，不過我根本沒想把心念系統學得多紮實然後跑去無限制空間盡找些危險的傢伙打。我只要用在一場對戰，不，甚至用一次就夠了。Utan那小子眼看就要被「ＩＳＳ套件」吞沒，我只想狠狠來個一拳打醒他，這樣就夠了……』

春雪沒料到對方會這麼說，從側面回望骷髏面罩。Ash Roller的臉朝向對戰空間的天空，以格外沉重的嗓音靜靜地說道：

『畢竟對我來說，BRAIN BURST終究是一款對戰格鬥遊戲啊。』

他都這麼說了，春雪自然不能輕易拒絕。

因為「現在正是對Bush Utan施展心念攻擊來破壞ＩＳＳ套件的大好機會」這項情報，就是春雪自己告訴Ash Roller的。

這時對戰時間結束，春雪對Ash的「請求」說不出ＹＥＳ或ＮＯ，但相信心意——春雪決定接受請求的心意，應該已經傳達到了。

在他用半個腦袋思考的期間，第六堂課的下課鐘聲響起，教室內的空氣也立刻浮躁起來。

授課老師前腳剛走出去，導師菅野後腳便踩進來，就這麼開始了放學前簡短的導師時間。

各種宣導事項說到最後，菅野提出了第一堂課時發生的有田春雪昏倒事件，還講了句金玉良言——「上課努力當然很好，不過管好自己的身體狀況可是運動員的鐵則啊」，讓春雪聽得冷汗直冒。這時才總算傳來了放學鐘聲。

春雪先跟分別要去田徑社與劍道社練習的千百合與拓武簡單談了一下今晚行程——結束社團活動跟委員會活動之後，就換好衣服到春雪家集合，由全軍團一起開會，再展開「逃離禁城作戰」。確認以上流程無誤後，三人就分頭行動。

春雪在樓梯口換上運動鞋，獨自前往後院準備進行委員會活動之際，仍然不斷地自問。

現在的我，有資格教導別人怎麼使用心念嗎？

他之所以在保健室裡請黑雪公主傳授心念，要求得甚至有點急，或許就是因為內心深處有這個疑問。

如果單論「心念系統」——也就是有意識去運用BRAIN BURST這款對戰格鬥遊戲的副控制系統「想像控制迴路」的方法——相關的技術性知識，他自認已經學到了幾分。然而心念並非只是單純的技術，它能發揮超脫規則限制的壓倒性威力，同時卻也有著會將玩家自身精神拉進黑暗面的可怕風險。這種說法並非只是比喻。超頻連線者一旦解放負面心念，就連現實世界的人格也會跟著受到扭曲。掠奪者「Dusk Taker」如此，昨天的拓武亦然……

要傳授別人心念，一定得非常小心在意，避免學徒被拉進黑暗面。只用言語說明多半是不夠的，首先必須實際演練，讓對方看到心念可以創造出多大的奇蹟。比方說不用手就能讓輪椅前後左右舞動的Sky Raker，或是將劍刃變成手掌的Black Lotus。

從這個觀點來看，春雪的「雷射劍」與「雷射長槍」就少了點震撼力。因為純以現象的種類來說，這兩招都只是單純的單發攻擊招式，這個世界裡多得是超頻連線者能發出有同等射程與威力的必殺技。

如果真的要對Ash Roller講授心念系統，相信不能只露一手基本技能，而必須展現黑雪公主所說的「第二階段」能力。如果做不到這點，就沒有資格傳授別人心念。

「…………話是這麼說沒錯啦…………」

春雪從東邊繞過第二校舍，走在長滿青苔的後院裡，邊嘆氣邊說出這句話。

黑雪公主在保健室說過，要學會心念的第二階段，就必須正視現實的自己，將塑造虛擬角色的精神創傷昇華，創造出希望的心念。但坦白說，連春雪自己都還不太明白為什麼他會被塑造成「Silver Crow」——為什麼會被塑造成有著細瘦手腳、滑不溜丟的頭部以及十片金屬翼片的金屬色。

要妄下結論很簡單，可以說是由於他胖才會想要變瘦、由於只能在地上爬才會想要能飛上天空的翅膀，但他莫名地就是覺得事情沒有這麼簡單。因為這個說法解釋不了他為什麼會是金屬色……

這時，他忽然間聽到一個小小的聲音。

——還有當玩家擁有的「心傷殼」強度超過一定水準，就會成為金屬色，這點幾乎已經可以確定了哪……

「…………？」

春雪立刻停下腳步，四處張望。

那是個帶點沙啞的女子嗓音，但昏暗的後院裡看不到一個人。春雪再一次仔細傾聽，但耳中只有遠處運動社團成員在操場上練習的喊聲，以及管樂社在音樂教室調音的聲音。

但這不是他聽錯，因為春雪根本沒聽過「心傷殼」這個字眼，而且他也不認識哪個女生會用關西腔說話。

背上位於肩胛骨之間的某個點忽然強烈抽痛，令春雪不由得腳步踉蹌，伸手撐在一旁的校舍牆上。抽痛一陣又一陣，遲遲不散。

這不是第一堂課打球留下的肌肉痠痛。春雪已經知道這種痛楚並非來自身體出的毛病。

「……唔……為什麼，現在……那玩意兒會……」

他握緊拳頭忍耐，以沙啞的聲音自言自語。

沒錯，就是他所說的「那玩意兒」——寄生在Silver Crow身上的「災禍之鎧」，也就是由七神器之中的六號星「The Destiny」變異而成的強化外裝「The Disaster」在蠢動。

接著耳中聽到了與先前不同的聲音，是猛獸的低吼。

——殺。殺。把那些傢伙……撕開……咬碎……吃得乾乾淨淨……

吼聲中蘊含的怒氣與憎恨能量強得駭人，讓春雪手撐在牆上喘個不停。

兩週前的「赫密斯之索縱貫賽」進行到尾聲時，春雪任由自己心中那股對Rust Jigsaw的怒氣驅使而召喚出了這件「鎧甲」。當時他的精神幾乎完全受到支配，所幸靠著千百合的必殺技「香櫞鐘聲模式2」讓虛擬角色時間倒流，才得以將鎧甲還原成單純的寄生因子——第五代Disaster宿主Cherry Rook所留下的鉤索碎片。

此後春雪一直沒聽到鎧甲說話的聲音，但昨天傍晚與即將遭到ＩＳＳ套件吞沒的拓武對決時，春雪為了將他拉回來，企圖召喚出「鎧甲」的原始型態「The Destiny」。儘管不是召喚災禍之鎧本身，但或許就是在召喚過程中微微喚醒了寄生因子。

——但是不太一樣。春雪忍受著電光般的疼痛脈衝訊號之餘，卻一直覺得不太對勁。

他覺得這與「鎧甲」以前的說話聲音有點……不太一樣。那凶暴的破壞衝動並沒有差別，但春雪就是覺得衝動背後另有一種比憤怒與憎恨還要龐大的情緒。這種感情像吼叫、像咆哮，又像是——慟哭。

只要閉上眼睛、摀住耳朵，這個聲音遲早會離去，但春雪卻不禁下意識地將意識頻道對準了這個聲音。

緊接著，他立刻感受到了一陣遠比以前任何一次都要強烈的劇痛，幾乎痛得他頭昏眼花。劇痛從背脊一路上竄到頭部正中央，讓他不由得跪到地上，整個聽覺更充滿了猙獰的咆哮。

——毀了他們。毀了他們。毀了他們毀了他們吃了他們吃了他們吃了他們吃了他們……

……………這是……………悲傷……………？

……………你，在哭嗎……………？

聲音以第三次痛擊回答了春雪的問題。春雪連呻吟都發不出來，只能用力閉上雙眼，眼看就要一頭倒向長滿青苔的地面之際……

一雙小小的手從前方撐住了春雪的雙肩。

接著一陣柔軟的感覺籠罩住整個上半身。春雪還沒弄清楚是有人緊緊抱住他，便已經像溺水的人抓住浮木般伸出雙手回抱。

身上傳來一股涼意，彷彿在安撫、吸收體內熊熊燃燒的烈火。每當這小小的手在他背上輕輕一揉，疼痛的脈衝訊號便急速遠去。

「……………」

春雪輕輕吐出一口氣，讓僵硬的身體放鬆。

思緒還處於半停滯狀態的他，茫然睜開眼睛，看到眼前有著以黑色為背景的細小深紅色線條呈放射狀分布，彷彿夏日傍晚點燃的仙女棒。他花了好一會兒，才發現那是瞳眸——也就是人類的眼睛。

春雪微微退開，讓視野開闊了些。

眼前離了十五公分遠的地方，有張年幼少女的臉龐，一對大眼因擔心而圓睜。

她的瀏海非常平整，其餘髮絲則用一條細絲帶綁在腦後。順著那細得驚人的頸子看下去，則是一件白色連身裙式的制服，肩上背著咖啡色的書包……

「…………四、埜宮……學妹……？」

春雪以沙啞的嗓音這麼一問，對方便點了點頭。

四埜宮謠是由春雪擔任委員長的梅鄉國中飼育委員會校外成員，就讀姊妹校松乃木學園國小部四年級；而在加速世界裡，她更是第一代黑暗星雲幹部「四大元素」之一的7級超頻連線者「Ardor Maiden」。

看到自己能無條件信賴的人物出現，讓春雪鬆了一口氣，決定先讓雙方已經太接近的臉孔分開一些再說。

但他做不到，因為春雪自己的雙手仍然緊緊抱住謠那比同齡平均身材還要瘦小的身體。

「……」

春雪低頭看到謠的連身裙與自己圓滾滾的腹部緊貼在一起，持續了兩秒鐘左右，才認知到自己的行為有多麼天理不容，當場大叫一聲：

「喏呀啊！」

雙手隨即像裝了彈簧似的往左右彈開，更維持跪姿朝後方跳了五十公分。

「對、對對、對不起！不不不對，妳妳妳妳誤會……」

他連連搖動雙手，虛擬桌面中央就顯示出一行紅色的系統訊息。春雪也沒弄清楚那是要求無線連線的視窗，就點選了YES按鈕。視野下方才剛出現聊天視窗，謠纖細的食指就以迅雷不及掩耳的速度在空中打字。

【UI＞有田學長，你不用放在心上。我想公共攝影機應該拍不到這裡。】

——是、是喔？可是這樣不是更糟糕嗎？

春雪一瞬間想到這裡，卻不敢說出口，嘗試做出比較有邏輯的辯解：

「呃、呃、我剛剛走著走著就覺得頭昏眼花，想必是上體育課的時候太拚命了。不過我已經沒事了，抱歉讓妳操心……」

然而謠臉上的笑容平靜卻又哀戚，彷彿看透了一切，讓這段台詞就此說不下去。她挪開跟春雪一樣跪在地上的膝蓋站了起來，接著稍稍放慢速度再度動起手指：

【UI＞不用那麼慌張，我都知道的……剛剛那多半是一種叫做「逆流現象（Overflow）」的情形。】

「O……Over、flow？」

這個第一次聽到，不，應該說第一次看到的單字，讓春雪納悶地歪了歪頭，但緊接著跑出的字串立刻讓他瞪大眼睛。

【ＵＩ＞那是「零化現象（Zero Fill）」的高階版。若說零化現象是心思被無的心念，也就是心灰意冷或無力感給填滿導致全身不能動彈，逆流現象就是被負向心念壓倒……也就是因為過度憤怒、憎恨與絕望而控制不住自己。當然這些現象本來都只會發生在加速世界中的虛擬角色身上，但我聽說會用負向心念的超頻連線者，在現實世界中偶爾也會發生這種情形。】

「負向……心念……」

春雪小聲複誦一次，忽然驚覺地看了謠一眼，頻頻搖著頭擠出聲音說：

「我、我……絕對沒有自己在練習負向心念……」

謠再度露出平靜的微笑，走到春雪身邊用左手摸了摸他的臉頰，同時以右手打字回答：

【ＵＩ＞我說過這些我都知道。剛剛……一定是「鎧甲」的干涉吧？】

「……！」

春雪尖銳地倒抽一口涼氣，但既然已經被看穿到這個地步，否認也不是辦法。

「……是，就是這樣……我想起一件事……想起某個人說過的一句話，就這麼觸發了鎧甲活動……」

【ＵＩ＞一句話？是什麼樣的話？】

「呃，我想不出是誰說的。話又說回來，我不管怎麼想，都覺得自己不認識說話的人……

至於內容……記得好像是說『心傷殼』怎樣怎樣就會變成金屬色之類的……」

這時深深一顫的並不是春雪，而是謠碰在他臉上的左手。

有著放射狀深紅色線條的瞳眸大大睜開，嘴唇微微發抖，但她當然沒有發出聲音，只以右手生澀地敲著投影鍵盤：

【UI＞是誰？是誰對有田學長說了這種話？】

「……對不起，我也拚命在想……但就是想不起來。唯一記得的就只有聲音是女性……」

【UI＞這樣啊？對不起，請你忘了這回事。身體好些了嗎？】

她話題轉得有點快，但春雪很快就忘了不對勁的感覺而點點頭。謠拿開左手後，春雪立刻起身，拍拍制服的膝蓋部分。

「嗯，已經不要緊了，謝謝妳……感覺四埜宮學妹好像連在現實世界也能用心念呢。」

春雪語帶感謝地這麼一說，謠便難得地露出了符合她這年紀該有的靦腆模樣。她臉頰微微泛紅，以今天最快的速度一口氣打出一大串聊天訊息：

【UI＞幸好沒釀成大禍。我想不需要太過於煩惱「鎧甲」的干涉，這件強化外裝如此凶煞，沒發生逆流現象才讓人不可思議。而且無論產生什麼樣的干涉，只要不在加速世界唸出著裝指令，鎧甲應該也發揮不了持續性的影響力。最重要的是，不管怎麼說，只要今晚的脫逃作戰成功，就可以當場淨化寄生因子了。】

「……嗯，說得也是。」

春雪的回答之所以會慢了一拍，是因為對於眼下最重要的課題「淨化鎧甲」任務——救出Ardor Maiden與逃出禁城，全都是為了完成這個任務——感到了一絲猶豫。

但他有什麼好猶豫的呢？要是不完全消除災禍之鎧，在三天後要召開的「七王會議」上，Silver Crow就會被六大軍團聯名指定為通緝犯，無論如何都得避免這種情形發生。

所幸低著頭的謠似乎並未發現春雪表情有異，繼續閃動手指打字：

【UI＞那我們就開始委員會活動吧，相信小咕肚子一定餓了。】

謠揮手令鍵盤消失，隨即拿起放在稍遠處的包包。她也沒特別注意春雪的臉，就自己開始走向後院西北角的飼育小屋，春雪只得慌慌張張地跟上。

非洲白臉角鴞「小咕」從松乃木學園搬來梅鄉國中，還只是三天前的事情。

但這隻小型的猛禽類似乎已經完全適應了新的環境，站在設置於飼育小屋裡的樹上打盹。即使春雪接近小木屋，這隻鳥仍然連眼睛都沒張開；但牠一聽到謠把手提袋跟書包放到流理台邊後走來的腳步聲，便立刻睜大圓圓的雙眼，毛躁地拍著翅膀。

「你這傢伙也太現實了……」

春雪語帶苦笑地解開門上的電子鎖，然後迅速進入小木屋內，收回鋪在樹下的防水塗層紙與讓鳥沖澡用的水盆。接著換謠進來鋪好昨天洗淨後曬乾的紙，並檢查小咕的體重與體溫是否正常。

春雪再度來到屋外，用小屋旁的水龍頭沖洗防水紙，洗著洗著就看到一旁的手提袋裡放著白色的保溫盒。

裡面裝的是小咕的食物。根據昨天看到的情形應該是肉類，但謠說那不是雞肉、也不是豬肉或牛肉。想到這裡，春雪就想到謠曾說今天可以讓他看切肉的情形，但少女還附帶了一句「我想多少會帶來一點精神上的傷害，請做好心理準備」。於是他歪著頭納悶起這句話到底是什麼意思，同時悄悄伸出右手。就在這一瞬間——

【UI＞我想，有田學長應該不會覺得好吃。】

這麼一行文字從一直顯示在視野中的視窗跑過，讓春雪當場停下手來。回頭一看，原來謠已經走出小木屋，對著他微笑。

「不、不不不，我怎麼會偷吃呢，我都國二了呢。」

春雪忘了昨晚自己才跟千百合為了湯咖哩的炸茄子與雞肉吵得不可開交，連連搖頭否認，並將洗完的防水紙掛在小小的衣架上。接著他用手帕擦擦手，轉頭望向謠。

比他小四歲的國小生一瞬間露出思量的表情，但隨即點點頭回答：

【UI＞那我來準備小咕的飯菜。】

她走到流理台前，伸手從手提袋裡拿出保溫盒，隨即解開四邊的扣具並打開蓋子。春雪在好奇心驅使下，探出頭去看盒子裡裝的東西，不過兩秒鐘後便瞪大了眼睛還倒抽口氣。

與冰袋一起裝在盒子裡的，是一種長約五公分的粉紅色小動物——想來應該是還沒長毛的老鼠。這些老鼠當然是死的，但身體仍然完好。謠拿出四隻老鼠之中的一隻，放到先擺在流理台的盒蓋上，以一隻手打字說：

【UI＞這是一種叫「冷凍粉紅鼠」的飼料。要養貓頭鷹或角鴞當寵物，基本上餵的都是老鼠、小雞，不然就是蟋蟀或麵包蟲之類的昆蟲。不過整隻實在太大，所以得先切過。】

說著她再度伸手到提袋裡，拿出了一個讓春雪更加震驚的物體。

儘管尺寸很小，但那確實是一把小刀——不，或許該說是「短刀」。謠拔開有光澤的天然木製刀鞘，亮出長約六公分左右的閃亮刀身。

【UI＞當然我已經獲准攜帶以及使用這把小刀。只是就算已經申請許可，要是在公路之類的地方拿出來，一樣馬上就會被抓去輔導。】

謠的這句附註一點都不誇張。二〇四七年的現在，無論尺寸大小，原則上攜帶任何刀械都是違法行為。春雪記得新聞曾報導過，若是有職務上需求等理由，的確可以向公安委員會申請許可證以便攜帶，但審查過程相當嚴格。

「真……真虧妳拿得到許可啊。」

春雪不由得說出這句話，對此謠只微微一笑，並沒回答。她以左手按住放在容器蓋子上的粉紅鼠，右手小刀銳利的刀尖抵了上去。

刀刃輕輕一動，便漂亮地將肉一刀兩斷，看上去卻又沒有傷到塑膠蓋。小刀又動了兩次，粉紅鼠轉眼間就化為四片小小的肉片。從色澤看來，確實就是昨天小咕吃得津津有味的肉片。看來內臟似乎已經處理過，但仍多少流出了點血液，弄濕了刀刃。

謠在切肉過程中散發出一種緊繃的氣息，幾乎令人覺得用肉眼就能看到四周氣壓改變，讓春雪一句話也說不出口。當然了，他根本沒有勇氣說「讓我也試試看」。謠接連切好剩下的粉紅鼠，短短兩分鐘不到，盒子裡已經裝好了跟昨天一模一樣的東西。

完工後，謠用水龍頭清洗小刀，再用像是棉花的布仔細擦拭刀刃，這才收刀入鞘。她用這塊布將刀連鞘裹起並收進手提包後，站起了身子，也不轉頭過來看著春雪，便直接在投影鍵盤上打字：

【UI＞本來這種作業都是用剪刀，因為比較簡單。】

「……那麼，為什麼妳要用小刀？」

春雪輕聲這麼問，謠低頭思索了一會兒後回答：

【UI＞我想說這樣對老鼠比較莊重，但或許終究是沒有意義的自我陶醉。好了，我們去餵小咕吧。】

謠拿起容器與手套再度走向小屋，春雪從後跟去之餘，也試圖想搞清楚顯示在聊天視窗上的字串是什麼意思，但無論怎麼解釋都覺得不太對。

兩人才走進小木屋，棲木上的角鴞便一副等不及的模樣拍了拍翅膀。謠剛舉起戴了手套的左手，牠就在小木屋裡繞著圈飛上飛下。

春雪跟昨天一樣雙手拿好容器，謠從中一次拎起一片肉餵給小咕。到頭來，問題的答案居然是老鼠肉，不過仔細想想就覺得很正常。故事中的貓頭鷹似乎都在抓老鼠，而且牠們也不可能去抓牛或豬來吃。

春雪呆呆地看著小咕接連吞嚥肉片，腦中轉著理所當然的念頭——這傢伙也是條生命啊。

雖說小咕並非當地的原生物種，而是專門作為寵物販售的外來種，但牠既不是工廠合成的人工蛋白，更不是用多邊形拼成的物件。牠在這四公尺見方的牢籠裡，除了每天吃飯、睡覺之外，應該也有所感，感覺著春雪無從想像的事物……

謠或許是發現到友人在輕咬嘴唇，轉過身來歪了歪頭。春雪趕緊搖搖頭，小聲說：

「啊、抱、抱歉，沒什麼大不了的。我只是想起昨天看到這傢伙在沖澡就對牠說『你還真好命』，會不會有點失禮……」

說到這裡，他又發現這些台詞或許等於在把冒犯的對象從轉到謠身上，不禁更慌了。

「這、這個，我我，我不是說讓四埜宮學妹照顧就不好命，我想這樣應該算很好命的，況且我自己就想這樣……不不不對我不是要說這個呃……」

這時春雪的「只想拔腿就跑計量表」已經上升至相當高的程度，但他雙手拿著一整盒肉，想跑也跑不了，只好拚命說下去：

「呃，這個，我想小咕多半是人工繁殖而生，從一開始就不了解鳥籠外的世界……可是，牠終究還是鳥吧。所以我就想既然是鳥，應該會想飛上天空看看……啊，我當然不是說要放生，也不是說牠現在這樣不幸。只是想至少不該劈頭認定牠的感覺是怎樣………」

春雪一番話愈說愈是莫名其妙，不得已只好住口。

但看來謠似乎聽懂了幾分。她點點頭，以若有所思的表情重新開始餵食。四隻粉紅鼠的肉片接連消失在喙中，完畢後謠輕輕摸了摸角鴞的頭。小咕似乎大為滿足，從謠的左手中振翅躍起，接著在小木屋內順時針繞圈，劃出漂亮的弧線緩緩飛翔。

不管看幾次，牠的身影仍然美得令人讚嘆。春雪看得出神之際，一串文字隨著小小的音效跑過聊天視窗。

【UI＞我想有田學長要說的多半是「敬意」。】

看到她以引號強調的這個字眼，春雪立刻連連點頭。沒錯，這正是春雪先前的感覺。

小咕，不，應該說包括牠在內的所有寵物，都不只是由人類「養活」的存在，也可以說是人類「請牠們陪在身旁」，所以用人類尺度去衡量寵物過得好不好命並不妥當。人類所能做的，就只有抱持敬意與牠們相處。

不，不只是寵物。剛剛謠處理粉紅鼠的肉時就不用剪刀，而是用仔細磨過的短刀，還切得極為認真。也就是說，她連對拿來當飼料的老鼠都不忘抱持敬意……

春雪抬頭看著回到棲木上的小咕，心裡頗為感慨，此時聊天視窗裡又出現了一串打得稍微慢了些的文字。

【UI＞我也認為對萬物都抱持敬意是非常重要的。所謂的敬意，也就是不輕視。而抱持敬意的對象，想必也包括自己在內。】

「咦……對自己抱持敬意……？」

春雪將視線從小咕身上移開，注視站在身旁的少女。

「自己……不算吧……？否則不就變成往自己臉上貼金，或是自……自戀之類的……」

春雪別說對自己抱持敬意了，就連照鏡子都覺得敬謝不敏，自然只能說出這麼一番話來。

但謠仍然維持著臉上平靜的微笑，隔了一會兒後才動起手指：

【UI＞太過火的話也許就會變成這樣，但我認為輕視自己，就等於是在貶抑自己過去所走的路、所度過的時間，以及跟自己有所關連的人們。相信有田學長心中，一定也有一團不管怎麼澆水或吹風都不會熄滅的「火焰」。】

少女倏然伸出右手，輕輕按在春雪胸口——也就是心臟的正上方。

【ＵＩ＞這團火焰是以過去的經驗與記憶……甚至是罪孽與過錯為燃料。人的意識或思考，說穿了就是神經細胞點起的火焰……這既是剎那又是永恆的火焰，正是生命的本質。我相信，只要不忘記對他人與自己抱持敬意，並且以正確的方式不斷燃燒火焰，自然就能夠照亮該走的道路。】

四埜宮謠只用一隻左手就打出了這麼一大篇艱深的文章，連投影鍵盤也沒看。打字過程中一對蘊含了深紅火花的眼睛更始終注視著春雪的雙眼。春雪覺得有股確切的能量——說不定真的發出了火焰——沿著碰在他胸口的小小手掌流進自己心臟。

「我的火焰……我該走的路……」

血管的熱量行遍全身，慢慢匯集到背部——兩邊的肩胛骨。

現實中的春雪當然沒有翅膀，而且身高矮、體型胖，體能也差得只要體育課上得認真一點就會昏倒。

但他仍然可以往前邁進。可以在心中燃燒小小的火焰照亮去路，往前踏出一步。不是只會往後跑，而是向前、再向前。一切都是想法的問題。只要在這現實世界中能夠抱持往前邁進的想法，想必在加速世界裡，步伐也能可以擴大到數倍甚至數十倍。

「……我的想法……我的，心念。」

春雪輕聲自言自語到此，接著深深吸一口氣，以變了個人似的堅定聲調說：

「四埜宮學妹，謝謝妳。我之前一直煩惱的問題，似乎找到了答案。」

謠聽了後輕輕將右手從春雪胸口拿開，雙唇之間露出珍珠般的牙齒，展現難得一見的開朗笑容。

兩人走出小木屋，先用水龍頭洗完手，接著在委員會活動日誌檔案中簽名表示活動結束，提交到校內網路之中。

現在時刻是下午四點十五分。大家要到下午六點才會去黑暗星雲臨時總部，也就是春雪家集合，所以即使考慮到回家的路程，也還空出了一些時間。

——我看今天就跟四埜宮學妹一起去學生會辦公室，邊跟學姊聊天邊等阿拓跟小百社團活動結束吧……

春雪打著這樣的主意，正要拿起放在流理台旁邊的書包之際——

站在他身旁用手帕擦手的謠忽然全身一顫，當場僵住。緊接著春雪也感覺到了背後有一股悄悄欺近的聲息。

——有殺氣……！

春雪試圖迅速轉身，但對方動作更快。兩隻手從謠的肩膀上伸過來，牢牢捉住她的身體。同時一個悅耳的說話聲傳來：

「謠謠——抓到妳了！」

【UI＞放d我c難g耶】

謠舉在空中的雙手掙扎著敲打鍵盤，但視窗中跑過的字串已經不構成任何意義。春雪唯一能做的，就是接住從空中緩緩飄落的白色手帕。

這名漂亮完成突襲（背刺）的刺客，將謠小小的身體轉了半圈，用整個身體將她緊緊圈在自己胸前，用帶了點鼻音的嗓音說：

「啊～謠謠還是那麼可愛！我可以就這樣把妳裝在口袋裡帶回家嗎！還是當成吉祥物掛在儀表板上好呢！」

這一連串不知道能不能算是在表達寵愛的台詞，出自一名身上制服不屬於附近任何一間學校的女學生。她比春雪高得多，完美過頭的身材裹在淡藍色上衣與格紋裙之中，雙腿則穿著頂端比膝蓋高得多的過膝襪，留著一頭自然垂下的輕柔長髮……

謠的右手在空中抓了一陣，終於無力地垂下。

獵人確定制服目標之後，這才看了春雪一眼，露出溫和的微笑說：

「午安，鴉同學，飼育委員的工作辛苦了。」

「啊……師……師父午安。」

春雪臉部表情痙攣地回答這位既是自己的「師父」，又是黑暗星雲副團長的8級超頻連線者「Sky Raker」——倉崎楓子。接著他戰戰兢兢地發問：

「呃，請問……師、師父怎麼會來梅鄉國中？」

「人出門在外，還是要靠有權有勢的朋友啊。小幸二話不說就核發了來賓用的一日通行證給我。」

這年頭中小學的保全措施嚴密度有增無減，只要身為校外人士，即使是同年代的兒童也無法自由出入。若想出入，必須先在校門口透過神經連結裝置進行認證，領取核發的通行證，否則立刻就會有警衛飛奔而來。

「……原來如此。」

春雪點點頭，接著又立刻搖頭：

「不、不對，我要問的不是系統方面的事情……我們是講好六點在我家集合對吧？」

「哎喲，就算沒什麼急事也沒關係吧，純粹『想快點見到鴉同學』不行嗎？」

看到她滿面微笑說出這樣的話來，健全的國中男生會有點飄飄然也是無可奈何，但春雪總算勉強來得及想起對方是「其實很可怕的Raker老師」，連忙繃緊差點鬆垮下來的臉頰，小幅度頻頻搖頭說：

「不不不不會，當然不會不行，我我我我很高興。」

現在不是飄飄然的時候了。因為春雪現在有一件重大的祕密瞞著楓子，那就是必須偷偷將心念系統傳授給她的「下輩」Ash Roller。

看到春雪呆站在原地露出僵硬的笑容，楓子立刻伸出左手，輕輕捏著春雪的右臉。

「師……師父？」

「……鴉同學，是我多心了嗎？我怎麼覺得你好像有事瞞著我？」

春雪拚命壓住幾乎嚇得當場跳起的身體，再度連連搖頭：

「沒、沒有，怎麼會呢，我怎麼可能有事瞞著師父呢！」

「是嗎？我在這方面的直覺一向很準的喔。」

楓子輕輕捏了捏春雪臉頰，浮現出有如高級鮮奶油般甜美的笑容。但春雪不能忘記一點，那就是已經有一名犧牲者癱在她懷裡。

春雪雙手緊貼雙腳立正站好，脖子連連轉動，接著楓子的手指就從春雪的臉頰移到耳朵。這次她邊用手指玩著春雪的耳朵，邊把臉湊過來輕聲說道：

「那麼，那件事是我誤會囉？」

「那……那件事，是是是什麼事？」

「其實也沒什麼大不了的。今天走出學校後，因為還有一點時間，我就打算看別人對戰。結果碰巧在同一場對戰裡發現一樣在當觀眾的Ash，就想聊聊天……」

「…………」

「可是呢，那孩子的態度總讓人覺得有點不對勁。所以我就在現實世界裡逮住Ash，溫柔地追問下去……」

「…………………」

「沒想到呢，那孩子說自己無視於我這個『上輩』的存在，講好要請鴉同學幫忙上一堂很重要的課耶？課程內容是非～常機密、非～常重要，根本不能在公共空間提起的……」

說到這裡，這時楓子沒出聲，只以唇形說了「心・念」一詞。

「……系統用法喔？」

——Ash Roller〜〜〜！

你也招得太乾脆了吧！而且既然這樣就肯招，那從一開始就該請Raker姊教啦！人家今天一整天的煩惱跟辛苦到底是為了什麼？再說眼前這個狀況你要怎麼解決！

即使在腦海中這麼吶喊，也無法讓已經發生的事變成沒發生過。春雪停住之前一直進行水平運動的脖子，認命地往垂直方向動了動說道：

「這個……呃……對、對不起……我，有事……瞞著師父……」

「是嗎？」

可怕的是Raker仍然不改臉上溫和到了極點的笑容，跟著點了點頭：

「肯承認就好。我本來打算啊，如果鴉同學還要裝傻，那只好把你跟Ash一起抓去進行全套特訓。既然你承認了，就改成半套吧。」

「……………半、半套……？」

「是啊。今天的『逃離禁城任務』成功後，我們直接留在無限制空間裡開始特訓。因為我覺得鴉同學也差不多是時候該進到下個階段了。」

「…………今、今天……？」

楓子把「任務成功」幾個字說得理所當然，聽來固然覺得很靠得住，但春雪仍舊茫然地複誦這幾個字，眼睛四處張望。但昏暗的後院裡除了春雪、楓子，以及倒在楓子懷裡的謠以外，當然一個人影都沒有。

「可、可是我們要怎麼跟Ash兄會合？除非時間算得非常準，不然要在無限制空間裡碰頭應該有困難……」

對於春雪的疑問，楓子則回答得極為乾脆：

「這不成問題，我已經把Ash關在……不對，是讓Ash待在我的車上等。之後我會把那孩子帶去鴉同學家的大樓一起潛行。當然Ash不進你家，只是從附近的停車場上線。」

「咦……Ash兄已經來到這附近了？從現實世界？」

春雪瞬間瞪大了眼睛，忘了自身將要面臨的處罰。這是否表示，只要春雪希望就可以跟他在現實世界中見面？跟那位照猜測在現實世界裡也一樣會穿鉚釘皮衣留龐克頭的世紀末機車騎士見面……

然而很遺憾——其實也不知道算不算遺憾，總之楓子微微搖著頭說：

「來是來了，不過還是先別在現實世界碰面比較好吧，畢竟那孩子再怎麼說也是六王軍團『長城』的一員。」

「……這……說得也是。」

春雪慢慢吐出梗在胸口的一口氣，同時點了點頭。楓子說得沒錯，儘管對方算是自己的師兄弟，但Ash Roller是與黑雪公主敵對的綠之王部屬，該劃清的界線就要劃分清楚。

他這才敢抬起頭來面對楓子，並深深點了點頭。不知不覺間，已不再需要由春雪來教Ash心念，而是兩人一起讓楓子教，但春雪並不遺憾，反而覺得相當興奮。

「——我明白了。正好我也覺得自己似乎有了新的啟發，能再次得到師父教導實在是求之不得！」

「說得好，就是要有這種志氣。」

看到師父臉上露出開心的微笑，春雪不禁懷疑自己是不是想得太簡單……這時困在Raker胸前的謠也無力地動了動雙手，敲打鍵盤表示：

【UI＞這次的修練我也會奉陪。】

楓子終於放開謠，對小木屋裡的小咕打了個招呼——儘管彼此是初次見面，不過看樣子同屬「飛行角色」的雙方很合得來——接著就與兩人一起走向學生會室。

儘管放學後留在校舍內的學生很少，但外校的小學女生與外校的高中女生分別在自己兩邊並肩行走，對春雪來說還真是個小小的考驗。他鑽過接連照射過來的傻眼視線，從樓梯口走到第一校舍一樓深處，好不容易走進門，立刻忍不住鬆了口氣。

但進了學生會辦公室這間密室後，又得嘗到不一樣的緊張感。因為多了微笑著歡迎一行人的黑雪公主後，必然會發生「女性群更加豔光照人，當中卻摻了一隻不起眼的男生」這樣的狀況。更何況，這三位女性可是過去加速世界七大軍團裡的前黑暗星雲首領及最高幹部，春雪在她們面前自然很難放鬆。

……仔細想想，就算加上小百跟阿拓，現在的黑暗星雲男女比也是二比四，差不多該增加新的男性成員來平衡一下啦。不過，最好還是找比較不嚇人的傢伙。對了，不知道「那傢伙」肯不肯進我們軍團……今天見面的時候就問問看吧……

春雪一邊想著這些念頭，一邊坐在沙發組角落喝著黑雪公主泡的紅茶，不知不覺牆上的時鐘已經指到下午五點。

「哎呀，已經這麼晚啦？」

楓子急忙站起，雙手一拍說道：

「我把Ash關在……讓Ash待在車上等，總不能一直丟著人家不管，所以我就先走一步了。我會把車停在鴉同學家附近，然後自己在六點的時候去打擾。」

「……我倒是覺得已經丟著夠久了……」

聽到黑雪公主在苦笑中指出這一點，楓子卻回答得不當回事：

「我已經吩咐過，要那孩子在等我時先打個幾場自由對戰，先賺好用來進無限制空間的10點，所以應該不會無聊。那麼各位，我們晚點見了。」

輕輕揮手的楓子前腳剛踏出學生會辦公室，參加完社團活動的千百合與拓武後腳就走了進來。想必兩人應該沖澡沖得很急，頭髮都還是濕的。與他們會合之後，一行五人就以徒步方式走向位於高圓寺北部的高層住商混合大樓。

說來很令人過意不去，也非常令人感激——由於千百合媽媽繼前天、昨天之後，今天仍然幫每個人都準備了簡單的晚餐，於是眾人只在大樓附屬的購物商場買了飲料就搭上電梯。千百合與拓武先在二十一樓出電梯去端餐點，春雪、黑雪公主與謠則先上去二十三樓。

進行這些準備活動之餘，春雪仍然感覺得到緊張感隨時間逐漸逼近晚上七點而增加。

現在，作為春雪分身的對戰虛擬角色「Silver Crow」留在坐鎮於無限制中立空間正中央的「禁城」深處。如果無法從中逃脫並淨化「災禍之鎧」，到時候就連想繼續當超頻連線者都會十分困難。

拓武等人明白表示，即使春雪被六王聯名指定為通緝犯而無法對戰，也會持續供應他需要的點數。這份心意自然再令他高興不過，但他不能真的這樣依賴同伴。他萬萬不希望自己變得寧可當整個軍團的包袱，也要繼續死命抓著「加速」不放……

「現在不要被負面的想法困住。」

剛走進自家客廳把書包丟下，春雪就聽到有人在耳邊對自己說了這句話，因此驚覺地抬起頭來。

說話者是站在他身後的黑雪公主。她右手按在春雪胸口，將他不知不覺間變得垂頭喪氣的身體往後壓。

「設想所有可能的狀況來因應是很重要，但有時也必須只看著前方奮勇衝刺，而現在正是該這樣的時候。」

【UI＞幸幸說得沒錯。現在唯一要做的，就是抱持信念前進。】

既然連從黑雪公主身後探出頭來的謠都打出這麼一行字，春雪自然不能再低頭。他用力挺起胸膛，回答了一聲：

「——好的！」

不可思議的是，只不過這麼一個動作，就讓他雙手冒出的冷汗消退了。

當他們泡好了茶，並將千百合媽媽精心製作的壽司與海苔卷排上六人座餐桌時，楓子剛好到場會合。春雪的目光在與前天同樣全員到齊的軍團成員身上掃過一圈，戰戰兢兢地問：

「……請問一下，這樣真的好嗎？把Ash兄丟在車上好像……」

千百合、拓武與黑雪公主都已經聽說過怎麼一回事，不禁露出苦笑，楓子則依照慣例露出不在乎的表情。

「Ash多少在生悶氣，不過總不能叫那孩子來這裡吧？」

「……那麼，姊姊，至少晚點可以拿壽司給他吃吧？」

千百合笑著這麼提議，並且從廚房端來塑膠容器，迅速分裝起海苔捲。想到那個世紀末機車騎士吃小黃瓜捲的模樣，春雪不由得嘴角一鬆，這時黑雪公主卻一臉認真地做出令人意想不到的發言：

「楓子，妳覺得怎麼樣，要不要乾脆招他進我們軍團？」

「啥……咦、咦咦～？」

這個驚呼出聲的人當然是春雪。然而其他成員都不怎麼顯得驚訝，拓武更是若無其事地點點頭說「這也是個方法」。

春雪茫然地瞪大了眼，然而楓子卻鄭重表情，略微沉吟了一會兒後說道：

「──我也不是沒想過這點……不過別看人家那樣，其實那孩子還挺重義氣的……不見得肯放下綠色軍團的旗幟。而且，我們當然還得考慮綠之王Green Grande是否會不准Ash脫團而動用『處決攻擊』。」

「……唔……老實說Grande那傢伙老是不動聲色，就連我也不太清楚他到底在想什麼……其他幾個王的個性我多少都能掌握，就只有那個大盾男……」

黑雪公主雙手抱胸，面有難色。

上週的「七王會議」中，春雪也曾在近距離看到綠之王，但除了「看起來超硬」以外，什麼都看不出來。到頭來這人整個會議裡從頭到尾一句話都不說，在眾人得出給予Silver Crow一週緩刑期的結論時，也只點了點頭。

真虧他那樣還能領導成員超過百人的大軍團啊……春雪想到這裡發現思緒走岔了，趕緊拉回正題上。

邀Ash Roller加入黑暗星雲。春雪作夢也沒想過要這麼做，但他並不反對。Ash Roller固然是春雪從當上超頻連線者第一天起就交手過無數場的勁敵，但同時也是他的恩人。當春雪失去翅膀而喪氣時，他不僅嚴正加以斥責，還為春雪引見自己的上輩Sky Raker。儘管從他日常的態度看不出來，但看來他其實是個重情義的「好漢」……

想到這裡，春雪忽然注意到一件事，抬起頭說：

「我、我說啊，學姊、師父……我想，至少Ash兄現在是不會答應轉到我們軍團的。」

「什麼理由讓你這麼肯定？」

「——就是Ash兄的跟班『Bush Utan』……」

春雪說到這裡先頓了頓，表示這件事說來話長，提議邊用餐邊說。

楓子來時將車——她說這輛車是掛在她母親而非她名下——停在大樓的地下大型停車場，於是她先將千百合準備的現成海苔卷便當外送過去，等她回來後眾人才齊聲喊「開動」。

千百合媽媽最拿手的就是義大利麵與千層麵等各種義大利菜，但她的本領在日本料理上也發揮得淋漓盡致。不但平常沒機會吃散壽司這類餐點的春雪忘我地拚命往嘴裡塞，眾人也不服輸地動著筷子，一大盤壽司轉眼間就少了一半。到了這時，他才重開話頭：

「所以偶要呼的戶……Hush uhan……」

見春雪嘴裡還塞著海苔捲就想說話，拓武便輕聲笑了笑制止他。

「這件事由我來說明，因為我自己就涉入很深……」

春雪瞪大了眼睛，趕忙想咀嚼完醋飯，但他嘴裡還嚼個不停時，拓武已經開始說明，也就只好乖乖在一旁聽。拓武是全軍團數一數二的智囊，做起簡報來確實簡單扼要，但春雪卻聽得心驚膽戰。因為拓武真的說到做到，將自己身上所發生的事情鉅細靡遺地對黑雪公主等人說明清楚。

包括前天從春雪口中聽到「ＩＳＳ套件」的消息而單獨去調查，於是在世田谷戰區與一名叫Magenta Scissor的超頻連線者接觸，從她手中得到了處於封印狀態的套件。

再來就是昨天在新宿戰區遭到ＰＫ集團「Supernova Remnant」襲擊，卻在無限制中立空間以ＩＳＳ套件的力量反撲並將對方殲滅，之後與春雪展開直連對戰。以及今天早上，他們三人一起作了一個不可思議的「夢」……

對於這一連串的事情，春雪對黑雪公主、楓子與謠都只用透過郵件告知概略情形，因為他覺得實在不可能用文章正確地說明拓武為何尋求力量、又如何克服這個難關。當然他知道這件事遲早得說明清楚，從這個角度來看，現在能由拓武親口說出來，確實是最理想的結果，但他還是不由自主地感到不安。因為他擔心黑雪公主會斥責擅自去碰ＩＳＳ套件的拓武。

然而──

「……這樣啊。拓武，辛苦你了。」

軍團首領聽完這一切之後，在溫和的微笑中劈頭就先講了這句話，楓子與謠也都以平靜的表情點了點頭。

「怪了……我本來以為學姊會氣得把桌子拍成兩半，還準備隨時撤走壽司……」

聽到真的已經將雙手伸到桌上的千百合一臉認真地這麼說，黑雪公主苦笑著表示：

「我是軍團長沒錯，但我不可能、也不想完全掌控每一個團員。超頻連線者每天都在獨力奮戰，不管在加速世界還是現實世界都一樣。哪怕是上輩、是軍團長，能做的也就只有相信大家，鼓勵大家。而且真要說起來，比起初代黑暗星雲的『四大元素』，拓武他們的擅自行動還算小意思了。」

聽黑雪公主最後補上這麼一句，楓子與謠都裝作聽不懂，同時咬了一口海苔卷。

在現場和樂融融的氣氛下，拓武連眨了好幾下眼睛，隨即深深低頭。等他抬起頭來，白皙的臉上已經有了一貫的理智表情：

「……多虧小春跟小千幫忙，讓我得以成功斬斷ＩＳＳ套件的支配力。而且，我應該還在『BRAIN BURST中央伺服器』上對套件本體造成了一定程度的傷害，然而寄生在Bush Utan與Olive Glove身上的套件應該頂多只會被削弱，並不會就此消失……」

他說到這裡，春雪才想起自己想說的話，於是接過話頭：

「就、就是這樣。對於Bush Utan迷上ＩＳＳ套件這件事，Ash兄似乎覺得自己有很大的責任。我想在他解救Utan脫離套件支配前，應該不會對我們的邀請說ＹＥＳ。而且Ash兄之所以找我教他心念系統，並不是因為自己想變強，純粹只是要親手破壞Utan身上的ＩＳＳ套件……」

「…………鴉同學真的好了解那孩子呢。」

春雪說完正想喝杯茶喘口氣，突然聽到楓子這麼說，不由得微微嗆到。

「嗚……咦，會、會嗎……坦白說，我完全想像不出現實世界的他是什麼樣的人……」

「咦？不就那樣嗎？每天早上騎著電動速克達機車狂笑之類的。」

千百合發表完意見，拓武也以認真的表情點頭贊成。但楓子並未回答這個疑問，只呵呵笑了幾聲，雙手闔十說道：

「先不講挖角這回事，既然Ash是為了朋友才想學心念系統，我自然不能阻止。我想那孩子身為超頻連線者的實力，也已經達到了可以學習心念的水準，再說我今天之所以得到小幸的准許帶他來，就是為了教他心念……」

——逃出禁城後，直接留在無限制空間裡開始特訓。春雪想起楓子說的話，不由得背脊一顫。在他右邊吃完葫蘆干捲的謠，伸出手指在桌上發出細小的噠噠聲。

【ＵＩ＞那今天的行程可真是琳瑯滿目。①逃出禁城、②淨化鎧甲、③特訓心念。畢竟進入無限制中立空間足足得花上10點，能一次處理完自然划算多了。】

「呵呵，一點兒也不錯。等這些全部結束，順便再去獵幾隻公敵吧。」

「啊，那我想在四大迷宮裡面挑一個闖闖看～」

千百合天真地這麼提議完，立刻看到三名前輩不約而同地沉默不語，接著以認真的表情連連搖頭，最後由謠以格外僵硬的動作打字回答：

【ＵＩ＞憑我們這點人數，想闖到最深處得花上半年左右。】

三名新生張著嘴啞口無言的同時，牆上的時鐘指到了六點四十五分。

等眾人合力收拾餐具、照順序上完廁所，並來到客廳西側的沙發組坐好，離七點已經只剩五分鐘。

黑雪公主的目光在眾人臉上掃過一圈，進行最後一次簡報。說是簡報，但這次的情形跟上次不同，並沒有太詳細的計畫。黑雪公主、楓子、千百合與拓武四人進入無限制中立空間後，就從杉並戰區移動到位於千代田戰區的禁城南門前方待機。由於春雪與謠潛行進去之後，將出現在上次自動斷線時所在的座標，也就是禁城主殿地下的「神域」。因此他們必須在神祕年輕武士「Trilead Tetraoxide」的協助下回到南門，並打破封印逃到城外。接著更得與在城外接應的黑雪公主她們合作，躲過「四神朱雀」的猛攻，跑過從城門延伸出來的大橋……

他們無法預測朱雀的舉動，到時候只能臨機應變。然而這次不像上次那樣得先去抱起地上的Ardor Maiden，只要一股腦兒往前飛就好。橋的全長只有五百公尺，如果運氣好，說不定能在朱雀察覺有人入侵地盤而實體化完成前就順利突破。不對，不是說不定，是一定辦得到……

春雪在內心這麼告訴自己並用力握拳，接著想起一件事，朝坐在對面的楓子看了一眼。

「對了，Ash兄要怎麼辦？如果要在大樓前會合，時機一定得抓得非常精準……」

「不要緊，我已經嚴格要求Ash在七點的一秒鐘前上線。」

楓子對春雪的疑問回答得十分乾脆。她說得不錯，用這種方法，至少不會讓楓子等人枯等Ash一個——應該說會正好相反。現實世界一秒等於加速世界一千秒，換言之Ash Roller得在這棟大樓前面等上十六分鐘又四十秒。春雪暗想，真不愧是師父，Tera nothing留情，此時千百合語帶擔憂地問：

「……姊姊，他這樣……不會有危險嗎？就算只是十六分鐘多，在無限制空間裡孤伶伶的一個人總是……」

Ash基本上仍然算是敵人，千百合卻善良地擔心起他來。楓子聽了後微微一笑，若無其事地說出了更不留情的台詞：

「我怎麼想都不覺得我們潛行的時間會洩漏出去，而且即使Ash運氣不好，遭到大型公敵或敵對超頻連線者攻擊而戰死，在等待復活的那一個小時之內我們就會出現，所以至少可以幫忙報仇♡」

「……這倒是。好～到時候我也要努力幫他報仇！」

千百合很乾脆地接受了這個說法，兩個男生不由得背脊發抖，這時正好再一分鐘就七點。

六人的神經連結裝置已經用五條ＸＳＢ傳輸線串連在一起，另外還有一條線從春雪的脖子上延伸出來，接到有田家的家用伺服器上。之後只要春雪按下顯示在視野中的按鈕，所有人就能連上全球網路。

就坐在春雪左側的黑雪公主凝視著他的眼睛，以溫和卻又堅毅的聲音輕聲說：

「春雪……無論要等幾小時，甚至幾天，我都會等。我一定會等到你跟謠再次打開禁城城門起飛的時刻……」

「好……好的！」

春雪先點了點頭，接著才急忙搖頭：

「不、不對，我不會讓學姊等那麼久！最多五小時……不，我三小時就逃出來！」

【UI＞那目標就訂在兩小時吧，之後還排了那麼多活動呢。】

謠緊接著打出這串字，逗得大家都笑了。黑雪公主深深點頭，毅然挺直腰桿發號施令：

「那麼……倒數開始！離加速還有十秒！八、七、六……」

她數到這裡，所有人一起唱和剩下的讀秒。

五、四、三、二——一——！

「「「「「無限超頻！」」」」」

9

神經連結裝置加快了思考邏輯運作的速度，同時也將意識從現實世界的五感訊號中解放。春雪閉著眼睛，通過了這一連串「加速」的過程。

等到身體一瞬間飄起隨即又落到堅硬地面的感覺來臨，他這才睜開眼睛。

這裡已經不是春雪熟悉的有田家客廳。地板由發出黯淡金屬光澤的藍黑色磁磚以複雜的排列方式拼成，牆上有著狀似薄刀刃並排的雕刻，天花板上則架有方格狀的細長橫樑。室內只有牆上設置那幾盞怪異的紫色蠟燭可以作為照明，整體光線非常昏暗，讓人從感覺上、從知識上，都可以看出這裡是很深的地下室。

這裡是無限制中立空間正中央「禁城」本殿的最深處——某人稱之為「八神之社」的廣敞廳堂，就跟這個小房間相通。建築的造型之所以會與上次不同，是因為無限制中立空間的特徵「變遷」已經發生，導致屬性已不再是他們上次進來時的「平安京」。

「……這是『魔都』空間。」

身旁響起一個可愛又響亮的聲音，讓春雪轉頭望去。

這個雙手併攏在身前的站立人影，身上有著令人聯想到巫女裝的白紅兩色裝甲，是名個子嬌小的對戰虛擬角色。她就是初代「黑暗星雲」四大元素之一，劫火巫女「Ardor Maiden」。操縱這個虛擬角色的玩家，當然就是四埜宮謠。

聽到謠以在現實世界中發不出來的聲音這麼說，春雪立刻回答：

「幸好不是地形陷阱跟野生動植物很多的屬性。我想地形多半比平安京堅硬，不過反正禁城的建築物本來就打不壞……」

春雪邊說邊望向視野左上方的狀態顯示欄。由於他們是斷線後再次潛行進來，體力計量表已經完全恢復，必殺技計量表則已經歸零。

接著環顧四周，但當然看不見除了自己與謠以外的同軍團成員。上次沉潛進來時，黑雪公主等四人的情形與他們兩人不同，是從「登出點」的傳送門正常脫離，所以應該會出現在西方距離十公里外的杉並區。現在他們應該已經跟Ash Roller會合而開始移動，也就是說，這裡只有謠與春雪兩個人……

……不對，不是這樣，應該還有一個人要出現。

「對……對了，他…………」

「他已經在這裡了。」

春雪低聲問完後聽到謠這麼回答，不禁咦的一聲，正想仔細打量四周……

「——我恭候多時了，Crow兄、Maiden小姐。」

牆邊暗處傳來一陣有如初夏涼風般爽朗的少年嗓音。

春雪凝神一看，發現蠟燭微弱的燈光照出了一個輪廓。

來者整體給人的印象與Ardor Maiden十分相似。頭部裝甲狀似綁起的頭髮，面罩有著清爽的線條，手臂裝甲蓬鬆的外形狀似日式服裝，和服褲狀的腳部裝甲之所以會水平攤開，是因為這個虛擬角色跪坐在地板上。至於他的一身裝甲，則是清澈到了極點的深藍色。

嚴格說來個子算小的身體前方，橫著一件銀色的棒狀物件——一把收在鞘裡的直刀。物件本身不算大，但或許是反映了刀中蘊含的壓倒性潛能，看上去甚至覺得刀身四周的空間都微微扭曲變形。這是加速世界最強的強化外裝群「七神器」中的五號星「The Infinity」。

這位虛擬角色十足年輕武士的模樣，他先以天藍色的鏡頭眼正眼看了春雪與謠一眼，以跪坐姿勢深深一鞠躬，這才從地板上拿起直刀輕飄飄地起身。

看到身旁的謠也完美地對從牆邊走近幾步的年輕武士鞠躬，春雪也趕緊低頭回禮。接著他抬起頭來，猶豫了一會兒之後才說：

「怎……怎麼說呢，呃，……也不算好久不見。晚安，Lead，是、是不是讓你久等了？」

聽了春雪生硬的台詞，年輕武士型虛擬角色露出柔和的微笑搖搖頭：

「不，說等也只不過等了現實時間裡的兩秒鐘，請不要在意。」

——你說只有兩秒，兩秒在這邊可是等於兩千秒，也就是三十分鐘以上啊。

換作是春雪，要他跪坐三十分鐘之久，就算是用虛擬角色，多半兩條腿也會麻掉。

而且現代由於神經連結裝置已經廣為普及，日常生活中再也沒有人會「專心等待」。即使跟人約好見面，神經連結裝置也會告知自己還有幾分鐘該出門，該搭幾點幾分的電車到目的地最佳，也會逐一顯示約好見面的對象現在人在哪裡，估計將在幾點抵達。若要吃飯，也能即時得知四周店家的客人多不多，所以根本不用排隊。搭計程車也是一樣，只要從導航程式裡按個按鈕，叫車的請求就會送到最近的車上。當然還是會遇上意想不到的狀況而導致必須等待，但神經連結裝置裡確實內建了一大堆有效運用時間的方法。

因此害對方在這個沒什麼事可做的地方等了三十分鐘之久，讓春雪由衷地覺得過意不去，想再次鞠躬道歉。但年輕武士彷彿早已習慣在沒有AR或完全潛行等功能的情形下長時間跪坐，扶住春雪不讓他行禮，並且溫和地說道：

「請千萬不要在意。因為等兩位大駕光臨，對我來說是一種令人雀躍的經驗。我甚至覺得就算等上一整天也不錯。」

「是、是嗎……呃，這個，我也一樣……雖然我們現在狀況很危險，可是我真的很期待可以再見到Lead呢。」

春雪難得能讓這種台詞脫口而出，深藍虛擬角色縮了縮肩膀，以靦腆的笑容回應。

Lead只是簡稱，正確名稱是「Trilead Tetraoxide」。根據拓武的搜尋，這個名字是一種化學式，意思是「四氧化三鉛」。春雪並非從BRAIN BURST的系統看到這個名號，這終究只是對方的自稱。

在無限制中立空間只看得見自己的體力計量表，若想查看對方的虛擬角色名稱，根據春雪的知識，就只想得到從「導覽選單」裡邀請對方加入軍團。但他當然不能唐突地這麼做，而且很奇妙的是，他並不在乎「Trilead」到底是不是真名，只覺得如果對方要隱瞞正式的虛擬角色名稱，那一定有非這麼做不可的理由。

再說，要是現在才去懷疑Lead，這個逃離禁城作戰本身就無法成立。因為少了他的協助，春雪與謠多半連離開本殿都辦不到——

因此春雪早已決定要全面信賴Lead，這點謠也是一樣。這名個子比年輕武士更嬌小的巫女再度低頭行禮，說出來的一番話更遠比春雪流利：

「能再見到Lead兄，我也非常開心。我有很多事想問……但軍團的同伴等在禁城外面，所以雖然這樣很自私，但我就單刀直入地跟您請教逃脫這裡的方法了。」

春雪也有一大堆問題想問Lead——例如他是怎麼進入禁城，為什麼不使用樓上大房間中的「單次傳送門」離開，以及他所謂「從來沒有打過一場正規對戰」這句話中隱含了什麼意思等等。然而謠說得沒錯，現在不是悠哉閒聊的時候。儘管黑雪公主他們應該還在路上，但春雪還是希望盡可能縮短讓他們在城門外枯等的時間。

春雪心想逃脫的路上應該還是有機會問起，於是也默默點了點頭。接著Lead整了整儀容，以多了幾分力道的聲調回答：

「怎麼會自私呢？兩位第一次見面時就無條件相信我，那我當然應該回報兩位的信賴……我很樂意協助兩位逃脫。」

年輕武士說到這裡先頓了頓，將握在左手上的長刀掛到腰間，再輕輕舉起空出來的手繼續說下去：

「現在要正常離開這禁城的方法有兩種，但其中一種實質上不可能辦到。」

他左手又動了動，指向這不怎麼大的房間深處。

那個方向上，有著彷彿由無數短劍斜向交叉而成的柵欄，不，或許該說是路障。柵欄後是個充滿了藍色黑暗的寬廣空間。整間多半有梅鄉國中體育館數倍甚至數十倍大的廳堂遠方，有兩個小小的光點。

其中有如水面般搖動的藍色光芒，就是連往現實世界的通路，也就是傳送門的光芒。而在傳送門前面，另有一團縹緲搖動的黃金光芒存在。照Trilead的說法，那正是加速世界剩下的最後一件神器，冠有七號星「搖光」之名的「The Fluctuaing Light」。

春雪與前天一樣，彷彿被吸了過去似的踏上幾步，看著金色的光芒看得出神。由於光芒實在太遠，因此既看不出光芒的實體，也看不到放著這團光芒的台座，但春雪仍然有種感覺。

是想得到稀有物品的占有欲？不對。

是想強化戰力的本能？不對。

即使號稱神器，終究也只不過是一件強化外裝，但春雪怎麼想都不覺得那團光只是單純的道具。最好的證明，就是今天早上他跟千百合與拓武一起作的「夢」。夢中他們到了從某種角度來看比禁城更加不容入侵的領域「BRAIN BURST中央伺服器」裡頭，在那兒看見了以存檔型態存在的「The Fluctuaing Light」在銀河正中央發出了最閃亮的光輝，彷彿是整個加速世界的絕對核心……

「最終神器『搖光』──」

身旁忽然傳出Lead說話的聲音，令春雪驚覺地將心思拉回眼前。

「──只要能取得這件神器，啟動後面的傳送門，應該就可以正常離開禁城，但這實在太難了。因為這道在前天還是注連繩的柵欄……一跨過這道柵欄的瞬間，就會開始有強得無與倫比的公敵出現在柵欄後的空間裡。」

「你說『開始』……意思就是說不只一隻了？」

春雪右邊的謠這麼問，Lead微微點頭回答：

「嗯。剛開始是兩隻……當入侵者前進，或是停留時間拉長，每次都會再增加兩隻。我自己最多看過六隻，但想來應該不只六隻。根據我的推測，至少應該還會再增加兩隻，所以我稱他們為『八神』。」

「……八、八神……」

春雪以僵硬的嗓音低聲複誦。光是守在禁城外側的超級公敵「四神」之中的一隻便已讓他們束手無策，裡面卻整整多了一倍。

「…………搞不好那個傳送門通往下個魔王的房間，裡面會蹦出『十六神』…………」

對於這番胡言亂語，Lead卻認真地思索了起來，讓春雪趕緊連連搖頭揮手：

「不不不，抱歉，當我沒說。呃、呃，總之不但打不倒『八神』，要避開他們的攻擊跑到傳送門去，看樣子也很難是也。」

「是，Crow兄說得沒錯是也。我想除非打倒裡面的所有公敵，否則要得到『搖光』應該也是不可能的是也。」

「……請你把『是也』這個詞丟到一邊吧。」

春雪差點讓腦內選詞詞庫純正無暇的Lead學到一些怪怪的字眼，趕緊先訂正一句，接著才說下去：

「呃，看樣子要從這個傳送門出去，是真的不太實際了。這也就是說要用第二個方法……其實我們基本上也大概猜得到，也就是……再次回到南門，從城門出去……是吧？」

Lead轉身面對春雪，面帶微笑地點頭回答：

「正是如此——當然如果Crow兄堅持，要走北門或西門我也無所謂。」

「不、不用了，走南門就好了！而且我們的同伴也是在那邊等著……」

春雪先這麼回答，接著忽然疑惑地問：

「……東門不行嗎？」

「東門比較不推薦……因為守護獸『青龍』的特殊攻擊有點棘手……」

「是喔？牠會做什麼？」

「『吸收等級』。」

「就別走東門了。」

春雪只想了零點一秒就立刻回答，接著馬上又說：

「不、不對，北門跟西門也不要，麻煩帶我們走南門。」

「了解是也，Crow兄。」

Lead以正經八百的表情點點頭，接著就聽到站在右側的謠難得輕聲嘻嘻一笑。

「鴉鴉跟Lead兄太有默契了，我根本插不上話。」

「咦……會、會嗎？」

「你們倆一搭一唱，非常完美。」

謠以春雪沒聽過的說法補註，接著面罩上的表情轉為鄭重，對Lead一鞠躬。

「Lead兄，有勞您大力協助了。」

「我會盡我棉薄之力……那麼兩位請先往上走。」

Lead離開這道用短劍拼成的路障，開始走向小房間後方往上的樓梯，謠也隨後跟上。

春雪先跟著他們兩人踏出幾步，接著回頭看了看「八神之社」。他注視這團在深藍色黑暗後方搖動的黃金色光芒，在心中自言自語：

——總有一天我會再到這裡來。我會練出該有的力量，走正確的道路再來見你……所以請等我到那個時候。

這句話的口氣不像是在對強化外裝宣言，而是在對「人物」說話，但春雪卻清楚地看到這第七件神器彷彿有著自己的意志般，一度閃出強光回應——至少春雪是這麼覺得。

前天還是厚實木板的樓梯，變成了由打磨光滑的石頭與鋼鐵組成的螺旋梯。

當他開始搞不清楚到底爬了幾圈時，才總算來到地上樓層。

走出樓梯後所看到的寬敞空間，也一樣化為「魔都」場地那種凶煞中不失莊嚴的模樣。牆上有著無數槍尖狀突起作為裝飾，天花板上則掛有像是掉落式陷阱的尖銳吊燈。唯一沒變的，就是並排在中央的兩個立方體物件，也就是以前放有五號與六號神器的花崗岩台座——

「對喔……到頭來……」

春雪邊走邊不經意地說到一半，卻又急忙住口。走在前面的Lead不可思議地回過頭來，春雪趕緊說了聲「抱歉，沒事」。

他想說的是「到頭來另一件放在台座上的神器在我這兒」。

第五神器「The Infinity」正在眼前這位年輕武士的腰間，閃耀著美麗光芒，而第六神器「The Destiny」則在春雪自己，也就是Silver Crow的體內淺眠。然而這件鎧甲已不再是過去那種鏡子般光亮的銀色，而是泛黑的鉻銀色。「The Destiny」如今已然變了樣，成了全加速世界最凶煞的災禍之鎧「The Disaster」。

春雪也無法完全想起那個不可思議的夢，但仍然隱約知道在很久很久以前……早在加速世界的黎明期，就有一名超頻連線者成功闖入這禁城之內，得到了神器「The Destiny」。他並沒有自己拿來用，而是送給了搭檔，送給春雪夢中那名有著黃橙色裝甲的少女。

但之後出了事——發生了一件非常令人悲傷，而且非常可怕的事情。春雪無論如何都想不起詳細情形。即使拚命翻找朦朧的記憶，也只想得起一些斷斷續續的影像。

——模樣駭人的巨大公敵。

——大群超頻連線者並排站在一個大洞的邊緣往下看。

——幾個人在人群的角落談話，不時提到一些讓人聽不懂的字眼。「主視覺化引擎」……

「覆寫現象」……以及「心傷殼」。這些字眼輕輕掠過聽覺，但一伸手去抓，就會像肥皂泡泡一樣破裂消失。真要強行追下去，多半又會發生那個在劇痛中喚醒負面情緒的「逆流現象」。現在他萬萬不能讓自己昏倒而無法動彈。

不管怎麼說，就是因為發生了包括這些影像在內的事，「命運(Destiny)」的外形——或說本質——才會變為「災禍(Disaster)」。

也因此，如今Silver Crow所擁有的強化外裝，已經不能算是七神器之一。要對不知情的Lead說清楚來龍去脈，真不知道要花上多少時間，何況春雪也沒有足夠的知識能說明。

……抱歉了，Lead。

春雪在心中對這位意外地讓他覺得十分可親的年輕武士背影道歉。

……將來有一天，我一定會全部告訴你。不只是「鎧甲」的事，還包括我為什麼當上超頻連線者、為何而戰、追求什麼……這些我會一五一十告訴你。所以到時候，你也要……

想到這裡，春雪強行停下思緒，加快腳步與走在前面的兩人並肩。

從並列的兩個台座之間硬擠過去之後，三人繼續往南方前進。等到有著莊嚴裝飾的出口外光景進入視野，春雪不由得小小驚呼一聲：

「咦……地形不一樣了……？」

記得前天他進入這個寬敞空間時，應該有經過一條東西向的走廊。現在出口外的通道卻繼續往南延伸——再過去還看得見往上的樓梯。

回答春雪這個疑問的不是Lead，而是謠。

「由於發生了『變遷』，讓屬性從『平安京』變成『魔都』，因此不只是迷宮的裝飾，連構造也產生了變化。」

「嗯……這也就是說，不能再靠我的那些『記憶』走了……？」

前天春雪與謠之所以能夠一次都沒有碰到衛兵公敵而抵達這裡，全是靠了他依稀記得一位不知名虛擬角色在那段不可思議之「夢」裡所走的路徑。但既然地形隨著變遷而更改，這段記憶當然也就派不上用場。

還好，Lead為了讓兩人放心而點點頭，並且很乾脆地說出一句話：

「不用擔心，我知道路。」

「咦……遊戲的空間屬性有一百種以上，你、你是說你把這些屬性下的各種禁城地圖全都背起來了……？」

他茫然地這麼一問，年輕武士就略帶靦腆地點點頭：

「說是這麼說，其實我也只記得從這裡到本殿出口的路徑。」

「這、這就夠了啦。太好了……我本來還以為得從頭攻略迷宮到出口為止呢……不，其實我絕對不討厭這樣……反而還挺喜歡的……只是……」

看到春雪五味雜陳地鬆了口氣，Lead也露出內斂的笑容，但他隨即恢復嚴肅的表情說：

「……不過照我的經驗，這『魔都』屬性的難度要比『平安京』略高。衛兵公敵的個體強度並不算太強，但由於人數眾多，很難不被發現……」

Lead沒聽過「黑暗星雲」的名號，卻知道屬性的名稱，這種知識上的不均衡讓春雪內心暗自納悶，但他隨即將疑問擺在一旁低語起來：

「原來如此，就是說Mob容易Aggro，很難Sneak到底是吧……」

他這句話一出口，不只是Lead，連謠也聽得瞪大了眼，看樣子這兩人對網路遊戲的通用術語都不熟。春雪心想要是讓他們去跟Pard小姐聊上幾句一定很有趣，但隨即將這個念頭也擺在一旁，特意避免使用網路遊戲術語說下去：

「呃，也就是說行動時得比平安京更小心翼翼是吧？那我會努力看看，畢竟偷偷摸摸我還挺拿手的。」

「這真是令人放心。」

春雪的發言有一半是在開玩笑，Lead卻認真地點點頭，接著又補上一句「可是」。

「有一個地方無論如何都無法從公敵的死角鑽過，因此一定得打上一場，還請兩位做好心理準備。」

「……這、這樣啊？嗯，我知道了。不要緊的，我我我會加油的。而且比平安京的公敵弱對吧，那我想應該搞得定。應該，大概。」

儘管緊張得幾乎噴汗，但春雪仍然強顏歡笑，並用力拍拍胸口，往前走了三公尺左右。接著他轉過身來對Lead問：

「那，這個……為了以防萬一，可以請你告訴我大概什麼時候要開打嗎……？」

結果Lead難得地反應慢了半拍。過了兩秒後，他不知為何對春雪低頭道歉。

「……對不起，Crow兄，我沒說清楚。」

「咦……？你、你漏說了什麼嗎？」

「非打不可的那一戰，是發生在走出這個寬敞房間的時候。因為這條通道裡面有一個衛兵公敵在巡邏……」

「……………………咦？」

就在春雪發著呆的同時，背後傳來鏗一聲沉重的金屬聲響。

春雪戰戰兢兢轉過身去，看到一個比大型出口還大的巨大輪廓正探頭往大廣間內看過來。

前天的平安京屬性下，禁城本殿的衛兵公敵全都有著日本武士的外形，這隻公敵則有著與魔都屬性十分搭調的「騎士」造型。身高恐大有三公尺的巨大身軀上，穿著厚重的金屬鎧甲。

它左手拿著門板似的鳶形盾，右手則拿著一把彷彿是從大塊鐵板鑿下來的粗獷大劍。

有著長角的頭盔沒有面罩，但臉部被黑暗吞沒而看不清楚，只有一對發出黯淡紫光的眼睛往下看著春雪。這視線意味著春雪已經進入了騎士公敵的警戒範圍。

「……咦？」

春雪以沙啞的聲音又咦了一聲，正想慢慢後退。

但騎士搶先踩出沉重的地動聲，往大廣間踏進一步。

「唔喔啦啊啊啊啊啊！」

如果一定要用文字表示聲音，這陣吼聲大概就得寫成這樣。吼聲伴隨著物理壓力湧向虛擬角色，震得春雪腳步踉蹌，巨大過頭的劍更高高舉在他頭上。

「等……等等……」

春雪發著呆說出這幾個字，但公敵當然不可能理他。騎士一雙紫色眼睛散發出炯炯有神的光芒，眼看就要將面前這身高還不到自己腰部的小小虛擬角色一刀兩斷……

鏘一聲尖銳的金屬聲響，讓春雪處在半停機狀態的思考恢復正常。

後方飛來一道藍色的弧形光芒撞在騎士公敵的劍上，將大劍往回推開少許。春雪沒放過這一撞製造的空檔，全力往後跳開。

春雪才剛退開，有著蔚藍裝甲的年輕武士Trilead跟著就站了出來。先前的攻擊無疑是他所發，但他左腰的直刀仍然收在鞘中，反倒是雙手籠罩在藍色的光芒中。

在瞪大了眼的春雪面前，Lead將手無寸鐵的右手舉向正上方。

「——喝啊！」

他大喝一聲，手刀垂直一閃，一道與先前相同的眉月形光刃從手刀軌跡中出現。光刃自空中閃過，再次發出金屬聲響。藍色弧線命中騎士頸部，在厚重鎧甲上劃出明確的傷痕。

「唔喔嚕唔唔唔……」

騎士型公敵發出低吼，將視線焦點從春雪轉移到Lead身上。他鎖定的目標換了，也就是說前天春雪的感覺沒有錯，騎士的ＡＩ與「四神」不同，是照單純的仇恨值原理在運作。

「唔喔啦！」

在咆哮的同時，巨劍橫掃過來。這一劍的勢頭多半連「原始叢林」場地的大樹都能劈斷，Lea則以滑行般的側移閃開。手刀第三次發出光弧，從騎士左手的盾牌表面斜斜削過。

春雪下意識伸手要背後的Ardor Maiden退得更遠，同時依舊睜大了眼觀看。

這是春雪第一次見到這位神祕的超頻連線者「Trilead Tetraoxide」出手。從那動靜分明的舉止，多少猜得出此人實力一定不簡單，實際看到後更證明了他是個超凡入聖的高手。不但步法有如行雲流水，從閃避轉為反擊的速度也奇快無比。最重要的是他從雙手接連發出的青色光刃並非尋常必殺技，一來不需要喊出招式名稱，二來威力足以在騎士公敵堅硬無比的鎧甲上刻出傷痕，顯然是一種發自想像的系統外能力——也就是心念攻擊。

春雪靠著超頻連線者的本能瞬間掌握住這些資訊，同時也產生了一個疑問。

他為什麼不拔劍？Lead佩掛在左腰的神器「The Infinity」多半有著整個加速世界最強的攻擊力。既然空手都能發出這麼強的威力，只要用了神器，要打出數倍，不，要打出數十倍傷害應該也不是不可能……

「——對不起，Crow兄，我現在不用劍是有理由的！」

這時Lead彷彿看穿了春雪在想什麼，大動作閃避騎士的揮砍之餘喊出這句話。

「我們必須設法不靠神器打倒這個公敵！」

「……知、知道了！」

春雪立刻答應，隨即又趕緊多問了一句：

「可、可以用心念嗎？」

他之所以這麼問，是因為前天黑雪公主等人的談話還留在耳邊。她說公敵等級愈高，愈不怕心念攻擊，同時也更容易被心念的波動吸引過來。光是眼前這一隻騎士就可怕得幾乎讓人昏倒，要是再引來更多公敵，他實在沒把握不會嚇得逃走。

所幸Lead迅速點了點頭：

「在這個房間裡，不連續使用十分鐘以上就不要緊！」

「知道了！」

春雪又喊了一聲，這才開始將雙手舉在身前擺架勢。因公敵突然出現而動搖的腦袋，總算切換到了戰鬥模式。

幸好騎士公敵似乎不會進行遠距離攻擊。當然由於這個對手多半是與「神獸級(Legend)」同級的「禁城侍衛公敵」，一旦被巨劍砍著正著，春雪多半一招就會斃命。他怎麼想都不覺得自己能在引起公敵注意的情況下維持專注而不被砍中，但只要與Lead通力合作，從遠方進行攻擊，相信一定會有勝機。

春雪深深吸氣，雙手灌注「光速的想像」，將心中那面瞄準鏡對準了一路追砍Lead的騎士背部。

敵人高舉大劍，導致厚重的裝甲板滑開，後頸露出防禦看似稍稍薄弱了些的鎖子甲部分，就在這一瞬間……

「……『雷射長槍』！」

春雪卯足全力，在喊聲中發出了才剛開發出來的心念攻擊。一把銀色的光之長槍從筆直伸出的右手上迸射而出，精準地命中騎士的頸部。巨大的身軀微微踉蹌，讓原本看準Lead揮出的巨劍軌道一偏，重重砍在地板上。

同時，春雪視野中顯示出了騎士公敵的體力計量表。上下疊成三條的第一條橫條右端——大約減少了百分之二左右。

「…………哇……」

春雪不由得驚呼一聲。包括先前Lead正中騎士身體的一刀在內，打掉的計量表還不到第一條的一成。照這個情形看來，要砍光那麼多ＨＰ，真不知道得花上幾十分鐘……不，是幾個小時。

這時，背後傳來一個稚氣卻又堅毅的說話聲音：

「兩位請抵擋三分鐘，之後就交給我。」

說話者當然是先前一直保持沉默的四埜宮謠——Ardor Maiden。

短短三分鐘，頂多只能再把騎士的計量表砍掉幾個百分點。她說剩下就交給她，但完全屬於遠戰型的Maiden，有辦法吸引公敵的注意嗎？

春雪瞬間從腦中踢開這些疑問，大喊：

「了、了解！」

同時Lead也從稍遠處回答：

「我明白了！」

Maiden點點頭，將不知道什麼時候已經拿在左手上的日式長弓舉到身前。長弓立刻籠罩在緋紅色的火焰之中熔化變形，成為一個短而扁的棒狀物體，並隨著啪的一聲清脆聲響，張開成了扇子。

楚楚可憐的巫女面罩左右兩邊滑出了純白的追加裝甲，與中央部分合併成美麗而妖豔的面具。緊接著虛擬角色全身籠罩在厚重的緋紅色鬥氣之中……

春雪用眼角餘光看著這些現象，同時移動到Lead身旁，兩人純靠視線溝通策略。說是說策略，其實並不複雜，就只是兩人盡可能平均增加騎士對他們的仇恨值，儘可能分散公敵鎖定的目標。

「唔喔……囉喔喔啊啊啊！」

騎士似乎因為到現在還沒辦法砍中敵人而覺得十分不耐煩，大聲發出怒吼，將先前只會當頭硬劈的巨劍轉為左右來回掃動，同時往兩人進逼。

春雪與Lead先等敵人盡量接近，再各自往左右大步跳開，並同時抓準時機……

「喝啊！」

「雷射長槍！」

兩人分別射出藍色與銀色的光。兩種顏色的光影特效在騎士側腹部炸開，造成大約百分之四的損傷。

接下來的三分鐘極為漫長，極為艱苦，幾乎令人昏倒，卻又有點讓人興奮。

哪怕已盡量平均分擔敵人的鎖定，但終究沒這麼容易繞到安全範圍。即使能驚險躲過怒吼著進逼的騎士手中巨劍，有時還是會被刀刃砸到地板產生的衝擊波命中而受傷。

若只有春雪一人，想必撐不到一分鐘就會被砍個正著，他之所以能一再地勉強閃過致命的刀刃，全是靠Lead適切的指揮。看樣子這位年輕武士不但熟悉禁城正殿所有屬性下的地圖，連各種衛兵公敵的攻擊套路都瞭如指掌。騎士縱橫揮動的巨劍軌道不用說，連騎士以那圓木般壯碩的雙腳所進行的踩踏攻擊與使用盾牌發出的風壓攻擊，他也都做出完美的預測，逐一告知春雪閃避方式。

春雪忠實地遵照指示閃避，並抓準公敵將鎖定目標轉往Lead身上產生的空檔施加攻擊。從某種角度來看，像這樣以絕佳默契連續完成走鋼索般一次失誤就會立即致命的動作，正是網路遊戲最精髓的樂趣所在。

過了兩分鐘左右，春雪與Lead已經幾乎連話都不用說。Lead只用手上的小動作來指揮，春雪則毫不延遲地做出回應。

……要是之前也能這樣就好了。

……要是今天的籃球比賽裡也能這樣就好了。如果不只是對手，連隊友的行動與想法都能納入想像，動作也跟得上想像，說不定……

纏鬥正酣之際，這些想法瞬間從腦中閃過，但春雪隨即甩開這些念頭。

……不可能。現實世界的我跟Silver Crow完全不一樣。沒這麼輕，也沒這麼快。

……可是……或許我還是可以朝這個目標努力。哪怕多麼遙不可及……至少我還是可以期望改變，並為此踏出一步，只要踏出一步就好……如果只是這樣，或許我也可以……

「——這邊！」

背後突然傳出尖銳的喊聲，讓春雪驚覺地睜大眼睛。

原來不知不覺間，謠說的三分鐘已經過去了。他與右側的Lead迅速對看一眼，同時往後跳開一大步，將大吼著追來的騎士型公敵引往謠的聲音傳來處。

儘管他們已經照謠的要求撐住三分鐘，但公敵的三條體力計量表就連第一條都還剩下將近九成，接下來謠到底打算怎麼辦？

春雪懷抱著這樣的擔憂，與Lead一起連續後跳，來到位於廣間正中央的兩個台座附近。

緊接著，視野右端突然染成一片火紅，讓春雪反射性地將目光從公敵身上移過去。

他曾在「禁城」內目睹了許許多多的超常現象，神經差不多麻痺了，但看到眼前的光景，仍然不由得倒抽一口涼氣。

那是火焰。嬌小的巫女型虛擬角色全身都在燃燒。從足袋狀的腳尖到長髮狀的零件尖端，全都籠罩在燒得通紅的火焰之中。

Ardor Maiden本身看起來並未受到損傷，所以那多半不是真正的火焰，而是伴隨心念系統發動所產生的光影特效，也就是「過剩光」。但就連同屬紅色系的紅之王Scarlet Rain的過剩光，搖動情形與色澤也沒有這麼接近真正的火焰。

整整花了三分鐘時間淬練而成的火焰鬥氣，比三天前在搭檔對戰中將Bush Utan燒得一乾二淨時猛烈好幾倍，也美上好幾倍。籠罩在火焰當中的巫女右手揮舞扇子，優雅地持續舞動。騎士型公敵以恨不得一腳踩碎她似的勢頭逼近——

「『——瞋恚火中燒』。」

一段響亮的「歌聲」從巫女口中響徹整個大廣間。

扇子輕輕一揮，小小的火焰從扇子上濺出。這些火花似的小小火星落在騎士型公敵腳下的那一瞬間……

震耳欲聾的巨響撼動空氣，理應堅固無比的「魔都」地板應聲起火——不，是當場熔化。

這種液體發出耀眼的橘色光芒，已經只能用熔岩一詞來稱呼。毫無抗拒能力的騎士型公敵當場下沉，熔岩直淹到胸口。緊接著，先前一直發出冰冷黯淡光芒的金屬鎧甲，就像煤炭似的燒成紅色。

「唔喔喔喔喔喔啊啊啊啊啊！」

騎士發出了咆哮，或者是哀嚎。它雙手亂揮一通，試圖從熔岩中逃脫，但熔化地板而形成的「池子」直徑超過五公尺，他的掙扎只徒然濺起火星，巨大身軀絲毫沒有上升的跡象。

「『化作土中塵』。」

那有著神奇韻律的歌聲再次響起。籠罩住巫女的火紅鬥氣愈來愈劇烈，熔岩池也散發出更高的熱度。春雪明明已經離得夠遠，卻仍有滾燙的熱風不斷朝他吹來。要是再靠近一點，難保不會實際受到損傷。

春雪整整發呆站著十秒鐘以上，這才望向顯示在騎士型公敵頭上的體力計量表，結果看到第一條計量表已經快要燒光了。

Lead說過，即使是在這大廣間，連續使用心念攻擊達到十分鐘以上也可能引來其他公敵。考慮到這一點，實在很難說是否來得及在剩下的時間裡燒完另外兩條計量表。或許春雪也應該以遠距離攻擊幫忙，但他就是覺得不能這樣做。這段「火焰舞」是謠一個人的舞台，外人不應該插手。Lead或許也有同樣的感覺，只是靜靜站在春雪身旁。

接下來巫女的舞蹈持續了五分鐘之久，火焰翻騰滾動，騎士不停掙扎。第三條計量表終於燒完，公敵也在熔岩池的正中央化為巨大得嚇人的爆散特效，就此消失無蹤。

Ardor Maiden慢慢放下扇子，停住了動作。但春雪仍然發不出半點聲音。他完全被震懾住了。被謠這種心念攻擊的威力、美麗以及可怕震懾住；被這實在太可怕，令他無法不戰慄的「破壞之力」震懾住——

招式本身的運作邏輯並不複雜，只是將地面熔解成高熱的液體，讓敵人落入熔岩之中。接下來的部分才可怕，因為一旦中了這個招式，基本上就沒有辦法逃脫。除非像春雪這樣可以飛行，或是擁有像第五代Disaster的「鉤索」這類特殊移動能力，否則根本無法逃出熔岩池。液體的黏度很高，會嚴重妨礙移動，而且即使好不容易游到岸邊，池子的邊緣也同樣已經在熔化，想必會比攀爬塗滿了油的玻璃牆還要困難。

這種力量與三天前燒光Bush Utan的「淨化之火」有著根本上的差異。以心念攻擊的分類來說……春雪也不希望自己這麼想，但這多半是第四象限，也就是「大範圍的負面力量」。四埜宮謠年紀這麼小、這麼楚楚可憐，為什麼會使出這種毫不留情的破壞攻擊……

春雪半麻痺的腦海角落正轉著這些念頭，卻看到在幾公尺外站著不動的Ardor Maiden身體忽然一晃。

「啊……」

他反射性地衝過去，從背後扶住謠差點倒在地上的身體。遮住巫女面孔的純白面罩在春雪眼前分成兩半，收進頭髮狀的零件下。

緋紅色的鏡頭眼不規則地眨動，看了春雪一眼。接著面罩下傳出虛弱的聲音：

「……看來，要在實戰中運用……還太早了一點。」

「咦……妳是說……？」

「剛剛那招……是我這一年來持續練習，還在實驗階段中的……『對地上型重量級公敵專用招式』。說得再清楚一點……是『對四神玄武專用』。」

「……對玄武，專用……」

春雪茫然複誦一次，不由得倒抽了口氣。

他當然沒有直接見過守護禁城北門的超級公敵「四神玄武」，也根本不知道玄武長什麼模樣、會使出什麼樣的攻擊。但他知道一點，那就是與謠和楓子同為前黑暗星雲四大元素之一的某人，至今仍然封印在玄武腳下。

春雪坐了下來，懷裡的謠閉上眼睛，斷斷續續地說下去：

「……我的力量對上『四神朱雀』……一點都不管用。上次進行禁城攻略戰之際，是我自願率領攻擊朱雀的部隊。當時我太愚蠢……太自以為是，以為只要是火焰，無論多強的力量我都能駕馭。如果對上朱雀的……是與能操縱水的Aqua Current，或是比風還快的Sky Raker……或許已經突破了朱雀的防守。既然如此……兩年前整個軍團之所以會垮台……責任就在看輕敵人而忘了付出敬意的我身上……」

一顆小小的水珠在緊閉的雙眼眼角閃出光芒，看見這景象的瞬間，春雪忘我地大喊：

「怎麼會……沒這回事！絕對沒有任何人認為這是妳的責任！」

「不對……我犯下的過錯理當受到責難。因為……當時我心想……憑我的本事，說不定能壓下四神朱雀的火焰，可以不用奪走牠的性命就進入城門……這不叫愚蠢的自以為是……又該叫什麼呢……」

帶著幾分悲痛的細小聲音就此完全打住。

春雪無言以對，只覺得到現在才總算懂得為什麼謠會整整兩年都不和黑雪公主等人聯絡，一直隱居在加速世界的角落。

過去謠說她之所以這麼做，理由是「不希望為了救出處在封印狀態的Ardor Maiden而增加受害者」。這當然應該不是謊言，但除此之外，她還一直深深自責。她在鑽牛角尖，認為軍團垮台的原因出在自己身上，而且因為這份罪惡感而下了一個決定，就是無論多麼想見黑雪公主與楓子，都不可以去見她們。這樣的情形持續了整整兩年之久。

然而——

黑雪公主與楓子也有著同樣的自責念頭。

黑雪公主認定自己任由衝動驅使，砍下了初代紅之王Red Rider的首級，與其餘五王的軍團全面開戰，就是導致黑暗星雲垮台的最直接要因，所以這兩年來一直藏身於梅鄉國中的校內網路之中。

楓子則認定當初她為了加強自己的心念而決心截斷雙腿，並硬要黑雪公主幫忙動手，才是造成這一切的遠因，兩年來一直隱遁在無限制中立空間的東京鐵塔遺址。

都一樣。她們三人都一樣。正因羈絆太深、太為同伴著想，才會這樣懲罰自己。相信……相信「四大元素」中的另外兩位，還有其他春雪到現在還沒聽過的其他前代軍團成員，也都是有著同樣的想法才不再露面。他們決定對前黑暗星雲的垮台以身相殉……再也不現身於加速世界的幕前……
「……可是……可是……」
春雪看著在自己懷裡閉上眼睛的Ardor Maiden，拚命擠出聲音說：
「可是……BRAIN BURST……不是為了讓人受苦、煩惱、憎恨、爭執……不是為了這些目的存在的……不是嗎？雖然這個世界裡也有很多可悲、難受的事情……可是總有一天，我們可以再一次跟自己喜歡的人們手牽著手，一起分享這一切。總有一天，小梅妳可以讓同伴們一起分享妳獨自藏在心裡的痛苦。上一代黑暗星雲垮台已經過了整整兩年，就讓今天變成這一天，又有什麼不可以的……！」
春雪拚命說服她之餘，也隱約領悟到了謠先前那可怕的破壞心念是來自什麼情緒。
那是「罪惡感」。儘管黑暗色彩不像「絕望」或「憎恨」那麼深沉，但絕不是「正向」的力量。若說那是焚燒罪人的火焰，那麼在發動招式的期間，相信謠一定也與目標同樣痛苦。
而且……謠所懷抱的罪惡感，恐怕並不只是針對導致軍團垮台這回事。其中應該還包括了一種更深沉、更強烈，與現實世界中的她有著密切關係的情緒。黑雪公主說過了，一定要在現實世界中正視自己的「傷痛」，才能創造出第二階段的心念技能。
當然兩人相識才短短幾天，謠自然不會容許春雪踏入自己內心深處。她過去到底有過什麼樣的經驗、受過什麼樣的痛苦……又為何失去聲音，春雪根本無從想像。可是……可是……

「如果，即使待在這加速世界，都得永遠困在所有的過錯與誤會中……永遠互相憎恨……那我們當超頻連線者到底是為了什麼……！」

聽到春雪任由情緒驅使而吐露的心聲，癱軟無力的謠忽然全身一顫。

緋紅色的鏡頭眼緩緩張開，但發出的光芒仍然微弱而不穩定。春雪認為還得再說幾句話，但胸中情緒澎湃，就是說不出話來。

就在這時——

他們聽到了一個有如草原上吹拂過的微風般清涼而平靜的聲音：

「『生不為遊樂，亦不為嬉戲』。」

是之前一直保持沉默的Lead。年輕武士無聲無息地從春雪背後走出，隔著謠停在春雪正對面，接著以端正的姿勢跪坐在地。

沉默了一陣子後，謠也緩緩眨了眨眼睛，以細小的聲音回應：

「『乍聞童子戲，身已隨聲起』。」

這多半是古代的歌謠。春雪並未聽過這幾句歌詞，但他似乎能感覺出其中的含意。Lead將視線從謠移到春雪身上，平靜地述說起來：

「說來見笑……以前，我從沒想過除了我以外的各位超頻連線者，到底背負著什麼樣的命運，又為了什麼樣的目標而戰……我以為——以為大家只是聚在一起開開心心地玩這個遊戲，心想要是有一天我也能一起玩就好了………我想得太膚淺了………」

他說著說著便低下頭去，甩動綁起的頭髮。接著這位神祕的年輕武士又抬起頭來，靜靜地說下去：

「……然而在認識兩位之前，我所認識的唯一一位超頻連線者……也就是我的上輩兼師父對我這麼說過。『即使只有自己一個人、即使離不開這座城堡，也要全心全意讓自己玩得開心。這才是通往未來的唯一途徑』……這些日子以來，我每次獨自揮劍的時候，心中都在想像高聳的城牆外有群孩子在嬉戲。過了……過了這麼漫長的歲月，Crow兄與Maiden小姐終於出現在我的面前……跟我說話……約好要再見面……而今天我們更得以並肩作戰。我心中的感慨，實在無法用言語形容。」

Trilead說到這裡又頓了頓，春雪與謠默默看著他一行熱淚沿著清秀的面罩滑落。Lead也不擦去眼淚，以顫抖的嗓音說出了最後一句話：

「可是……唯有一件事我敢肯定……那就是我很慶幸自己當上超頻連線者。能知道這加速世界的存在，讓我覺得非常幸運。而將這份喜悅帶給我的人……就是Crow兄，還有Maiden小姐妳。」

年輕武士說到這裡就住了口，再度深深一鞠躬。

籠罩著昏暗偏藍光線的大廣間受到寂靜支配。謠以心念攻擊創造出來的熔岩池也在不知不覺間冷卻下來，只留下一個微微凹陷的坑洞。

過了一會兒，謠從春雪懷裡起身，依序看看他們兩人，以清晰的嗓音說：

「我也一樣……光是能當上超頻連線者，便無疑是件幸運的事。不對……能夠侍奉黑之王Black Lotus，成為黑暗星雲的一員與大家並肩作戰……以及走在這條路上，得以認識鴉鴉跟Lead兄，同樣代表我很幸運。既然如此……我以前所走的路……就不是錯的……」

足袋造型的腳掌一動，輕聲踩上地板。春雪也配合謠的動作緩緩站起。

謠等Lead也起身後，踏上一步轉身說道：

「……對不起，讓你們擔心了。好了……我們走吧。相信只要一步一步走在這條路上，我們的未來……我們的命運一定是無限寬廣的。」

Lead說自己背下了禁城正殿每一種屬性下的構造，這話絕不誇張。

「魔都」屬性下的地圖十分複雜，與前天的「平安京」完全不一樣，但這位武士卻沒有一次顯得猶豫，一路領著兩人前進。

他們走上樓梯，穿過空中走廊，扳動機關打開暗門，靠滑輪往下降。這個古城型迷宮充滿了各式各樣的機關，要是沒有人帶路，攻略起來多半得花上好幾天，不，甚至是好幾週才夠。

而且迷宮中到處都有公敵徘徊。有與剛開始打過的騎士同類型的公敵，也有裝甲更厚重的類型、更敏捷的類型，甚至還有魔導師類型的公敵存在。

春雪本已經做好心理準備，覺得總難免會發生兩三次偶然的遭遇戰，但Lead的指揮只有完美一詞可以形容。即使遇上左右兩側都有成群公敵走來的狀況，他仍然冷靜地留在掩蔽物後方，等敵人走遠而出現死角後，又立刻毅然飛奔出去。有一次他還用出了高度的聲東擊西策略──先特意操作空的電梯，等公敵都聚集過去，再從另一邊的鐵梯爬下去。說他對這裡熟悉得有如自己家庭院也絲毫不誇張。

連春雪這個徹頭徹尾的遊戲玩家，也只有這幾年在玩的幾款網路FPS與玩了超過一百小時的單機用動作冒險遊戲，才能玩得這麼純熟。而且禁城每次變遷，構造都會迥然不同，真不知道Trilead已經花了多少歲月在這裡挑戰……不，應該說是在這裡「玩」……

春雪懷抱著這樣的疑問，依照Lead的指示時而奔跑、時而爬上爬下，走過已經不知道是第幾扇門之後，眼前突然出現一片不一樣的光景。

牆上只設有唯一的一扇小窗，窗外有著巨大的空間、成排的圓柱，以及翻騰不已的烏雲。是「外面」。

「……兩位辛苦了。禁城本殿就到這裡。」

Lead說得絲毫不當回事，走到窗前隨手就打開窗戶。一股冷風吹了進來，撫過Silver Crow的裝甲。

春雪彷彿被吸了過去似的走到窗前，朝外看了一眼。

兩排藍黑色的巨大圓柱從窗外右側遠處筆直往前方延伸。這景象他並不陌生。前天的平安京場地中，也有顏色不同但造型類似的柱子錯落於本殿正面。換言之——在前方的是……

「…………是、是門……！」

春雪差點喊出聲來，連忙掩住自己的嘴巴。

在瀰漫地面的霧氣彼端、柱子行列的延長線上，確實能隱約看見一座巨大的城門。從柱影的方向，也可以看出城門是位於正南方——也就是說只要再過去一點，就是兩天前春雪與謠突破的「朱雀門」。

終於——終於再度來到了看得見城門的地方。

之後只要打開城門出去，甩開四神朱雀的火焰，飛到橋的另一頭就行了。

春雪想到這裡，緊緊握住右拳，接著他忽然留意到一件事，倒吸了一口氣說：

「……話、話說回來……這門要怎麼開……？」

——沒錯。

濃霧下露出的城門無疑已經牢牢關上。這石造城門的寬度與高度都將近二十公尺，怎麼想都不覺得用手推得開。他們進來時城門之所以會自動打開，是因為有著「門鎖」作用的封印用金屬牌被一名神祕人士……不，就是被眼前這位武士從內側破壞……

春雪想到這裡的瞬間，Lead彷彿看穿他心思似的點了點頭：

「我會再次破壞已經重生的朱雀門封印，這樣城門應該就會開啟。」

「這……這有那麼簡單……？」

春雪戰戰兢兢地一問，Lead便歪了歪頭，似乎在思索該怎麼解釋。接著他微微點頭說：

「簡不簡單……我是不太清楚，不過之前我就成功過一次……而且我在先前的戰鬥中之所以不拔出這把劍，或者該說不能拔出這把劍，就是為了要破壞門的封印。」

「——這話怎麼說呢？」

這個問題是謠問的。他說不拔劍就能破壞封印，這兩者之間的因果關係春雪也完全不明白。Lead再度點點頭，以左手輕輕碰了碰腰間的直刀。

「……我身為這『The Infinity』的主人，知道它有幾項特殊效果。其中之一是『收在鞘中的時間愈久，剛拔刀時那一擊的威力就會增加愈多，沒有上限』。」

「……！」

春雪聽得瞪大眼睛說不出話來，同時也深深明白他之前為什麼不拔刀了。既然有這麼不得了的效果，的確不應該浪費在衛兵公敵身上。而且若是換做小家子氣的春雪，多半會死撐著一直捨不得用。

但看來Lead卻毫不吝惜，願意為了春雪他們動用這想必已累積相當長一段時間的力量。光是一路領著兩人來到這裡，就已經教人感激不盡，難免會覺得不應該再依賴他，但沒有其他替代方案可以達成逃出禁城這個最優先目標，卻也是不爭的事實。因此春雪只是深深一鞠躬，說了一句：

「——謝謝你，Lead。」

身旁的謠也雙手併攏在紅白裝甲上，深深一鞠躬。年輕武士靦腆地搖搖頭，以輕快的嗓音回答：

「哪裡，要道謝還太早囉。從這裡到城門還有一段路呢。」

——儘管Lead這麼說，但與先前的路程相比之下，從正殿小窗爬出去，並靠圓柱遮蔽一路往南前進，這樣的過程並不怎麼辛苦。

當然，兩排圓柱之間的寬廣道路上，跟前天一樣有著成群的駭人衛兵公敵在巡邏，而且左側深邃的森林中也不時傳出可疑的腳步聲或低吼聲，難免令人心膽俱寒。但既然知道躲在柱子後面就不會被鎖定，冷靜下來一根一根前進也就不怎麼困難。所幸他們三人的虛擬角色都屬於嬌小輕量型，不但腳步聲小，柱子也不至於遮不住身體。

大約過了四十分鐘，三人終於來到最南端的圓柱後面。他們將背靠在冰涼的圓柱曲面之後，不約而同地鬆了一口氣。

三人你看看我，我看看你，小聲相視而笑。

終於來到這裡了，在禁城內部只剩下一個步驟尚未進行。春雪悄悄點開導覽選單，想看看自己沉潛進來多久，數字顯示著一百三十五分鐘。雖然多少超過了謠設定的兩小時這個目標，但這樣的成績應該已經可以算是優秀了。

話又說回來，相信如今黑雪公主、楓子、拓武、千百合，以及臨時加入的Ash Roller，應該都已經心焦地等待城門打開。春雪滿心只想盡快突破剩下的朱雀這關，與眾人一同分享達成任務的喜悅。

或許是看出了春雪的急迫，Lead以極小的聲音說：

「那麼……差不多該來完成最後一道手續了。步驟很簡單，我們等在大路與左右走廊巡邏的各個公敵小組離到最遠時衝出去，由我破壞封印，同時兩位從城門逃脫。只要兩位準備好，下一次時機成熟就行動。」

心中不由得湧起的緊張，讓春雪只能點頭；相較之下謠則露出欲言又止的模樣，卻仍然立刻收起下巴，點點頭表示同意。

Lead從柱子後方朝外看了一眼，舉起右手。

有如岩石般屹立不搖的南門，位於他們藏身的柱子西南方二十公尺左右。左右兩扇門的中央，有著唯一一個與平安京屬性時相同的火鳥浮雕鋼鐵牌，那正是「朱雀封印」。

一條寬廣的大道從城門往北筆直延伸出去，上面有合計八組的公敵在巡邏。另外東西兩個方向上也分別有一條彎曲的走廊從城門前延伸過去，其中各有一個小組的公敵往返。

各個小組的行動微妙地錯開，門前的空間一直沒有淨空。三人嚥下口水等著等著，時機逐漸成熟——一會兒後，Lead右手五指完全張開，接著一次收起一根。四、三、二、一……

——就是現在！

三人同時發出無聲的喊叫，從柱子後方衝出。

他們踢著由藍黑色地磚拼成的地面，劈開濃霧拚命飛奔，短短三秒就抵達了門前的廣場。

Lead迅速舉起了左手攔住春雪與謠，同時右手放上直刀——七神器之一的「The Infinity」刀鞘。

緊接著一陣有如年輕恆星似的強烈藍色閃光，從他小小的身體迸射出來。

那是過剩光，心念的光芒。與先前那名騎士型公敵打鬥時，他不用喊招式名稱就能出招，從這點就看得出他對心念運用得相當純熟，但此刻發動心念系統的速度與過剩光的規模卻遠遠超出春雪的想像。Lead明明尚未出招，腳邊堅硬的地磚便已出現放射狀的裂痕，空氣中更看得到藍白色的電漿——

武士一沉腰，左手握住直刀刀鞘，右手握住刀柄。

「喔……喔喔喔喔喔喔喔喔…………！」

他們第一次聽到Lead發出如此劇烈的吼聲。春雪已經連呼吸都感到困難，下意識伸手將站在左邊的謠拉了過來。

Lead那一向顯得清涼的鏡頭眼發出青白火焰，同時以伴隨深沉回聲的嗓音喊出招式名：

「『天(Heavenly)──叢雲(Stratus)』！」

他右手以快得只見殘影的速度揮動，橫向斬出一刀。

入鞘愈久就能蓄積愈強威力的神器本身所具備的超強攻擊力，搭配上Trilead彷彿要劈開天地似的心念，兩者重合成一道藍色的光刀從空中閃過。看在春雪眼裡，只覺得整個世界似乎都被這條軌跡分成了上下兩截。

從左到右的一記拔刀斬。

接著迅速回刀，從正上方往下再劈一刀。

光刃化為巨大十字飛出，漂亮地命中了連接兩扇城門的厚重鋼鐵牌。火鳥浮雕上竄出十字光芒，縱向的線條繼續往上下延伸，貫穿了整座城門。有如峭壁般聳立的南門隨即發出沉重的震動……

──開了……！

春雪更加用力固定謠的身體，將握緊的右手收到腋下。在這個動作帶動之下，先前折疊在背上的十片金屬翼片一口氣張開。

「……這就是你真正的模樣吧，Crow兄。」

聽到這個說話聲音，春雪往旁一看。

武士手上仍然提著白銀的刀身。他彷彿覺得十分耀眼，瞇起鏡頭眼低聲說道：

「好美……我真的很慶幸能認識你……」

「哪、哪裡……我才真的很慶幸能認識Lead……」

他一句話說到這裡，謠與他緊貼的身體忽然一僵，同時春雪也注意到了。

從Lead背後延伸過去的大路，以及往東西向的走廊，都有大批巡邏公敵殺來，腳步甚至撼動了地面。明明沒有處在這些公敵的視野內，為什麼他們會跑來？春雪先是十分震驚，接著才想到答案。

高階公敵會受到心念的波動吸引。

Trilead為了破壞城門封印而發動的心念攻擊「天叢雲」，是春雪所見過規模最大的攻擊。一旦在視野開闊的空間用出這招，會大範圍激發公敵的攻擊性也不稀奇。

春雪急忙伸出右手大喊：

「Lead！趕快抓住我！你也一起來……！」

然而——

深藍色的年輕武士露出平靜中帶有一抹悲戚的笑容，微微搖著頭說：

「不，我不能走，請兩位自己離開。」

「為……為什麼……留在這裡會被公敵幹掉的！」

發出明顯敵意湧來的巨大騎士與魔導師數量超過十隻，即使是擁有神器Infinity的高手Lead，應該也應付不了這麼多強勁的公敵。

不，先不說應不應付得了，春雪之前一直相信Trilead會一起逃出禁城，所以他明明有那麼多問題想問、有那麼多話想說，卻還是決定晚點再說。然而……一旦被這要再度打開難如登天的城門隔絕，誰也不知道下次什麼時候才能見面。

「這、這樣不行啊……Lead！」

春雪擠出最大的音量大喊，再次伸出右手。但Trilead退開一大步，右手劍朝南門一指：

「你們快走！不用擔心，這個地方不會陷入無限EK狀態！而且……我現在還不能離開這座城！可是我保證……我將來一定會再跟Crow兄與Maiden小姐相見。到時候我會說出一切。包括這座城堡存在於加速世界中的理由……又為何戒備如此森嚴。我會說出知道的一切！」

年輕武士毅然決然的氣魄，讓春雪再也說不出話來。

倒是他身旁的謠以急切的語氣小聲說：

「走吧，鴉鴉。我們繼續留在這裡，也只會白費Lead的心意！」

「……！」

春雪用力閉上雙眼。當他睜開眼睛時，便下定了決心，輕輕振動背上雙翼，翅膀發出的升力無聲無息地抬起了兩個虛擬角色。

春雪從兩公尺左右的高度，感慨萬千地短短喊了一聲：

「Lead……我們改天見！」

武士露出滿臉笑容回應：

「好的……改天見！」

這兩句話與小孩子在傍晚時分約好明天再見的話語一模一樣。春雪強忍淚水轉過身去，耳邊聽到大群公敵的腳步聲之中，混進了Lead最後幾句話：

「……Trilead Tetraoxide這個名字，是我的上輩幫我取的。我真正的名字是……」

春雪忍住想再看Lead一眼的衝動，用力振動雙翼。兩人朝著逐漸綻開的禁城南門衝去，這時一陣深藍涼風似的嗓音，在他們背上推了一把。

「……『Azure Heir』！」

10

火紅煉獄。

春雪飛出禁城南門開出的小小縫隙，終於逃到外界，眼中首先看到的就是這麼一幅景象。

深紅色火焰翻騰肆虐。但這火焰並非單純的熱量，還形成了巨鳥狀的形體，有著兩片巨大的翅膀與長長的脖子，兩顆紅寶石般的眼睛更是閃閃發光。

是超級公敵「四神朱雀」。

「為……為什麼，已經實體化了……」

謠用力攀在他頸子上，喊出沙啞的聲音。

春雪也同樣震驚。朱雀負責把守南門，具體的警戒範圍是全長五百公尺、寬三十公尺的大橋。照理說都是等到有人上了大橋，才會開始從設置在城門方橋頭的「祭壇」湧出。根據上次目視到的情形，從牠實體化到開始行動，約有五秒鐘的延遲，因此春雪本來盤算光是從他們出了城門到朱雀出現，應該就已經可以爭取到相當長一段距離。

但不知道基於什麼理由，當他們兩人實際飛出城門時，朱雀已經實體化完畢，距離他們只有三十公尺左右。春雪拚命張開閉上的翅膀減速，這才沒撞上巨大的火鳥。

但話說回來，背後的南門已經緊緊關上，就算飛回去，多半也不會再打開。上次城門之所以會為春雪他們開啟，是因為Trilead——本名「Azure Heir」——事先為他們破壞了封印的金屬牌，但看樣子這封印是每次開閉城門都會重生。

Lead多半已經在超過十隻衛兵公敵的圍攻下戰死，自然不能指望他再次劈開金屬牌。而且Lead拚著一死才送他們出來，要是現在又躲回城裡，實在沒有臉見他。

——沒別的方法了，只能鑽過朱雀的火焰飛到橋的另一頭。

春雪拋開剎那間的猶豫，做出了這個決定。冠上神名的公敵仍停在他們眼前，以紅寶石般的雙眼注視他們兩人。

忽然間，春雪覺得自己聽到了聲音。

——渺小的人類啊。

——竟敢耍小聰明溜進我的神域作亂，這大罪現在就要你拿命來償。

——給我焚燒殆盡吧。

春雪預測牠會使出噴吐攻擊，全神貫注想看清楚噴射的軌道。

但火鳥並未張開嘴巴，而是張開巨大的雙翼，用力一搧。

「……不行！」

謠大喊出聲，同時春雪看到朱雀雙翼產生的超高溫火紅熱浪呈半球狀湧來。這不是線，而是面的攻擊，無論往哪個方向飛都躲不開。

不會吧……我不會就死在這裡吧？死得這麼乾脆？辛辛苦苦地從禁城本殿逃出，還讓Lead捨命打開城門……卻在這裡陷入「無限ＥＫ」的牢籠……

「──我不會讓你……稱心如意！」

年幼巫女在思考幾乎停滯的春雪懷裡毅然喊出這句話。

她小小的左手往前伸直，從好小好小的手掌發出與朱雀熱浪攻擊十分相似的緋紅波動。

兩股能量波碰在一起的瞬間，耀眼的白光淹沒了整個世界。

朱雀的熱浪中央出現一個圓形空洞而成為環狀，更在一陣轟然巨響中從兩人身邊掃過。

同時Ardor Maiden的左手似乎受到反饋回來的損傷，肩膀以下的部位瞬間蒸發。

「嗚……啊……」

巫女的身體在細小呼痛聲中痙攣。或許是承受不住無限制中立空間裡那極為逼真的劇痛，只見她就這麼垂下頭去，全身一軟。

謠昏了過去，春雪用雙手牢牢抱住她的身體，使盡剩下的全部氣力重啟鬥志。

我要飛──一定要飛！現在不飛，我還當什麼飛行型虛擬角色！

「唔……喔喔喔啊啊啊──────！」

春雪放聲大吼，卯足全力振動雙翼，筆直往前衝去。

朱雀於去路上再度張開雙翼。牠又要用同一招了，一定要在產生傷害領域前衝過去。

——一定要趕上…………！

然而春雪眼前空氣產生游絲般的晃動，開始發出紅色的光芒。虛擬角色的表面燙得嚇人，熱浪更燒得他眼前一白，剩下將近九成的ＨＰ計量表開始減少……

緊接著——

又出現了另一種出乎他意料的現象，妨礙朱雀進行攻擊。

紅藍兩色的光槍從巨鳥背後射來，同時貫穿了牠的左右雙翼。

這兩種顏色他並不陌生。藍色為「雷霆快槍（Lightning Cyan Spike）」，是Cyan Pile——好友拓武的必殺技。紅色則是「奪命擊」，是Black Lotus——春雪的上輩兼師父，他敬愛無比的黑雪公主所發出的心念攻擊。

朱雀的超高熱波浪正要蒸發春雪與謠的身體，卻被這兩道攻擊撕開而消失。

春雪掠過籠罩在火焰當中的巨大羽毛，終於穿到了四神朱雀的後方。

但公敵當然也會轉換方向。朱雀以燃燒怒火的雙眼捕捉到春雪的身影，這次牠張大了嘴，準備進行噴吐攻擊——

這一瞬間。

春雪正朝大橋南側全力衝刺，前方卻有個以驚人速度飛來的輪廓與他交錯而過。

春雪的知覺已經加速到極限，將這個影子看得清清楚楚。

來人是超頻連線者，而且不是一個，是兩個。下方是背著流線型推進器的天藍對戰虛擬角色，外號「ＩＣＢＭ」的黑暗星雲副團長Sky Raker。

另有一人壓低了姿勢跪在她身上。那是個有著黑曜石裝甲與修長劍刃四肢的漆黑對戰虛擬角色——「黑之王」Black Lotus。Raker的強化外裝「疾風推進器」拖出了長長的泛青色噴射火焰，將黑色的半透明裝甲染成美麗的藍寶石色。

擦身而過的瞬間，Raker——楓子與Lotus——黑雪公主，分別以晚霞色與藍紫色的眼睛看著春雪，對他溫和地微笑。她們倆說話的聲音就這麼直接在春雪腦中響起。

……歡迎回來，鴉同學。朱雀就交給我們。

……軍團的未來就拜託你了，春雪。好了，飛吧。不要回頭，只管往前飛。

放慢的時間流動恢復原來的速度，抱著謠的春雪與載著黑雪公主的楓子愈離愈遠。

「啊……！」

春雪正全速飛行，一時慢不下來，只能發出接近哀嚎的聲音拚命扭動脖子，以視野角落捕捉後方的光景。

楓子與黑雪公主化為一顆子彈，從正要吐出致命火焰的朱雀右眼附近掠過。Black Lotus右手一閃，一刀劈開了公敵的眼睛。血液般的火焰大量噴出，讓怪鳥發出憤怒的咆哮。

朱雀停止噴吐攻擊，巨大的身軀再度往北轉動。牠鎖定的目標已經從春雪換成黑雪公主她們。也就是說……

兩人決心一死。

年輕武士Lead為了讓春雪出城而拖住十幾隻衛兵公敵，與她們這種自我犧牲的行為有共通之處，當中卻有很大的差異。因為Lead下次復活時立刻就能躲到安全地帶，避免陷入無限EK狀態，但黑雪公主與楓子無路可逃。朱雀身後只有方形祭壇——Ardor Maiden之前遭「封印」的地方——要是死在那裡，即使等到下次復活，也只會立刻又遭到朱雀攻擊而當場戰死。

想來黑雪公主她們應該是在等候途中，目擊到朱雀突然實體化，看出牠早做好準備要妨礙春雪與謠逃脫，因此瞬間做出了決斷。她們決定拿自己當誘餌，掩護春雪與謠逃走。為此黑雪公主與楓子不惜讓自己遭到封印。

——不可以。

萬萬不可以。春雪當上超頻連線者對戰的目的只有一個，那就是中興黑暗星雲，陪黑雪公主一起抵達她渴望的「10級」地平線。若讓團長與副團長在此犧牲，那麼自己活下來又有什麼意義呢？

正當春雪剎那間天人交戰之際……

去路下方傳來一個尖銳的呼喊聲：

「小春！」

他驚覺地瞪大眼睛。從離了橋頭兩百公尺處高高舉起左手的，是有著水藍色重裝甲的大型虛擬角色Cyan Pile，他身旁則是黃綠色的輕量型虛擬角色Lime Bell。

「小春——————！」

Bell也同樣卯足全力大喊，接著猛力轉動裝備在左手上的大型手搖鈴。輕快的鐘聲響起，同時搖鈴籠罩在新綠色的光芒特效之中。

「——『香櫞鐘聲』！」

手搖鈴隨著喊聲往下一揮。迸射而出的萊姆綠光芒，輕柔地籠罩住正在飛行的春雪。

在禁城內與公敵對打以及剛剛被朱雀熱浪掃過而受到的損傷，都在轉眼間迅速恢復，然而昏倒在他懷裡的謠身上傷勢並未減輕。香櫞鐘聲一次只能對一個目標生效，所以無法同時治療他們兩人。但既然如此，不是應該先治好受傷比較嚴重的Ardor Maiden嗎？

春雪一時之間弄不清楚千百合是出於什麼樣的意圖，才會優先恢復Silver Crow的體力。但接著拓武發出的喊聲立刻解開了春雪的困惑。

「小春，Maiden交給我！」

「……！」

春雪瞪大眼睛——隨即毫不猶豫地將懷中Ardor Maiden交給下方張開雙臂的Cyan Pile。變輕的身體一口氣轉向上方，做出小半徑迴旋。千百合的聲音貫穿耳邊呼嘯而過的空氣送進耳裡：

「小春，去救學姊跟姊姊…………！」

「——知道了，包在我身上！」

春雪完成迴旋，短短喊了一聲回應。

兩位兒時玩伴替春雪猶豫、苦惱，做出了決斷。決定不能讓黑雪公主與楓子死在這裡、決定無論如何都要所有人一起回去。

拓武與千百合的心意推了春雪一把，讓他再度往北飛翔。

去路上的四神朱雀同樣往北轉進，長長的脖子彎成S字形，張大了嘴巴。離牠吐出超高熱火焰還剩五秒……不對，是三秒。

牠瞄準的方向上，揹著Black Lotus的Sky Raker正劃出一道拋物線下降。疾風推進器的噴射火焰不規則地斷斷續續，眼看就要熄火。這件強化外裝能夠發揮壓倒性的推力，但一耗光能量就得花上很長的時間充填，才有辦法再次飛起。她們兩人已經無法逃開朱雀的火焰。橘色光芒從巨大的鳥嘴中灑落，周圍空氣化為擾動的熱流……

——你想……得美！

「唔……喔喔喔喔喔喔喔喔——！」

春雪以不惜燒完必殺技計量表所有殘量的勢頭振動背上金屬翼片。Silver Crow全身籠罩在淡淡的光芒中，併攏伸直的雙手指尖銳利地貫穿風壓形成的障壁，讓整個虛擬身體化為一柄長槍往前飛翔。

朱雀右眼遭黑雪公主痛擊而毀損，沒注意到從這個方向接近的春雪。春雪衝刺的路線幾乎擦過巨鳥的臉，從那張隨時會吐出劫火的嘴右側幾十公分處飛過，一口氣來到公敵前方。

背後傳來一股對礙事者發出的壓倒性怒氣波動。

前方則有兩名超頻連線者震驚得瞪大了眼睛。

「為什麼……！」

「春雪……！」

兩人在空中驚呼，春雪以幾乎無異於衝撞的勢頭，攔腰將她們分別抱在兩邊腋下。他全力抱住Sky Raker與Black Lotus那尺寸幾乎完全相等的腰身，順勢將飛行方向一口氣轉往上空。

狀況與前天「Ardor Maiden救出作戰」中十分相似，當時他是從南方飛來，抱起出現在祭壇中央的謠，但現在的狀況有個地方不一樣，那就是之前謠還待在地面，黑雪公主與楓子則仍然維持在離地二十公尺左右的高度。從這樣的高度接住她們，就還來得及走唯一剩下的一條路

——也就是飛往正上方。

忽然間，周圍染成一片深紅，原來朱雀終於吐出了火焰。火焰洪流從後湧來，一旦被噴個

正著，無論多硬的超頻連線者都免不了當場蒸發。

「唔……喔喔喔……」

春雪咬緊牙關，卯足全力垂直飛翔。

忽然間有東西從雙腳腳尖掠過，令他的體力計量表當場削減了一成左右。想來多半不是碰到火焰洪流本身，只是接觸到外圍的損傷區域，但他並未往下看，始終瞪著「魔都」屬性下藍黑色的陰沉天空垂直往上飛。

狀況不容他的軌道有任何一點偏離，因為大橋左右方都是設有超強重力的禁飛區，而禁城城門及城牆上空則有隱形障壁無限往上延伸。一旦碰到這些部分而導致飛行受到妨礙，肯定會當場摔下去。

唯一能飛的方向，就是精準的垂直上升。他要以渾身解數飛往正上方，甩掉朱雀的鎖定，之後再往正南方劃出一道大大的弧線，從大橋南方逃脫——

黑雪公主的耳語穿過呼嘯而過的勁風，在他右耳響起：

「…………真拿你這小子沒辦法…………」

接著左耳則聽到楓子的輕笑：

「呵呵……我早就隱約猜到事情會變成這樣了。」

「對不起……等回去我會好好跟妳們道歉！」

春雪做出與前天同樣的回答，繼續振動背上的銀翼……

「啊……！」

喊出這一聲的是楓子。春雪察覺到情形有異，反射性地往下一看。

結果他就在近得驚人的位置，看見了籠罩著火焰的巨鳥。但這是為什麼？他明明已經飛到離地將近三百公尺的高度了。

也就是說——朱雀追來了。本來守護獸四神朱雀不應該離開把守範圍所在的南方大橋，現在卻自行上升來追殺春雪他們。

公敵剩下的一隻左眼瞇了起來，彷彿在嘲笑他們，春雪腦海中更響起沉重的說話聲。

——愚蠢。

——憑一雙假的翅膀，又怎麼逃得過我的雙翼。

同一時間，朱雀猛力拍響牠那對翼展達二十公尺左右的雙翼，讓巨大的身軀猛然加速，拉近雙方距離。

「嗚…………！」

春雪再次瞪向正上方，試圖再加快速度。

但緊接著他注意到了可怕的事實。

從禁城內部起飛時還是全滿的必殺技計量表已經快用完了。但仔細想想就覺得理所當然，他先是抱著謠，接著又抱住黑雪公主與楓子全力飛行，即使消耗速度比單獨飛行時快上好幾倍也不奇怪。

——但要是在這裡喪失推力，轉眼之間三人就會一起被朱雀的火焰燒死。而復活地點則在正下方，也就是禁城南門前的祭壇。屆時他們毫無疑問地都將陷入無限ＥＫ狀態。

春雪凝視著以驚人速度一個像素接著一個像素消失的必殺技計量表，以瞬間思考針對每一個行動方案進行評估。

至少放開黑雪公主跟楓子讓她們逃回去？不可能。從這個高度掉下去，光墜落損傷就會讓她們當場斃命，而且還沒摔到地上，就會先被從正下方追來的朱雀殺死。

現在立刻往南迴旋脫離危險區？不可能。處於被朱雀鎖定的狀態下，即使做出迴旋動作，也只會在還沒抵達地上時就被火焰噴個正著。

請她們兩人故意攻擊Silver Crow來重新充填必殺技計量表？不可能。一旦因為受傷而導致速度稍有放慢，立刻就會被朱雀捕捉到射程範圍之內。

唯一的方法就是繼續飛。

哪怕計量表用完，哪怕BRAIN BURST程式宣告不准他繼續飛，也要透過想像力打破系統的限制，覆寫掉不能再飛的現象，繼續往上飛。

想像。真正的「飛翔」想像。

系統只賦予了對戰虛擬角色「Silver Crow」唯一一種，但同時也是最為強大的能力——「飛行能力」。這個形體，是由春雪長年來一直藏在心中的精神創傷塑造出來的。

所謂的創傷，也就是想逃避的心情。他想跟每一件事都讓他討厭的地面分開，飛得愈高愈好，愈遠愈好。他想拋開一切束縛，前往只有光速存在的世界，忘了這一切。

可是……

現在春雪卻隱約覺得這未必就是真正的「飛行」。

沒有任何一種鳥類是永遠都在飛的。他們必須透過進食與睡眠來儲備體力，才能進行短暫的飛行。他們為了飛行而活，也為了活下去而飛，這兩者是一體兩面，不可分離。

那麼，即使背上沒有翅膀，人在現實世界中也一定飛得起來。心中要懷抱想追求的目標、想跨越的障礙，並想像如何去實現，一步一步往前進。不是只會低著頭，只會抱著不滿任由日子流逝，而是要看著天空——看著將來有一天想去的地方，主動邁出腳步。等做到了這一點，自己一定已鼓動著無形的翅膀自由飛翔。

「…………我要飛…………！」

春雪一心一意地注視無限制空間中烏雲翻騰的天空，短短喊了這麼一聲。

不是透過必殺技計量表這種數值化的能量，也不是靠振動金屬翼片這種推進用的物件……

而是要靠著自己的心靈所創造出來的翅膀，透過想像力展翅高飛。

之前在東京鐵塔遺址頂端，楓子初次傳授春雪心念系統時，她曾說過「如果換做是你，也許有一天可以練到只憑心念就飛上天空，但要到那個地步，相信得花上非常漫長的時間」。

春雪當上超頻連線者的資歷與認識心念的時間都還很淺，修練與經驗都還差得遠了。

可是既然要飛，現在就是時候了。要是現在不飛，自己又是為了什麼而冠上「白銀鴉」的名號而生？

想像。要想像。想像飛行的意義，想像踢開地面往天空前進的意義。

小小角鴞拍動白色翅膀飛起的幻影，從春雪的視覺中閃過。

「——飛吧，Crow！」

黑雪公主在右側呼喊。

「飛吧，鴉同學！」

楓子則在左側呼喊。

這一切都與一種白銀色的想像融合在一起，行遍春雪全身，最後匯集在兩邊的肩胛骨上。

接著春雪以心眼看到了，Silver Crow背上伸出的十片金屬翼片發出耀眼光芒，變換了形體，覆寫成了狀似猛禽的真正「翅膀」。

「唔……喔……喔喔喔喔喔————！」

春雪怒吼的同時，必殺技計量表的最後一個像素終於耗完，但讓全身往空中加速的推力卻沒有消失。

春雪卯足全力拍動發出耀眼銀光的雙翼，高聲喊出內心深處湧起的全新心念技巧之名。

「——『光……速……翼』(Light Speed)——！」

啪的一聲長響，整個視野籠罩在銀色的光芒之中。身體離飛在前方不遠處的角鴟幻影愈來愈近，隨即合而為一。儘管抱著兩個對戰虛擬角色，春雪仍以從未體驗過的驚人加速度往上飛行。「魔都」屬性下的厚重雲層轉眼間已經來到前方，他就在些微的阻力感中衝了進去。

視野裡不再有風景，轉為清一色的深灰，但下方隨即射來深紅色的光線。朱雀還在追趕，公敵的上升速度也明顯在增加。一大一小的飛行物體劃出銀色與紅色的軌跡，垂直貫穿加速世界的天空——

幾秒鐘後，視野忽然淨空。

無垠的天空染上深邃的蔚藍，下方則是綿延不絕的純白雲海。此刻春雪已無法想像高度究竟到了幾百，不，應該說幾千公尺，但他仍然更加用力地拍動翅膀。

啵的一聲衝擊音響起，下方雲海開出一個大洞，從中現身的巨鳥身上披著燃燒得更加火紅的烈焰。四神朱雀剩下的一隻眼睛裡，充滿了無論如何也要將兩度踐踏地盤的入侵者燒得一乾二淨的意志，衝來的速度幾乎與用心念之力飛行的春雪相當。

——正合我意……有種就跟來啊！

春雪在腦中發出這句怒吼，全神貫注地鼓起想像，拍響銀色的翅膀。

周圍的色彩慢慢改變。從蔚藍轉為靛藍，進而轉為黑色。去路上有著許多小小光點閃動。是星星。

同時，他還在右前方遙遠的空間之中，發現了一條銀色的垂直細絲閃閃發光。那個是──

「赫密斯之索」，是一座在加速世界超高空繞行的低軌道型太空電梯。想來一定是它正好繞行到東京附近了。

沒過多久，上升速度開始變慢。這不是因為春雪的心念轉弱，而是已經達到了「翅膀」能發揮作用的高度上限。無論怎麼透過想像去覆寫現象，只要春雪背上的推進力還是翅膀，就一定要有空氣才能飛。沒錯，這裡已經幾乎算是太空了。

從下追來的深紅色光芒也迅速轉弱，同時巨鳥充滿憤怒的咆哮撼動了極為稀薄的大氣。

春雪不再拍動翅膀，只靠慣性緩緩上升，同時往眼底看去。四神朱雀一路緊追著三人來到這裡後，之前始終籠罩全身的火焰幾乎已完全消失。這是因為四周的氧氣變得太稀薄了。牠紅色有光澤的羽毛露了出來，前端還覆蓋著一層白霜──

「──好機會！」

黑雪公主突然這麼一喊。

「Crow，放開我！Raker，妳能飛了吧？」

春雪反射性地放開雙手，漆黑與天藍的虛擬角色隨即輕飄飄地盪開。楓子堅定地點點頭，背對黑雪公主。

「那還用說，Lotus！」

「好！」

Black Lotus用雙腳牢牢固定在Sky Raker背上，Raker輕輕一轉身，能量條已經充填到相當程度的強化外裝噴射孔亮起藍色的火光。

「——上吧！」

楓子簡短地宣告之後，毫不猶豫地將推進器開到最大。

兩個虛擬角色化為一體，拖出了一條長長的藍色噴焰，猛然衝向在下方飄盪的四神朱雀。Sky Raker所擁有的「疾風推進器」與春雪的翅膀不同，推進力屬於能量噴射式，所以唯獨她到了沒有空氣的太空也照樣能飛。

四神朱雀左眼燃燒著劇烈的怒氣，張開已經半凍結的雙翼想迎擊她們兩人。然而無論怎麼拍動翅膀，巨大的身軀仍然動也不動。朱雀放棄前進，張開嘴試圖噴吐火焰，但看來要在這裡加熱，所需的時間也比在地上久得多了。

「太慢了！」

在楓子背上的黑雪公主大喊一聲，雙手劍刃大大張開，順勢收向後方拖成V字形。這是春雪沒看過的動作。雙劍隨即籠罩在一股恆星般的藍白色光芒之中。

「喝……啊啊啊啊…………！」

激烈的吼聲下，無數光點匯集到雙手發出的光芒當中，左右各有八個光點，合計十六個。

黑雪公主拖著這些有如巨大星座的光點群，發出了幾乎可以傳遍整個宇宙的豪氣喊聲：

「『星光（Star Burst）……連流擊（Stream）』！」

雙劍以快得只剩殘像的速度交互砍出，每一劍皆會放出一顆有著白熾光芒的「星星」，它們隨即化成流星直接撞向遠方的朱雀。每一次命中帶來的莫大衝擊，都會撼動春雪的身體。

一併帶著Sky Raker那股超加速能量的流星接連命中，連四神朱雀也被打得發出尖銳的哀嚎，大量的深紅色羽毛與損傷特效從失去火焰裝甲的巨大身軀飛濺出來。在春雪的視野當中，朱雀那多達五條的體力計量表，正以令他懷疑自己眼睛的速度不斷削減。

「喝……啊啊啊啊！」

黑雪公主的雙劍毫不停歇地閃動，用心念凝聚而成的流星連續發射，彷彿成了一門快砲。十發。十一發。朱雀的雙翼已經開出好幾個大洞，身體與尾巴也有多處撕裂，但牠左眼燃燒的怒火並未消失。儘管受到巨大的損傷，仍然大大張開嘴，試圖強行噴吐火焰。

「喔喔喔————！」

春雪也反射性地大吼一聲，右手後縮，從全身匯集光的想像，凝聚在一點，化為一柄光的長槍——發射。

「『雷射長槍』！」

長槍化為一道光在太空中飛去，從右側趕過黑雪公主，分毫不差地命中朱雀的左眼。

眼看就要吐出的火焰一晃，黑雪公主看準朱雀瞬間露出的破綻，轟然射出了最後一顆——第十六顆星星。光彈拖著慧星似的尾巴劃過天際，直擊朱雀的口腔，引爆了牠口中火焰所蘊含的超高熱能量……

整個視野都被紅光蓋過。

產生的火球實在太過巨大，幾乎像是第二個太陽，緊接著更有壓倒性的能量洪流往全方位擴散開來。

春雪拚命伸出雙手，接住了被爆風推回來的黑雪公主與楓子。他再度將兩人牢牢抱在左右兩側，以背上翅膀將能量流轉變為推力。眼前的現象怎麼看都讓人覺得是朱雀本身爆炸，但公敵的最後一條體力計量表還剩下一半左右，這時實在不應該貿然接近。

春雪劃出一道大大的弧線繞過火球，進入往地表降落的軌道。

紅光慢慢淡去，瀕死的巨鳥身影慢慢浮現。「神」的威嚴已經蕩然無存，只能無力地拍動傷痕累累的雙翼。

——要打倒牠就該趁現在？

春雪瞬間有了這個念頭，但緊接著就有不可思議的光芒籠罩住朱雀巨大的身軀。光芒有三重，分別是白色、藍色與黑色。搞不清楚狀況的春雪睜大了眼，接著看到的超現象更是令他驚訝。朱雀身上的傷勢開始迅速復原，喪失了九成的體力計量表也開始急速恢復。

「……真沒想到都上到太空了，其他『四神』的支援還是送得過來……」

聽到黑雪公主這麼說，春雪才總算想起守護禁城四方城門的四隻超級公敵相互連結。如果只攻擊其中一隻，即使造成了損傷，只要其他三隻不處於戰鬥狀態下，就會以支援能力無限進行治療。

「鴉同學，再打下去沒有意義。」

春雪點頭同意楓子這句話。眼前的目的並不是打倒朱雀，而是逃出牠的地盤。於是春雪拍動仍然籠罩在銀色過剩光之中的雙翼，捕捉到稀薄的空氣，準備垂直降落。周圍的黑暗迅速轉為深藍，再轉為清澈的蔚藍。

沒多久厚實的雲海便愈來愈近，春雪頭下腳上衝了進去，穿透灰色的薄紗，回到「魔都」屬性的天空。遙遠的下方可以看見圍著正圓形城牆的巨城，以及一道從巨城南門筆直延伸出來的橋梁，接著更看到了三個小小的人影在橋的南端用力揮手。

春雪在大橋上空一百公尺處調整身體的方向，改成雙腳在前的平緩滑翔態勢。他慎重地操縱翅膀，避免超出橋上空的安全範圍，並盡快朝地上前進。解析度愈來愈高，鋪在大橋橋面上的地磚紋路慢慢浮現——

終於，春雪、黑雪公主與楓子的腳尖，同時碰上了橋的表面。

這裡是大橋南端，也就是離四神朱雀地盤邊界只有一公尺的地點。

眼前有著三名同伴的笑容。站在右端的嬌小巫女Ardor Maiden，多半也已經請千百合以必殺技治療過，筆直朝前伸出右手與已經復原的左手。

春雪他們三人走上一步、兩步，到了第三步，終於離開了大橋。

拓武、千百合與謠齊聲說道：

「歡迎回來。」

黑雪公主、楓子與春雪也齊聲回應：

「……我們回來了。」

最後再踏上一步——

春雪與拓武，黑雪公主與千百合，楓子與謠，分成三對互相用力擁抱。同時一道來自上空的紅色光柱屹立在遠方的「祭壇」上，順勢被地面吸收而消失。

動員黑暗星雲所有成員進行的「Ardor Maiden救出作戰」以及「逃離禁城作戰」，就在這一刻完全結束。

11

過剩光消失的同時，春雪的翅膀變回了原來的金屬翼片。翼片自動折疊起來，收進護蓋狀的突起之中。春雪在內心悄悄慰勞自己的雙翼，接著再次依序看看這群同伴的臉。

彷彿每個人都看穿了春雪在鏡面護目鏡下暗自流淚，大家臉上都露出了溫和的笑容。但他覺得現在不需要低頭掩飾難為情，因為眼前這位巫女能站在春雪面前微笑，正是一個言語難以形容的莫大奇蹟所帶來的結果。

沒錯，兩年來一直被封印在無限制中立空間禁城南門的「劫火巫女」Ardor Maiden終於獲救了。接著只要往南方移動短短一百公尺，從設置在三角形大樓——相當於現實世界警視廳——內院的「傳送門」離開，謠就能帶著她的分身正常回歸到現實世界。

「……你成功了，小春。」

笑著鄭重說出這句話的是Lime Bell——千百合。春雪看著她含著透明水珠的鏡頭眼，拚命擠出聲音回答：

「嗯……謝謝妳，小百。謝謝大家……」

說完他兩腿一軟差點倒下，不過立刻重新站穩了腳步。要鬆懈還太早，剩下一件事，不，是兩件事要做。

首先是淨化寄生在春雪身上的「災禍之鎧」。只要成功淨化鎧甲，就不用再擔心會被六王聯名指定為通緝犯，同時這不斷重演的災禍循環應該也會就此斷絕。

完成淨化之後，接著就要與想學會心念系統的Sky Raker「下輩」Ash Roller一起接受訓練。雖然完全無法想像Ash會體現出什麼樣的心念，但相信他一定會練出非常大手筆的招式讓大家跌破眼鏡……

「咦，奇怪？」

春雪想到這裡，這才注意到那個世紀末機車騎士的骷髏面罩並沒有出現在眼前。他眨眨眼甩開眼眶內的淚水，轉身面對楓子問說：

「Ash兄他怎麼了？你們應該是在杉並區的住宅大樓前面會合，一起走到這裡來的吧……啊，他該不會是被朱雀嚇到，就來了個Run away……」

春雪後半句話說得三成認真、七成說笑，但楓子卻沒有笑。不但不笑，還輕咬嘴唇，鏡頭眼露出不安的神色。

「……其實我們沒能跟那孩子會合。」

「咦……這、這是怎麼回事……？」

在現實世界裡，Ash Roller是坐在楓子開到春雪家大樓地下停車場停好的車上，從那裡沉潛到無限制中立空間，雙方的水平距離幾近於零，要在建築物前面會合應該輕而易舉。

看到春雪一頭霧水，拓武語帶保留地解說：

「小春，其實我們在大樓前面，只看到疑似Ash Roller那輛機車所留下的胎痕，等了幾十分鐘，就是等不到他本人……」

「胎痕……？那他是等得不耐煩所以自己跑去禁城……還是在哪裡迷路了……？」

「不……這不太可能。」

這次換楓子輕輕搖頭。

「他對從杉並區到皇居的路線應該非常熟悉，而且魔都屬性下的道路又很單純，我怎麼想都不覺得他會迷路。」

「而且啊，春雪，我們也曾經試著追追看胎痕，但看樣子他是從大樓前面一路南下……」

黑雪公主雙手劍交叉在胸前這麼說。沒錯，情形顯然不對勁。如果要從杉並朝皇居前進，即使先往南走，也很快就得折往東方。

就在這時——

春雪忽然覺得胸口一悶，一口氣幾乎喘不過來。

Ash Roller確實有他隨興的一面，但他這個人不會放人鴿子，何況約好碰頭的人之中還包括了他的師父兼上輩Sky Raker。即使看到遠方有比較好打的小型公敵，他也不可能會騎機車一路追個沒完沒了。

既然如此——一定是出事了，事情多半就發生在他於地下停車場等候的期間。由於事態緊急，不容他與楓子等人會合，所以才會一路往南騎走，之後又出了別的事。

從春雪他們沉潛到無限制中立空間算起，已經過了兩個半小時。如果Ash比講好的下午七點還要早一分鐘就沉潛進來，那他在這個世界已經待了十幾個小時。

「我……我去找他！」

春雪受到一股難以言喻的不安驅使，再度張開背上的金屬翼片。運用先前與朱雀進行太空戰鬥時再度累積下來的必殺技計量表輕飄飄地浮起。

「春雪，單獨行動太危險了！要找大家一起去……」

「不用擔心，有什麼發現我會先回來一趟！學姊你們請在警視廳的傳送門前面等我！」

春雪打斷黑雪公主試圖制止他的話，繼續拉高高度。

「……小春，要是一個小時沒等到你，我可要回到那個世界去拔掉傳輸線！」

聽千百合這麼說，春雪苦笑著點頭喊了聲「了解，麻煩妳了！」說完便一口氣拉高高度。

既然Ash Roller是從高圓寺往南行進，從禁城算來就是在西南方。春雪從地上五十公尺高處仔細觀察四周，但魔都屬性下有很多高層建築，視野並不開闊。他一邊繼續爬升，一邊開始慢慢移動。

春雪從禁城南方的霞之關，一路直線飛過赤坂、青山。他邊飛行邊拚命掃視底下，但除了中小型公敵以外沒有看到什麼東西在動。春雪本來打算若是看到有人組隊在獵公敵，就要過去打聽消息，但或許因為現在是平日晚上，聽不見半點打鬥的聲音。

無論怎麼仔細傾聽，都只聽得見空間中吹過的風聲，但這寂靜卻讓春雪更加不安。儘管已經用最節能的速度飛行，必殺技計量表還是分分秒秒在減少。但處於目前這種心理狀態，他怎麼想都不覺得自己用得出先前才剛領會到的新心念技能「光速翼」。

「………沒辦法了……」

春雪下定決心，冒著被地上的敵人發現的風險拉高高度。不知不覺間他已經來到原宿區，再過去就是代代木公園，更南邊則是澀谷。

就在這時——

春雪覺得似乎有個東西在發光，位置在明治大到與井之頭大道交會的路口正中央，也就是現實世界中的「明治神宮前」車站所在處。仔細往下看也並未看見超頻連線者或公敵，但為了以防萬一，他還是決定下去查探看看。

春雪留意著四周，小心地降落在藍黑色的路面上，伸手從腳下撿起了一個物體，先前的反光可能就是這個物體造成的。

乍看之下辨識不出這是什麼物件。本體是個直徑四公分左右的銀色圓盤，上面嵌著橘色的半球狀半透明鏡片。還有細長的棒狀物從圓盤側面延伸出來，看起來已經折斷。

「……這什麼東西……」

春雪口中自言自語，手上拿著這個神祕的物件轉來轉去地端詳，接著發現橘色鏡片在魔都空間微弱的陽光照耀下閃閃發光。

春雪立刻發覺這是什麼東西。

這是機車的方向燈。再說得精確一點，今天早上在環狀七號線上進行對戰時，Ash Roller就曾經閃著這種方向燈，用假動作騙到了春雪。

無限制中立空間裡，從強化外裝或虛擬角色身上散落的物件，留存的時間會遠比正規對戰場地中來得久。多半是Ash Roller的機車經過這裡時出了什麼意外，導致方向燈破損。春雪看出這點後重新觀察四周，隨即在道路南側的成排建築物牆上發現了幾道焦黑的損傷痕跡。

攻擊的方向是從北往南。也就是說Ash是從環狀七號線，經井之頭大道一路騎來，在這個地方遭人從北側攻擊，接著在路口往南彎過去……？

春雪緊緊握著方向燈零件，蹬地跳上空中。胸中不安的情緒水位已經淹到了喉嚨。

他以勉強不至於讓計量表急速減少的速度，沿著明治大道往南飛。飛了短短二十秒左右，便看到了下一個散落的物件，於是他降到地面查看。

已經不需要懷疑這是什麼東西了。這個物體有著用鋼絲固定在一起的鋼圈與軸承，外圍則有厚實的灰色橡皮圍成一圈。是機車的輪胎。從寬度來看應該是前輪。

四周地面上有許多與先前相同的黑色攻擊痕跡集中在這一帶，可以推知機車多半是在這裡受到嚴重損傷而導致前輪脫落，但熟練的車手只靠後輪行駛，繼續往南行進。只是這種高難度動作終究不可能維持太久。

「……Ash兄……！」

春雪不由得發出沙啞的聲音，朝著往南延伸的道路望去。

就在這個時候，他感覺到一陣微微的衝擊聲響撼動了空氣。

約一百公尺外的大樓群牆上發出了小小的綠光。這種硬質的聲響與光芒並非來自物件爆炸或攻擊特效，而是對戰虛擬角色死亡時出現的特效。

「……！」

春雪反射性地跑了過去，並在途中切換成飛行，抄捷徑從大樓屋頂越過劃出平緩弧線往左彎曲的道路。當澀谷區宮下公園附近的道路映入眼簾那一瞬間，春雪全身都感受到一股深沉的震撼。雙翼跟著一僵，讓他不由自主地懸停在上空二十公尺左右的高度。

視線首先捕捉到的情景，就是那輛呈金屬灰色的美式機車被破壞得慘不忍睹的殘骸。車子已經不成原形，輪胎、引擎、車體、排氣管散了一地。

再過去一點的地方，則有六名超頻連線者圍成一個圈子。裡面沒一個春雪熟識的人，他甚至連這些人叫什麼名字都不知道。這六人的共通點，就是全員都散發出一層薄薄的黑暗鬥氣。那是心念的過剩光，能量來源則是他們胸口正中央那血紅的「眼睛」，「ＩＳＳ套件」。

而在這六人圍成的圈子正中央，有一名超頻連線者縮起身體跪倒在地。

他穿著有光澤的騎士皮衣，肩膀與膝蓋都有造型搶眼的護墊，頭部則戴著有仿骷髏造型面罩的頭盔……

「……Ash兄……？」

春雪從胸中擠出不成聲的聲音。

無數道頗深的傷痕在Ash Roller全身縱橫交錯。然而他之所以不動，並不是受傷導致動彈不得。他是在用自己的身體當盾牌，保護一個在路上飄浮的小小光點。

這個閃爍著草綠色光芒的光點，是超頻連線者在無限制中立空間死亡時會留在死亡地點的「印記」。想來這個光點就是幾十秒前春雪看到的死亡特效過後所剩下的印記。光芒的顏色他很熟悉——那肯定是Ash的跟班「Bush Utan」。

這一瞬間，春雪直覺猜到自己跟謠努力逃出禁城的時候，這裡發生了什麼事情。

多半就是這麼回事：

Ash Roller在現實世界的大樓地下停車場車內，等待下午七點的上線時間來臨，於是在等待時觀看別人對戰，卻看到Bush Utan參與或參觀了該場對戰。於是他說服Utan，要他跟自己在同一時間上到無限制中立空間跟自己會合，為的是對Utan說出做大哥的人該說的話。

而他們講好的碰頭地點，多半是在澀谷方面。所以Ash打算趕在下午七點整於大樓前面與黑暗星雲的四名成員會合之前先把Utan帶來，才會提早上線前往澀谷。

但他們說好的時間與地點卻不知道在何時洩漏了出去——多半就是在他們觀戰的對戰場地內，被ISS套件的持有者聽到。這些人為了獵殺Ash與Utan，於是來到明治神宮前埋伏。Ash受到這些人以心念攻擊展開突襲，機車受損後仍然拚命逃逸，但他的愛車最後還是遭到破壞。不，還不止這樣。如果他是從下午七點的幾分鐘前就潛行到這個世界，估計應該已經在這裡待了十小時以上。也就是說——他與Bush Utan肯定已經在這裡死亡與復活多次。

強化外裝一旦在無限制中立空間完全毀壞，就得先離線後重新潛行(Re-Login)才會重生。即使Ash Roller的體力被打光而死亡，並於一小時之後復活，那輛幾乎灌注他所有對戰虛擬角色潛能的美式機車也不會恢復。

也就是說，站在這裡的六個超頻連線者圍住了幾乎喪失所有戰鬥力的Ash Roller，而且還用上ISS套件所帶來的黑暗心念之力來凌虐他。

一次又一次、一次又一次。一次又一次又一次又一次——

「嗚……啊、啊…………」

春雪懸停在空中，喉嚨不由自主發出沙啞的聲音。

這六人並未注意到春雪，其中一人朝蹲在地上的Ash Roller走上幾步。這人體型中等，外型沒什麼特徵，但雙手稍顯粗壯。春雪覺得看過這個人，但想不起他的名字。

「接下來……輪到我了。你的點數……還有剩嗎？」

這名虛擬角色陰沉地說出這幾句話，並以滴著黑濁鬥氣的粗壯右手抓住Ash的頭盔。啪一聲悶響響起，已經成了他註冊商標的骷髏面罩當場被捏得粉碎。

這名機車騎士儘管形象瘋癲，露出的少年面孔卻給人一種纖細的印象。捏碎頭盔後，攻擊者重新抓住了他的脖子。

Ash Roller還想繼續保護Utan的印記光芒，卻被用蠻力強行拖起。Ash整個人被掀得仰躺在地，雙眼看到了在大樓屋頂呆住的春雪。

淺綠色的鏡頭眼瞬間大大睜開，接著轉為無力的微笑。平常那總是胡鬧又吵人的聲音，在春雪的意識中斷斷續續地響起。

……嘿嘿……我搞砸了。抱歉啦，Crow……我辜負了……你跟師父的心意……

咚的一聲悶響，攻擊者的左手深深刺穿Ash胸口正中央。

灰色的光柱高高聳立，瘦小的虛擬角色連著一身騎士皮衣炸得粉身碎骨。

攻擊者被四散的碎片濺了一身，似乎在查看自己導覽選單的他，輕輕搖了搖頭說：

「喔，再一次就可以升級了呢。但願下次輪到我的時候你還活著。」

春雪全身抖得幾乎要散了開來。緊繃到極限的四肢發出無聲的哀嚎，頭盔下的牙齒咬得格格作響。從喉嚨發出的聲音低沉、沙啞又破聲，連他自己都不曾聽過。

「啊……啊、啊、啊啊啊……啊啊啊啊……」

全身彷彿灌滿了極低溫的液體，不，或許其實是連鋼鐵也能熔化的超高溫。至少有一點他可以肯定，那就是有股巨大的情緒經過壓縮，代替血液在全身流竄。

是憤怒。

是怒氣，一股足以染紅視野的壓倒性激憤，一股又黑又濁的憎恨，更是一股破壞的衝動。

「啊……啊啊、啊、啊啊啊啊…………！」

唰。

春雪的雙手響起這麼一聲銳利的金屬聲響，Silver Crow瘦弱的十指變得像猛禽的鉤爪一樣尖銳、彎曲而且巨大，同時裝甲的顏色也有了改變。從閃閃發光的鏡面銀，轉為陰影般的鉻銀色。

…………不可以！

…………不可以委身於這種感情之中！你的自我會消失的…………！

有個人從很遠很遠的地方在呼喊，但這小小的聲音已經送不進春雪的意識。

金屬聲不停響起，鉻銀色的追加裝甲從春雪的雙手不斷往上延伸。雙腳也是一樣。鎧甲外形的稜角尖銳得凶惡無比，遠比先前在赫密斯之索實體化時更凶煞、更像活生生的惡魔。

少女的聲音送不進來，整個腦海中迴盪著帶有失真金屬質感的聲音。

——我就是你，你就是我。

——歷經久遠的歲月，如今我終於復甦。我是「災禍」。我是「終結」。我乃為世界敲響末日鐘聲者。

這個嗓音，與他今天放學後在現實世界的梅鄉國中後院裡聽到的一模一樣，但有一點與當時不同，那就是現在他絲毫不覺得痛苦。也就是說，這並不是負面心念的「逆流現象」，而是春雪自身叫醒了「它」，自己期望與「它」融合。

春雪與謎樣的聲音同時喊出了那個名字。

——吾名為——

「…………『Chrome Disaster』——————！」

春雪從口中發出了猙獰的吼聲，那是渴望鮮血，追求殺戮的野獸咆哮。一行紫色的系統字形從左到右，快如電閃地劃過視野左上方。

【YOU EQUIPPED AN ENHANCED ARMAMENT「THE DISASTER」.】

模樣有如惡魔獠牙的厚重裝甲發出劇烈的金屬碰撞聲，蓋住了從腹部到胸口的部位。裝甲背上長出一條銳利的尾巴，雙翼也轉變為武器般尖銳的輪廓。

仿野獸血盆大口造型的護目鏡從上下咬合得密不透風，吞沒了光滑圓潤的頭盔，整個視野罩上了一層淺灰色的圖層。

魔都空間的烏雲在上空形成了巨大漩渦，漆黑的閃電帶著轟然巨響從漩渦中心灑下。春雪伸出右手，接下這些雷電。

雷光停在他手上，形狀慢慢改變，形成一個物件。那是一把刀柄有著黑色光澤，刀身有著猙獰稜角的長劍。是一件在很久很久以前叫做「降星劍（Star Caster）」的高階強化外裝。

這正是緊鄰災禍之鎧原形——神器「The Destiny」六號星「開陽」——在它旁邊發出妖異光芒的命運雙星。北斗七星的第八顆星——

春雪高高舉起魔劍，放聲大吼：

「咕嚕……啊啊啊啊啊啊！」

他的怒吼充滿了無限的憤怒與憎恨，卻又像是在哭泣，響徹了整個加速世界的天空。

（待續）

後記

我是川原礫。謝謝各位讀者賞光閱讀這本《加速世界8 命運雙星》。

「想像力」這個講得不清不楚的字眼在本集成了關鍵字，相信也有部分讀者會覺得搞不太清楚，所以請讓我借這個機會稍稍補充。

我認為所謂的摹想力、想像力，是人類最偉大的能力。因為只有想像力不是「先有輸入之後才產生的輸出」，而是由人類的意識直接從零輸出。

我好像愈說愈模糊了（笑），其實重點就在於想像力並不侷限於藝術、文學、科學或運動等專業領域，在每天不斷重複的日常生活當中，往往也是極為重要、極為有效的能力。舉例來說，人活在這世上固然有開心的時候，但一定也會遇到很多難過或痛苦的事情。等到面臨這些事情才開始想著怎麼因應，跟從事前就開始模擬並做好準備迎接挑戰，這兩種方法所需要的能量跟帶來的結果應該會不太一樣。

像我每天早上起床之後，都會確認當天的行程，如果有討厭或麻煩的事情要處理，就會先去模擬該怎麼應付。雖然我也不太確定這樣到底有沒有幫助（笑），但至少實際開始行動時，會覺得比較有點心理準備。像今天我就要去讓牙醫狠狠刮洗一番，所以我已經在努力摹想那種嗤嗤作響的感覺了！

除此之外，這次春雪就透過摹想力而得以在籃球比賽中活躍，這部分當然有誇張的一面，但我認為絕非憑空杜撰。我自己也是個超級不擅長運動的人，但在騎自行車騎到能力所及的最高速時，有沒有去揣摩呼吸與踏板動作，能夠維持在最高速的時間明顯就不一樣。當然我總不可能發動心念系統讓時速快到60公里，至少目前不行……到頭來整篇文章還是寫得不知所云（笑），不過要是各位讀者不介意，不妨多找機會摹想看看！還有本集又搞出待續來了，非常抱歉！下次我一定會好好收尾！絕對！真的！

責任編輯三木先生（前籃球校隊隊員）、插畫家HIMA老師，這次我又拖稿，給兩位添麻煩了！還有各位讀者，日本現在正面臨艱難的處境，就讓我們一起摹想未來，努力過好每一天吧！

二〇一一年四月十四日　川原　礫

國家圖書館出版品預行編目資料

加速世界. 8, 命運雙星 / 川原礫作 ; 邱鍾仁譯. --
初版. -- 臺北市 : 臺灣國際角川, 2011.12
面 ; 公分. -- (Kadokawa fantastic novels)
譯自 : アクセル・ワールド. 8, 運命の連星
ISBN 978-986-287-484-4(平裝)

861.57 100022302

Kadokawa Fantastic Novels

加速世界 8
命運雙星

（原著名：アクセル・ワールド—運命の連星—）

2011年12月28日　初版第1刷發行
2021年9月15日　初版第12刷發行

作　　者：川原　礫
插　　畫：HIMA
日版設計：BEE-PEE
譯　　者：邱鍾仁

發 行 人：岩崎剛人
總 編 輯：蔡佩芬
主　　編：朱哲成
美術設計：吳佳昫
印　　務：李明修（主任）、張加恩（主任）、張凱棋

發 行 所：台灣角川股份有限公司
地　　址：104台北市中山區松江路223號3樓
電　　話：（02）2515-3000
傳　　真：（02）2515-0033
網　　址：www.kadokawa.com.tw
劃撥帳戶：台灣角川股份有限公司
劃撥帳號：19487412
法律顧問：有澤法律事務所
製　　版：尚騰印刷事業有限公司
ＩＳＢＮ：978-986-287-484-4